D0714650

L'enfant de Sainte-Rose

*

Des vacances à haut risque

JOANNA NEIL

L'enfant de Sainte-Rose

Blanche

HARLEQUIN

Collection : Blanche

Cet ouvrage a été publié en langue anglaise
sous le titre :
HER HOLIDAY MIRACLE

Traduction française de
ANOUK

HARLEQUIN®
est une marque déposée par le Groupe Harlequin
Blanche® est une marque déposée par Harlequin

Si vous achetez ce livre privé de tout ou partie de sa couverture, nous vous signalons qu'il est en vente irrégulière. Il est considéré comme « invendu » et l'éditeur comme l'auteur n'ont reçu aucun paiement pour ce livre « détérioré ».

Toute représentation ou reproduction, par quelque procédé que ce soit, constituerait une contrefaçon sanctionnée par les articles 425 et suivants du Code pénal.

© 2016, Joanna Neil.
© 2016, Traduction française : Harlequin.

Tous droits réservés, y compris le droit de reproduction de tout ou partie de l'ouvrage, sous quelque forme que ce soit.

Ce livre est publié avec l'autorisation de HARLEQUIN BOOKS S.A.

Cette œuvre est une œuvre de fiction. Les noms propres, les personnages, les lieux, les intrigues, sont soit le fruit de l'imagination de l'auteur, soit utilisés dans le cadre d'une œuvre de fiction. Toute ressemblance avec des personnes réelles, vivantes ou décédées, des entreprises, des événements ou des lieux, serait une pure coïncidence.

HARLEQUIN, ainsi que H et le logo en forme de losange, appartiennent à Harlequin Enterprises Limited ou à ses filiales, et sont utilisés par d'autres sous licence.

Le visuel de couverture est reproduit avec l'autorisation de :
HARLEQUIN BOOKS S.A.

Tous droits réservés.

HARLEQUIN
83-85, boulevard Vincent-Auriol, 75646 PARIS CEDEX 13.
Service Lectrices — Tél. : 01 45 82 47 47

www.harlequin.fr

ISBN 978-2-2803-4390-9 — ISSN 0223-5056

1.

Enfin !

Rebecca, les yeux fixés sur le catamaran de dix-huit mètres qui se positionnait doucement devant elle le long du quai, poussa un soupir de soulagement. Un air de calypso, porté par la brise tiède, s'éleva du bateau. Aussitôt elle se sentit plus joyeuse, comme dynamisée, après cette attente interminable sous le soleil. Malgré son chemisier léger sans manches et sa jupe en coton, elle souffrait de la chaleur…

Surtout, elle s'impatientait d'arriver à destination : l'île Sainte Marie-Rose, au cœur des Antilles. Cette halte forcée s'était vraiment éternisée.

Devant elle, à quelques mètres, un homme faisait impatiemment les cent pas. Elle l'avait déjà remarqué pendant la manœuvre du bateau. En vérité, il eût été difficile de ne pas le voir ! Grand, les épaules larges sous son T-shirt blanc, il avait les cheveux d'un noir profond et un visage aux traits superbement ciselés. Il dut sentir le regard de Rebecca car il se tourna bientôt vers elle. Gênée, elle se détourna aussitôt. Avec son teint pâle, ses lunettes de soleil et sa chevelure cuivrée et ondulée qu'elle essayait vainement de discipliner, elle devait ressembler à la touriste parfaite !

Lui en revanche paraissait à l'aise, parfaitement habitué à l'environnement. Chez lui.

Curieusement, c'était presque ce qu'elle-même éprouvait ! Quel paradoxe… Les conséquences de douze heures de vol suivies du trajet en taxi jusqu'à ce port, puis de l'attente sur place ? Peut-être. Ils auraient dû atterrir à Sainte-Marie, et non sur l'île de la Martinique, aussi magnifique et réputée fût-elle. Résultat — et ce n'était pas seulement dû au décalage horaire —, l'Angleterre lui semblait déjà à des années-lumière…

Et tant mieux.

L'après-midi touchait à son terme, et les premières teintes du soleil couchant coloraient l'horizon : un mélange d'orangé et de pourpre. Arriverait-elle chez Emma avant la tombée de la nuit ? Elle commençait à en douter.

Rebecca ressentit une nouvelle bouffée de joie. Quel bonheur ce serait de retrouver sa sœur ! Emma lui avait tant manqué… Plus que jamais, elle avait besoin de son aînée ; de sa sagesse et de son écoute. Même si elles n'avaient pas un grand écart d'âge, Emma se montrait souvent de bons conseils.

Oui, ces vacances tant attendues seraient bénéfiques à tous points de vue. Rebecca regarda autour d'elle, admirant les palmiers, la mer turquoise, le sable doré des plages… C'était paradisiaque. Exactement ce qu'il lui fallait pour oublier. Si seulement elle avait pu effacer ce qui s'était passé de sa mémoire, gommer définitivement sa déception et sa tristesse…

Les gens s'agitèrent soudain, impatients d'embarquer, et Rebecca revint à l'instant présent.

— Ce n'est pas trop tôt ! dit en grommelant un jeune homme derrière elle.

Elle se retourna. Comme elle, il avait entre vingt et trente ans — elle en avait vingt-six —, mais il semblait tendu malgré son sourire. Grand, blond, les yeux bleus et le teint bronzé, il était en compagnie de trois autres jeunes gens qui, eux, bavardaient gaiement.

— Salut ! fit-il en croisant son regard.

Et tandis qu'ils se dirigeaient vers le catamaran il ajouta :

— Il était temps que ce bateau arrive. J'en avais assez, pas vous ?

— Si… C'était long.

— Très. Mais tout va bien maintenant, on va pouvoir s'asseoir et souffler. Je m'appelle William Tempest. Ici, on fait facilement connaissance. Coutume du pays ! Le tutoiement aussi. Entre jeunes, surtout… J'espère que ça ne te gêne pas !

Elle se mit à rire.

— Non, non, au contraire. Moi, c'est Rebecca… Rebecca Flynn.

— Ravi de te rencontrer, Rebecca.

Il lui sourit et, immédiatement, elle le trouva craquant.

— Si tu veux, je t'offre un verre ! Sans arrière-pensée, hein ? En tout bien tout honneur, je veux dire.

Comme elle l'observait, déconcertée, il précisa, le regard malicieux :

— Mon petit doigt me dit qu'un bon jus de fruits frais te ferait le plus grand bien. A bord, ils proposent un excellent cocktail à base d'orange et de mangue. Si ça te tente…

Elle rit de nouveau, surprise et conquise par tant de naturel.

— Merci, c'est gentil. J'avoue que je meurs de soif.

— Normal… Cette chaleur est accablante quand on n'a pas l'habitude. Tu es en vacances ? demanda William.

— Plus ou moins. En fait, je m'offre une longue pause.

— Un congé sabbatique ?

— Une pause, dit-elle de nouveau. J'ai besoin de décompresser.

Elle n'allait quand même pas lui confier de but en blanc qu'elle avait démissionné.

— J'en déduis que tu as traversé, ou que tu traverses, une phase compliquée…

Elle jeta un coup d'œil à William, décontenancée — mais aussi charmée — par la facilité avec laquelle elle s'entretenait avec lui. Même s'il n'était pas son genre, il était plutôt mignon.

— Une phase compliquée, oui… Ça se voit tant que ça ?

— Non, c'est plutôt une question de feeling…

Il lâcha un drôle de rire.

— Peut-être parce que c'est la même chose pour moi, dit-il sur le ton de la confidence. Ma petite amie et moi avons rompu, et le temps passe mais je n'arrive pas tout à fait à m'en remettre.

— Oh ! je connais ce sentiment, répondit-elle comme pour elle-même.

Mais William l'entendit, évidemment.

— Alors changeons de sujet ! J'espère que tu aimeras les

îles. La vie y est belle ! Enfin, elle peut y être belle… Tout dépend de ce qu'on en fait.

Continuant à bavarder de tout et de rien, ils grimpèrent à bord du bateau.

C'était étrange comme cet inconnu lui inspirait confiance ! Elle ne se sentait pas attirée par lui, elle était juste à l'aise. Elle, habituellement si réservée, discutait avec William comme s'ils étaient de vieux amis ! Peut-être l'atmosphère envoûtante des Caraïbes faisait-elle déjà effet… Emma l'avait prévenue : ici, rien ne se déroulait comme en Angleterre !

— Tu veux t'asseoir à l'ombre ou tu préfères rester regarder la mer sur le pont ? demanda William d'un ton léger.

— Les deux, je crois.

Elle sourit.

— Après avoir été enfermée pendant des heures dans un avion, j'ai besoin de bouger et de respirer !

— Je te comprends. Alors, Rebecca, et sauf si je t'ennuie, auquel cas dis-le moi franchement, on va pouvoir faire plus amplement connaissance, dit-il. Il y a encore une heure pour Sainte Marie-Rose.

— Tu ne m'ennuies pas, répondit-elle, sincère.

— Ah, tant mieux !

Ils gagnèrent le bar abrité sous un auvent bleu qui produisait une ombre reposante. La carte proposait des cocktails alcoolisés ou, comme William l'avait annoncé, une boisson rafraîchissante à base de mangue et d'orange fraîchement pressée.

— Qu'est-ce qui te tente ? demanda-t-il.

— Un grand verre de jus de fruits.

— Moi aussi. Si je bois de l'alcool maintenant, je vais être assommé pour le reste de la journée.

— A éviter, dans ce cas.

— Clairement. Je reviens.

Il se montrait si naturel qu'elle ne se posa aucune question sur cet échange inattendu.

Pendant qu'il passait commande, elle s'assit sur un banc et jeta un coup d'œil autour d'elle. Il y avait du monde, essentiellement des touristes. Le bel homme brun qu'elle avait remarqué se tenait à l'écart, appuyé au bastingage. Il semblait songeur.

— Et voilà !

William la rejoignit, lui tendant une coupe remplie d'un cocktail aux couleurs acidulées, agrémenté d'une paille.

— Merci beaucoup.

— De rien. Faire plaisir me fait plaisir, répondit-il en s'asseyant près d'elle. Alors… à tes vacances ?

Ils trinquèrent et se désaltérèrent en silence pendant quelques instants. Le bateau s'éloignait enfin du port, et une agréable odeur d'embruns flottait dans l'air. Rebecca inspira profondément, soudain heureuse d'être là, loin de tout.

Oui, elle allait parvenir à oublier… Ici, elle réussirait à tirer un trait !

— Qu'est-ce qui est si compliqué pour toi ? demanda William au même moment, comme s'il avait deviné ses pensées.

Devait-elle se confier davantage ? Et puis, au fond, pourquoi pas ? Ne lui avait-il pas avoué s'être séparé de sa petite amie ?

— En Angleterre, j'ai eu des problèmes de santé, et celui que j'aimais a décidé de me quitter. Parce qu'il n'a pas supporté ce qui m'arrivait.

Prononcer ces mots lui fit un effet curieux. Cela paraissait si loin, et pourtant si proche. Mais en parler ainsi à un inconnu l'aiderait à dédramatiser encore…

A commencer à dédramatiser. Elle n'en était pas encore à ce stade. Sa blessure restait trop vive.

William esquissa une grimace.

— C'est moche. Ça a dû être dur.

— Très.

Plusieurs mois s'étaient écoulés, mais dès qu'elle pensait à Drew, elle éprouvait un violent pincement au cœur et la même envie de fondre en larmes.

Dire qu'elle avait seulement été hospitalisée à cause d'une crise d'appendicite aiguë… Mais tout s'était enchaîné. Elle avait frôlé la péritonite, failli mourir, et on l'avait placée en soins intensifs pendant plusieurs semaines.

Hélas, les complications ne s'étaient pas arrêtées là. On lui avait annoncé des séquelles : l'infection avait irrémédiablement endommagé les tissus matriciels, avec la prolifération d'adhérences au niveau des ovaires et des trompes utérines, ce qui affecterait la perméabilité tubaire. Le diagnostic d'infertilité avait été posé. Puis le chirurgien avait lâché l'adjectif « stérile ». Un mot terrible. A moins d'un miracle, elle ne pourrait jamais avoir d'enfants.

En apprenant la nouvelle, Drew avait tiqué, réfléchi, puis il s'était éloigné quelque temps pour prendre du recul...

Et finalement, il lui avait annoncé qu'il valait mieux qu'ils se séparent. Il voulait fonder une famille. Dans la mesure où tout se compliquait pour elle de ce côté-là, il ne savait pas s'il était raisonnable de poursuivre.

Raisonnable ?

Sur le moment, elle avait cru avoir mal entendu. C'était bien l'homme en qui elle avait eu confiance, qu'elle aimait, qu'elle comptait épouser, qui lui parlait ainsi ? C'était bien la même personne ?

Mais oui, Drew avait bel et bien prononcé ces paroles-là.

La brutalité de cette rupture la hanterait jusqu'à la fin de ses jours. Non seulement elle n'aurait jamais d'enfants, mais, pour couronner le tout, celui qui partageait sa vie s'était révélé le pire des lâches.

Etouffant un soupir, elle jeta un coup d'œil involontaire au séduisant homme brun toujours appuyé un peu plus loin au bastingage. Pourquoi le regardait-elle de nouveau ? Peut-être parce qu'il lui rappelait Drew... Même si son ex-fiancé n'était pas aussi beau — pas aussi objectivement beau ! —, il y avait un petit air de ressemblance...

— C'est mon cousin, dit alors William, la tirant de ses réflexions.

— Pardon ?

Elle reporta son attention sur son compagnon de traversée.

— C'est mon cousin. Il s'est rendu en Martinique pour affaires. Il a parfois besoin de solitude.

— Je vois, dit Rebecca, plus intriguée qu'elle ne l'aurait souhaité.

— De toute façon, je préfère qu'il soit là-bas ; du coup, je peux profiter de toi ! Tu veux danser ? demanda gaiement William tandis qu'un nouvel air de calypso s'élevait.

— Pourquoi pas ?

Amusée, elle le suivit sur la petite piste où d'autres passagers se rassemblaient également. Les amis de William les rejoignirent et, tous ensemble, ils se laissèrent porter par le rythme des percussions. Elle sentait ses cheveux bouger librement dans son dos, sa jupe virevolter et son cœur se remplir d'enthousiasme. Elle n'avait pas éprouvé une telle légèreté depuis une éternité !

— Tu as réservé dans quel hôtel ? demanda William quand, une dizaine de minutes plus tard, ils retournèrent s'asseoir.

Le cœur battant d'excitation, elle contemplait la mer bleue, si bleue qu'elle semblait recouverte d'un filtre turquoise.

— Aucun. Je vais chez ma sœur, elle loue une petite maison sur la baie de Tamarind. L'endroit est calme, près d'une marina, et, d'après ce qu'elle m'en dit, il y a des arbres superbes. J'ai hâte de le découvrir.

— J'imagine. Bientôt tu seras pile à l'opposé de là où je vis. Je suis au nord de l'île. En même temps…

Il ébaucha un sourire.

— Ce n'est pas bien loin, deux heures de voiture tout au plus. Parce que, Rebecca, j'aimerais beaucoup te revoir. En toute amitié, fit-il à la hâte, comme elle le dévisageait avec surprise. Je pourrais te faire découvrir les lieux, et on se remonterait mutuellement le moral !

Une lueur amusée traversa ses yeux, mais il ne plaisantait pas.

— Après tout, nous sommes deux âmes blessées, dit-il avec une pointe d'humour.

— En quelque sorte, oui.

Mais elle n'eut pas envie de renchérir, encore moins de s'engager. Si elle venait ici, c'était avant tout pour passer du temps avec Emma ! Malgré tout, pour ne pas vexer William, et parce qu'il s'était montré vraiment adorable, elle lui donna son numéro de téléphone quand, tout naturellement, il le lui demanda.

Quelques instants plus tard, le catamaran s'engagea dans le port de Sainte Marie-Rose et ils furent bientôt à quai. Les passagers se préparèrent pour débarquer. Loin devant tout le monde, le cousin de William fut parmi les premiers à quitter le bateau.

Rebecca rassembla ses deux sacs de voyage — sa principale valise avait été égarée, vraisemblablement transférée à bord d'un autre avion, et il lui avait fallu rédiger une réclamation —, mais William l'aida avec empressement.

— Merci, dit-elle. Tu es très gentil.

— Arrête de me faire des compliments, je vais rougir !

Une fois à terre, elle regarda longuement autour d'elle, absorbant chaque détail. La mer turquoise, le sable blond, les palmiers qui bruissaient sous la brise tiède… Quel paysage de rêve ! Elle peinait encore à croire qu'elle était aux Antilles. Depuis le temps qu'elle espérait venir ! Il avait fallu les tristes circonstances de sa séparation d'avec Drew pour qu'elle franchisse le pas et laisse tomber son travail.

— Comment comptes-tu te rendre chez ta sœur ? demanda William, interrompant les pensées de Rebecca. La baie de Tamarind est à environ une heure de voiture, au sud.

Il adressa un signe à ses amis qui, un peu plus loin, l'attendaient.

— Je peux te trouver un taxi, dit-il. Mieux, il suffit que je demande à mon cousin de…

— Je te remercie, ça ira, répondit-elle précipitamment. Je me débrouillerai. Je te suis très reconnaissante… Vraiment, insista-t-elle, comme il l'observait d'un air hésitant.

— Tu es sûre ?

— Certaine.

— Bon… Alors je t'appellerai, si ça ne t'ennuie pas ?

— Pas du tout. On se reverra peut-être.

— Je l'espère bien ! A bientôt, dit-il, s'éloignant à contrecœur.

— A bientôt, William.

Une fois seule, elle essaya de repérer un taxi disponible, en vain. Tous étaient déjà occupés par les passagers qui avaient débarqué en même temps qu'elle. Le temps qu'elle discute avec William, la dizaine de véhicules avait été prise d'assaut.

Elle notait le numéro de téléphone d'une compagnie quand un jeune homme vint vers elle et lui plaqua un prospectus dans la main. Elle examina distraitement les offres d'excursion vers les îles environnantes.

— Merci, mais j'ai d'autres priorités pour l'instant.

— Vous avez besoin d'aide, miss ? Je peux porter vos affaires et vous emmener où vous voulez.

— Non… Non merci.

On l'avait avertie qu'elle ne devait pas faire confiance à n'importe qui, et, même si l'homme paraissait gentil, il ne devait pas être un chauffeur de taxi habilité.

— Si, si, je vous aide, répondit-il, insistant. Vous me payez et, moi, je vous conduis où vous voulez.

Et, sans attendre son accord, il attrapa le sac qu'elle avait laissé par terre. Elle portait l'autre en bandoulière.

— Non merci, répéta-t-elle, mal à l'aise. Rendez-moi mon sac, s'il vous plaît.

— Vous n'êtes pas d'ici, vous ne pouvez aller nulle part sans être accompagnée, répliqua l'homme. Je serai votre chauffeur. Venez !

Elle sentit sa gorge s'assécher. Comment allait-elle se tirer de ce mauvais pas ? Il n'y avait même pas de personnel de sécurité dans les parages ! Touriste, sans personne pour la défendre, elle devenait une proie idéale…

— Je refuse, répondit-elle aussi fermement que possible. Redonnez-moi ma…

Mais à ce moment-là surgit l'homme aux cheveux noirs, le cousin de William. Sourcils froncés, il les rejoignit d'un pas vif et arracha le sac de Rebecca des mains du jeune homme, qu'il repoussa. Son geste, sans être violent, n'en fut pas moins dissuasif.

— Sauf erreur, cette demoiselle vous a dit qu'elle n'avait pas besoin de votre aide. Vous devez respecter son souhait, vous ne croyez pas ?

Ses yeux, d'un gris acier, parurent transpercer son

interlocuteur qui, après une brève hésitation, leva les bras en signe d'obéissance.

— OK, OK !

Il semblait complètement pris au dépourvu.

— Compris… je m'en vais !

Et il s'éloigna presque en courant.

— Waouh ! dit Rebecca, stupéfaite, en dévisageant le bel inconnu. Vous m'avez sauvée des griffes d'un escroc potentiel !

— Peut-être pas d'un escroc…

Il hocha la tête.

— Une chose est sûre, mieux vaut ne pas prendre de risque, c'est une question de prudence. Surtout pour une jeune femme qui n'est pas d'ici.

Il esquissa un léger sourire. De près, il était encore plus séduisant. Son regard, sa stature, son expression, tout en lui impressionnait. En dépit de l'échange plutôt vif auquel il venait de prendre part, il paraissait calme alors qu'elle était à cran.

Elle prit une profonde inspiration et s'éventa avec le prospectus qu'elle avait gardé à la main.

— Je vous remercie du fond du cœur, dit-elle.

— Je vous en prie. Je suis Cade, le cousin de William. Il a dû vous le dire.

Il lui tendit la main et, le cœur battant, elle y glissa brièvement la sienne. Il l'enserra d'une manière rassurante.

— Je m'appelle Rebecca. Et, effectivement, William me l'a dit.

Cade sourit.

— J'ai entendu sans le vouloir des bribes de votre conversation, sur la navette. La baie de Tamarind n'est pas très loin de l'endroit où je me rends. Je peux vous y conduire, si vous voulez.

— Euh… Merci, mais je peux très bien appeler un taxi. Je n'ai pas envie de vous déranger davantage.

Même s'il venait de l'aider, elle ne le connaissait pas ! Pourquoi aurait-elle eu confiance en lui ?

— Vous risquez d'attendre longtemps, répondit-il. Pour être

franc, une femme seule — belle et jeune, qui plus est —, attire un peu trop l'attention, comme vous avez déjà pu le constater.

Il chercha quelque chose dans la poche de son jean, et en sortit une carte, qu'il lui montra.

— Peut-être ceci vous tranquillisera-t-il ?

Le bristol indiquait :

Dr Cade BYFIELD,
urgentiste,
hôpital Mountview,
SAINTE MARIE-ROSE.

Elle eut du mal à dissimuler son trouble. De toutes les catégories socioprofessionnelles, il fallait qu'elle tombe sur un médecin. Comme par hasard… Un pied de nez du destin ?

— Les gens me connaissent, dit-il. J'effectue des allers-retours réguliers entre Sainte Marie et la Martinique. Si vous voulez vérifier, demandez aux autorités portuaires, leur bureau est au bout du ponton.

— Inutile.

Et elle lui sourit. Elle le croyait, et pas seulement parce qu'elle savait maintenant quel métier il exerçait. Quelque chose en lui inspirait la confiance.

— Vous exercez ici ?

— Oui, depuis déjà quelques années. Je suis originaire de Floride mais mes parents se sont installés sur l'île il y a longtemps. Et vous ?

— Je suis Anglaise, d'une petite ville du Hertfordshire.

— Ah, j'avais bien cru reconnaître un élégant accent britannique dans votre manière de parler ! Je ne me suis pas trompé.

— Elégant ?

— Je trouve, oui.

Ebauchant un sourire, il lui désigna un parking de l'autre côté de l'embarcadère.

— Je suis garé là-bas. On y va ? Je vous promets que je ne vous ferai aucun mal ! dit-il sur le ton de la plaisanterie.

Mais son message était on ne pouvait plus sérieux, elle le savait.

— Je l'espère ! répondit-elle du tac au tac. En tout cas, merci encore d'être intervenu aussi efficacement. Vous auriez été très utile dans l'avion qui m'a amenée ici…

— Pourquoi ?

Lorsqu'il lui prit son sac de voyage, elle ne s'y opposa pas.

— On a dû atterrir en urgence, un des passagers a eu un malaise cardiaque. J'ai pu agir… dans la mesure du possible.

— C'est-à-dire ?

— J'ai pris son pouls, et j'ai immédiatement compris. Imaginez la panique pendant quelques instants. J'ai tenté des compressions pendant qu'une hôtesse allait chercher le défibrillateur. On a réussi à relancer son cœur… Un miracle. Ses organes vitaux n'ont pas été atteints même si, ensuite, il montrait de forts signes d'arythmie.

— Arythmie ? Vous parlez comme…

— Je suis aussi médecin, dit-elle. La cardiologie n'est pas mon domaine, mais j'ai de bons réflexes ! Il y avait de l'adrénaline dans le kit de survie à bord. J'ai pu injecter une dose en intraveineuse, et tout s'est plutôt bien déroulé.

— Bien joué. Je peux connaître votre spécialité ?

— La pédiatrie.

— Beau domaine. Vous travaillez à l'hôpital ou en cabinet ? Voici ma voiture, dit-il en désignant un véhicule tout-terrain rouge.

— A l'hôpital, dans un service de néonatalité. Mais j'ai besoin de prendre du recul en ce moment. Je suis venue ici faire une pause.

Comment aurait-elle pu entendre des bébés pleurer, rire, couiner, gémir, roucouler… tout en sachant qu'elle-même ne serait jamais enceinte ? Chaque jour, cela aurait été de nouveaux coups de couteau dans sa plaie. L'épreuve serait vite devenue insupportable.

— Une pause ? Parfois, c'est nécessaire, admit-il avec bienveillance, en lui ouvrant la portière côté passager. Installez-vous. J'espère que la fin de votre voyage sera plus agréable que ce que vous venez d'endurer, et que votre séjour vous permettra de récupérer.

C'était étrange, sa remarque aurait pu s'appliquer à tout ce qu'elle avait vécu depuis quelque temps.

Il mit les sacs dans le coffre, se glissa au volant et démarra.

— Merci… En plus, je n'ai pas ma valise principale, dit-elle. Comme on a atterri en urgence, il y a eu des problèmes à l'aéroport, et les bagages sont repartis je ne sais où. J'ai dû remplir un formulaire de réclamation, comme tous les passagers, d'ailleurs.

— Décidément, ce voyage vous a joué des tours. Eh bien, vous allez vous reposer, à présent. Vous êtes en vacances !

Il s'engagea sur la route et emprunta une double voie qui longeait la zone portuaire avant de filer vers la côte. La nuit commençait à tomber, et le ciel, bleu indigo, se reflétait sur la mer. Quelques étoiles scintillaient dans le lointain.

— Les vacances… Oui, c'est mon intention, dit-elle. Tout devrait s'y prêter, ici. Cet endroit est d'une beauté irréelle.

— Mais il est bien réel, répondit-il avec un petit rire. Combien de temps restez-vous ? Si ce n'est pas trop indiscret de vous poser une telle question, bien sûr…

— Non, pas de problème. J'ai prévu un séjour de trois mois environ. Le temps de réfléchir, de remettre certaines choses en perspective, et peut-être de me réorienter.

— Carrément ?

— Oui. A moins que je trouve du travail dans la région… On verra. Quoi qu'il en soit, comme vous le dites, pour l'instant je vais me détendre ! Je serai hébergée chez ma sœur que j'espère voir le plus possible : elle est infirmière dans un dispensaire, et souvent débordée. D'ailleurs, je ne sais pas si elle sera là quand j'arriverai… Elle m'a envoyé un SMS pour me prévenir qu'elle avait été appelée pour une mission de dernière minute.

— Les aléas du métier. On connaît tous ces situations, n'est-ce pas ?

— Oui. C'est courant.

— Pardonnez ma franchise, dit-il, mais vous avez de la chance de pouvoir lever le pied si rapidement dans votre carrière. De nombreux professionnels vous envieraient.

Elle eut un drôle de pincement au cœur. Etait-ce une critique masquée ? Après l'avoir vue sur la navette, en train de bavarder de façon insouciante avec son cousin, peut-être pensait-il qu'elle cherchait juste à passer du bon temps.

— Eh bien, si c'était le cas, franchement, ils auraient tort, répondit-elle sans détour. Je ne me suis jamais considérée comme chanceuse. Mes parents sont décédés quand j'avais douze ans. Ils nous ont laissé de quoi vivre, à ma sœur et moi, mais ils nous ont tellement manqué… Nous avons été élevées par nos oncle et tante, qui ont été formidables et généreux même après la naissance de leurs deux petites filles. Ils auraient pu nous confier à un orphelinat et ils ne l'ont pas fait.

Elle gardait les yeux sur la route, mais devina que Cade la regardait. Ce fut un coup d'œil aussi bref qu'intense, empli de curiosité.

— Désolé, j'ai été indiscret.

— Ce n'est pas grave. Et j'ai accepté de vous répondre, alors ne vous inquiétez pas.

Elle lui sourit et sentit monter en elle une sensation étrange. Comme s'ils se connaissaient depuis toujours, et qu'elle pouvait tout lui révéler… Tout. Plus tôt, à bord du bateau, elle avait également ressenti une grande confiance envers son cousin, mais — et elle n'aurait su dire pourquoi —, c'était différent.

— Tant mieux, alors. Vous me rassurez. Quatre enfants, dans une maison, ce devait être agité !

— Agité ? Oh ! oui !

Elle se mit à rire.

— On a aussi partagé beaucoup de bons moments.

— Une expérience que je n'ai pas eue… Cette vie avec une famille nombreuse, vous voyez. Je suis fils unique, dit-il sur le ton de la confidence. D'où le lien particulier que j'ai avec William. On est très proches, tous les deux, un peu comme des frères.

— Pourtant, vous n'êtes pas venu nous rejoindre, pendant la traversée.

— Touché ! J'avais besoin de réfléchir.

— Il me disait que vous étiez en Martinique pour affaires.

— Exact. Je possède une plantation de cacaotiers à quelques kilomètres de la baie de Tamarind et je vais régulièrement en Martinique voir mes clients, gérer les exportations, régler différents problèmes… William travaille avec moi, mais aujourd'hui il était en congé. Il devait se sentir libre et léger comme l'air… Au point de tester son pouvoir de séduction sur vous !

Surprise par cette réflexion, elle observa Cade en silence. Il conduisait, un vague sourire aux lèvres, l'air sûr de lui. Pourtant, sa remarque trahissait un je-ne-sais-quoi qui n'allait pas avec sa personnalité de médecin et de businessman efficace.

— On a simplement bavardé, vous savez.

— Je m'en doute. Et dansé, aussi. Soyez prudente, William est fragile.

— Prudente ? Et pourquoi ? Je n'ai aucune intention de l'importuner ! dit-elle, prise au dépourvu. Je suis au courant de l'épreuve qu'il vient de traverser. Il m'a raconté.

— Vraiment ?

— Oui. Enfin, je sais uniquement de ce qu'il m'en a dit, et je n'ai pas posé de questions… On ne se connaît pas ! Mais je l'ai trouvé très sympathique, et ouvert.

— Il l'est. Un peu naïf aussi, peut-être.

— Il est jeune…

— Comme vous ?

— On doit avoir à peu près le même âge.

— Et vous êtes naïve, vous aussi ?

— Plus maintenant.

La réponse avait fusé sans hésitation.

Elle n'ajouta pas que, elle aussi, elle avait confié à William certaines informations d'importance la concernant. Cela ne concernait pas Cade qui, à sa manière, se montrait lui aussi curieux et direct.

Déconcertée par la tournure que prenait leur conversation, elle reporta son attention sur la route. Le ruban d'asphalte traversait des collines couvertes de forêts verdoyantes sous un ciel d'un bleu de plus en plus indigo, constellé d'étoiles scintillantes. Malgré la pénombre, elle aperçut un perroquet prenant son envol, des fougères géantes, des fleurs sauvages mauves, des anthuriums superbes. Tout était si magnifique… Si nouveau.

— Puisque vous allez souvent en Martinique pour vos affaires, ce ne serait pas plus facile d'y aller en avion ? demanda-t-elle, histoire d'aborder un sujet moins personnel.

— J'aime prendre le bateau. Le temps semble ralentir, mes idées s'éclaircissent peu à peu. Une manière d'oublier le tourbillon de l'hôpital, où je n'ai jamais une minute à moi.

A ce moment-là, au détour d'un virage, ils parvinrent au-dessus d'une baie à l'eau cristalline, bordée de palmiers, de rochers et de sable blond. Cade désigna le petit port tout au bout.

— On arrive chez vous.

Rebecca laissa échapper une exclamation admirative.

— C'est encore plus beau que ce qu'Emma m'avait dit !

— Oui, sur la côte comme à l'intérieur des terres, les paysages sont superbes. J'ai pas mal voyagé dans le monde, mais j'ai toujours aimé revenir par ici. Que ce soit pour vivre ou pour travailler, cette île est extrêmement agréable, vous verrez.

Il emprunta une route étroite et sinueuse qui descendait jusqu'à un hameau au bord de la plage. Surexcitée, Rebecca embrassa l'endroit du regard, reconnaissant immédiatement la maison d'Emma à sa façade en bois, ses fenêtres aux cadres blancs et sa galerie cernée d'une balustrade blanche. Le soleil couchant nimbait le paysage d'une lumière dorée. Oh ! elle serait heureuse, ici… Oui, heureuse et au calme. C'était le lieu idéal pour se ressourcer, n'est-ce pas ?

Cade se gara sous un arbre et coupa le moteur.

— Vous voilà à destination, saine et sauve, dit-il avec une pointe d'humour.

Elle ne put retenir un petit rire.

— Merci de m'avoir accompagnée.

— De rien.

Il l'observa quelques instants, et un sourire étrange flotta sur ses lèvres.

— J'ai été ravi de faire votre connaissance.

— Moi aussi.

Elle soutint son regard, confusément consciente des battements accélérés de son cœur. Elle aurait aimé le revoir, mais quand ? Et comment ? Et pourquoi ? Stop ! Elle était ici pour être avec Emma ! Elle s'obligea à chasser ces interrogations saugrenues de son esprit. A ce moment-là, son téléphone sonna. Elle prit son portable dans son sac.

— C'est peut-être ma sœur…

Mais un numéro inconnu s'affichait sur l'écran. Un peu déçue, elle répondit et, à sa grande surprise, entendit une voix masculine.

— Rebecca, c'est William. Je voulais juste m'assurer que tu étais bien arrivée. Ça m'a vraiment ennuyé de te laisser seule au débarcadère, tout à l'heure…

— Oh ! William ! Que tu es gentil.

Du coin de l'œil, elle nota que Cade fronçait légèrement les sourcils, comme s'il était irrité qu'elle reçoive cet appel.

— Tout va bien, merci, assura-t-elle.

— Tant mieux ! Parfait ! Ecoute, je viens dans ton coin demain soir. On pourrait peut-être aller boire un verre, tous les deux ? Si ça te dit, bien sûr.

Au moins il ne perdait pas de temps !

— Avec plaisir ! Mais ça dépendra de ce que ma sœur a prévu. Je ne l'ai pas encore vue.

— Elle pourrait nous accompagner ?

— Pourquoi pas ! Je le lui proposerai. Je t'enverrai un texto pour confirmer.

— Super ! Je réserverai au Selwyn's Bar pour 20 heures, si ta sœur et toi êtes partantes.

— D'accord. Merci encore.

En souriant, elle coupa la communication et regarda Cade.

— C'était votre cousin, dit-elle comme s'il y avait le moindre doute. Il s'inquiétait pour moi.

— Je vois. Il vous apprécie vraiment beaucoup ! Je vous recommande une fois de plus d'être prudente.

— Pourquoi ? demanda-t-elle, contrariée.

— Vous êtes très belle, et il a eu le cœur brisé.

Elle sentit ses joues s'empourprer.

— Je vous remercie du compliment, mais pas de l'allusion. Je trouve William très sympa , et ça s'arrête là.

Cade hocha la tête.

— Mais vous acceptez déjà de sortir avec lui.

— En toute amitié, et de façon très spontanée. Je ne connais personne, ici. Et si vous vous joigniez à nous ? proposa-t-elle. De cette manière, vous pourrez veiller sur William… au cas où je serais dangereuse, naturellement.

Une lueur moqueuse traversa le regard sombre de Cade.

— Et en plus, vous avez de l'esprit. Tout pour me plaire, décidément. Dommage que William vous ait remarquée le premier.

Elle resta quelques secondes sans voix.

— Que dois-je en déduire ?

— Qu'on se verra demain soir… si votre sœur est d'accord pour que deux parfaits inconnus vous invitent à boire un verre !

Sur ces mots, il descendit de la voiture et vint lui ouvrir la portière, puis il lui porta ses sacs de voyage jusqu'à l'entrée de la maison. Alors qu'elle le remerciait, Rebecca fut envahie d'une sensation curieuse, mélange de joie, d'enthousiasme et de retenue. Que lui arrivait-il ? N'avait-elle pas perdu la tête ? Emma allait se moquer d'elle…

Ou la mettre en garde. D'une année son aînée, celle-ci avait pris l'habitude de se montrer maternelle, attentive. Mais Rebecca avait le sentiment qu'ici tout changeait déjà pour elle.

Elle pénétra dans la maisonnette.

Oui, ici, ses blessures et ses craintes ne prendraient plus le dessus.

Du moins l'espérait-elle. Avec un homme comme Cade, il valait mieux qu'elle ait confiance en elle. Il semblait si sûr de lui ! Et il ne devait rien laisser au hasard. N'était-ce pas pour cette raison qu'il était resté sur le quai alors que William avait déjà quitté le port ?

2.

Le lendemain matin, ouvrant les yeux, Rebecca se demanda quelques secondes où elle était. Un éclat doré filtrait à travers les persiennes. Dehors, le soleil brillait. Un soleil radieux, chaud…

Nouveau.

Elle s'éveillait d'ordinaire dans la grisaille, le brouillard, le froid, mais là…

D'un coup, tout lui revint. Le long voyage en avion, l'atterrissage forcé en Martinique, la traversée en bateau, sa rencontre avec William, Cade, et enfin ses retrouvailles avec Emma, en fin de soirée. Elles avaient parlé pendant des heures et des heures, si heureuses d'être ensemble qu'elles ne pouvaient plus s'arrêter !

Mais Emma ne s'était pas vraiment réjouie du rendez-vous envisagé avec William et Cade. De toute façon, elle risquait fort de ne pas être disponible, à cause des problèmes sanitaires qui affectaient depuis quelque temps différents villages du plateau montagneux. Des habitants se plaignaient de fièvres, de maux de tête… Outre le dépistage et les soins préventifs, Emma et son équipe avaient effectué des prélèvements, qui avaient été envoyés à l'hôpital le plus proche. Il faudrait retourner voir ces patients restés chez eux, et parfois trop isolés. Emma craignait d'être très occupée pendant les jours à venir. Mais elle voulait que Rebecca se repose ! Elle était là pour ça !

Reposée, Rebecca l'était déjà. Elle se sentait même en pleine forme ! Elle se leva d'un bond et gagna le salon. La pièce était sobrement meublée, mais élégante : du parquet de pin clair, un canapé et deux fauteuils drapés de coton jaune pâle, une table basse. L'ensemble du mobilier était en rotin clair, ce qui produisait une agréable impression de fraîcheur et de simplicité. Par les baies vitrées de la cuisine, équipée d'un bar américain, on apercevait la baie, son eau turquoise et la plage de sable fin. Les portes-fenêtres du salon s'ouvraient quant à elles sur un petit jardin privatif. Juste derrière commençait une étendue sauvage plantée de hauts arbres, des pins maritimes pour la plupart.

— C'est paradisiaque ! s'exclama-t-elle.

— En apparence, oui, dit Emma en souriant. Je ne me lasse pas de ce paysage. Thé ou café ? Suis-je bête, je sais ! D'abord du thé, puis du café... C'est toujours ça ?

Rebecca rit.

— De ce côté-là, rien n'a changé. J'aime les deux. Pourquoi dis-tu « en apparence » ?

— Parce que, ici, tout est magnifique pour les touristes. Quand on y vit et qu'on y travaille, c'est un peu différent. A ce sujet...

Emma esquissa une moue navrée.

— Comme je te le disais hier soir, je vais être obligée de retourner sur le plateau, dans les villages. Je me demande s'il n'y a pas une épidémie. Qui sait, un de ces quatre, ton nouvel ami médecin sera peut-être amené à intervenir...

— Ce n'est pas mon nouvel ami, rectifia aussitôt Rebecca. Il m'a tirée d'une mauvaise situation, et m'a gentiment ramenée ici. Par politesse, je lui ai proposé de se joindre à nous ce soir, puisque son cousin William nous avait invitées. Mais si ça ne te tente pas, j'annule.

— Hors de question.

Une lueur malicieuse traversa le regard d'Emma.

— Finalement, ce soir, j'ai bien envie de me détendre. Après l'effort, le réconfort ! Une fois n'est pas coutume.

— Je suis bien d'accord. Tu es sans arrêt sur la brèche, il faut savoir se ménager des pauses ! En plus, William devrait te plaire...

— Qu'est-ce que tu en sais ?

— Je te connais ! Il est plus ton genre que le mien.

Rebecca envoya rapidement un texto de confirmation à William en lui demandant de bien vouloir transférer le message à Cade… qui ne lui avait pas laissé son numéro ! Elle-même ne lui avait d'ailleurs pas communiqué le sien.

Quelques instants plus tard, William lui répondit :

Excellente nouvelle. Je préviens Cade. Passe une belle journée !

— Voilà, ce soir, on s'amuse, dit Rebecca.

Emma sourit.

— Tu es toujours aussi partante ?

— Non… Enfin, ça dépend pour quoi, avoua Rebecca. Mais j'ai l'impression qu'ici je suis déjà différente.

Emma rit.

— Tant mieux. Le climat tropical, peut-être ? Je commence mon service à 14 heures. D'ici là, on peut aller se baigner et papoter. On a tant à rattraper…

Rebecca sourit, émue.

— Oh ! oui !

Emma et Rebecca passèrent deux heures à la plage, puis se promenèrent autour de la petite maison d'Emma. Rebecca admirait les arbres, la végétation luxuriante. Tout était si sauvage… Et la mer si près ! Elle avait le sentiment d'être au bout du monde. Exactement ce dont elle avait besoin pour se ressourcer et tourner la page.

Elles déjeunèrent à la maison de poisson frais, de patates douces et de mangue, puis Emma partit au dispensaire. Durant son absence, Rebecca lut, écrivit quelques e-mails et retourna marcher au bord de l'eau, inspirant l'air iodé à pleins poumons. Oui, quel bonheur d'être là…

Elle avait hâte de retrouver Cade et William ce soir-là. Tous les deux semblaient aussi sympathiques que différents. D'emblée, elle avait eu confiance en l'un comme en l'autre. Ce serait un dîner amical, ni plus ni moins. Un dîner pour bavarder et rire en bonne compagnie. De cela aussi, elle avait besoin…

De chaleur humaine.

Lorsque sa sœur revint à la maison à 19 h 15, Rebecca était déjà prête. Elle avait choisi une longue robe en soie mauve qui soulignait la finesse de sa silhouette. Sa peau paraissait si blanche… D'ici peu, elle serait plus bronzée ! Elle avait noué ses cheveux en un chignon fluide d'où s'échappaient de petites boucles rebelles, comme toujours.

— Tu es ravissante, dit Emma, les yeux brillants. Moi, je n'ai qu'un quart d'heure pour me préparer, il faut que je me dépêche !

Elle troqua sa tenue fonctionnelle contre une jupe en jean noir et un chemisier bleu noué à la taille. Sa chevelure était aussi épaisse que celle de Rebecca, mais brune et lisse. Emma la laissa libre dans le dos ; elle finissait d'enfiler ses sandales quand on sonna à la porte.

— Nos mystérieux amis sont pile à l'heure ! dit-elle.

Rebecca sentit son cœur faire un bond. Pourquoi cette soudaine nervosité ?

Emma alla ouvrir, et Rebecca lui emboîta le pas. Cade se tenait sur le seuil, en jean clair et chemise blanche. Séduisant en diable.

— Bonsoir… Vous êtes la sœur de Rebecca ?

— Oui… Emma Flynn. Et vous êtes son sauveur ?

— Son sauveur ?

Il éclata de rire.

— Seulement Cade Byfield. William, mon cousin, nous attend dans la voiture. Bonsoir, dit-il à l'attention de Rebecca.

Une lueur admirative brilla dans ses yeux.

— Ravie de vous revoir aussi vite.

— De même. Je n'étais pas sûre qu'Emma puisse être disponible, mais tout s'est bien arrangé, dit Rebecca, consciente du trouble qui la gagnait.

Cade sourit. De fines rides s'étiraient aux coins de ses yeux, adoucissant son expression.

— Tant mieux. On voit que vous êtes sœurs : vous avez les mêmes pommettes et le même arrondi du visage… parfait.

— Parfait ? fit Emma. Vous nous flattez.

— Je suis sincère. On y va ?

William se tenait devant la voiture de Cade, souriant et visiblement heureux de ces retrouvailles. En polo bleu marine et jean coupé aux genoux, il était aussi décontracté que son cousin était élégant.

— Super ! Bonsoir, Rebecca.

Il se tourna vers Emma.

— Je suis William Tempest. J'ai rencontré votre sœur sur le bateau hier.

— Je sais. On peut se tutoyer, dit spontanément Emma.

— Pas de problème.

William la dévisagea, l'air charmé, ce qui amusa Rebecca. La veille, il avait posé le même genre de regard sur elle…

— On a une table au Selwyn's Bar, dit-il gaiement. Tu connais ?

— J'y suis déjà allée, répondit Emma. On y mange très bien. Merci de cette invitation !

— Avec plaisir. Grand plaisir, même, dit William.

Rebecca et Emma s'installèrent sur la banquette arrière, et Cade se glissa au volant tandis que William s'asseyait côté passager. Ils prirent la direction de la côte.

— Vous travaillez ici depuis longtemps ? demanda Cade à Emma.

— Quelques mois, pour un dispensaire mobile. On va dans des villages reculés, on s'occupe des vaccinations, on ausculte les petits… C'est surtout de la prévention, mais, parfois, il faut prendre des décisions et contacter un médecin au plus vite. D'ailleurs, votre nom est sur notre liste d'urgentistes.

— Forcément. Vous êtes infirmière, Rebecca est pédiatre… Vocation familiale ? Mais d'après ce que j'ai compris Rebecca veut prendre du recul par rapport à son métier ?

Croisant son regard dans le rétroviseur, Rebecca sentit sa gorge se nouer. Elle détourna les yeux. Pourquoi évoquait-il cela maintenant ? C'était indiscret… Alors, peut-être pour trouver une échappatoire, son esprit se focalisa sur autre chose : Cade, Emma et elle se vouvoyaient. Ils restaient formels. Alors qu'avec William la communication s'était d'emblée simplifiée. Cade ne devait pourtant pas être beaucoup plus âgé, il devait avoir environ trente ans. Mais il… en imposait.

— C'est rare, oui, dit Rebecca en se ressaisissant.

Emma, devinant sûrement ses pensées, lui avait saisi la main et la pressait avec affection.

— C'est le genre d'éventualité que l'on n'envisage pas sans de bonnes raisons, dit-elle, venant à la rescousse de Rebecca.

— En néonatalogie, on assiste parfois à des scènes très dures, dit Cade. Les bébés qui souffrent de malformations, ou qui ne s'en sortent pas… Je comprends qu'on se pose des questions au quotidien.

— C'est vrai. Mais il y a aussi de très bons moments, heureusement, dit Rebecca.

Elle prit une profonde inspiration.

— Si ça ne vous ennuie pas, pour l'instant, je préfère ne pas parler de mon travail.

— Tu as bien raison, dit William. En plus, là, on va dîner.

— Ils font d'excellents mojitos, au Selwyn's, dit Emma. Tu aimeras, Becky. Ils les préparent avec du rhum blanc, du citron vert frais et un peu de menthe. Miam !

Rebecca fit un effort pour chasser les idées noires qui l'avaient assaillie. Pourquoi cette question de Cade la mettait-elle aussi mal à l'aise ? Parce qu'il avait raison… Il était médecin, il savait que cette profession était avant tout une vocation… Mais il ignorait ce qui l'avait poussée à démissionner.

Les yeux fixés sur le paysage qui défilait, elle aperçut le port, les restaurants aux terrasses décorées de lampions, de parasols colorés, et la mer bleue derrière. Son moral remonta en flèche. Oui, ici, elle allait revivre, se reconstruire.

Il y avait déjà du monde au Selwyn's Bar mais, leur table ayant été réservée, ils purent profiter d'une vue magnifique sur le soleil couchant. L'air était tiède, parfumé, et Rebecca se détendit peu à peu. Assis face à face, William et Emma se lancèrent rapidement dans une conversation à bâtons rompus sur la vie aux Antilles, et la manière de concilier le stress du travail avec la chaleur, l'envie de se prélasser sur la plage, le *farniente* ambiant… Pas toujours facile !

— Je travaille à la plantation de Cade, un peu comme homme à tout faire : je supervise, je conduis les camionnettes, j'accueille les fournisseurs, je gère les équipes quand Cade n'est pas là… C'est non-stop !

Emma ébaucha un sourire compatissant.

— Je travaille aussi beaucoup, mais ça me passionne. Je regrette simplement de manquer régulièrement de matériel médical. On le commande, mais les délais de livraison sont terriblement longs !

Rebecca regarda sa sœur — elle avait vu juste : Emma appréciait William ! —, avant de reporter son attention sur Cade. Tous deux restaient silencieux, alors qu'Emma et William semblaient avoir mille et une choses à partager…

— Je suis désolé de vous avoir posé une question indiscrète, tout à l'heure, dit alors Cade.

— Je m'en suis remise, répondit Rebecca.

— Sujet sensible ?

— Très.

— Je comprends. Pardonnez-moi encore. Voulez-vous que je vous conseille des plats ?

— Qu'on vous conseille, rectifia aussitôt William. Nous sommes tous les deux fins connaisseurs !

— Exact, dit Cade en riant.

Ils commandèrent un assortiment de fruits de mer et de brochettes de poisson — qu'ils partagèrent — ainsi qu'une bouteille de vin blanc sec. Puis Rebecca choisit un sauté de crevettes accompagné de poivrons, oignons, gingembre épicé et sauce au citron vert. Un délice ! Du riz blanc et une salade verte craquante accompagnaient son plat. En dessert, elle opta pour de l'ananas caramélisé au sirop à la vanille, citron et rhum, avec une cuillerée de glace.

Durant le dîner, ils bavardèrent de tout et de rien, comme de vieux amis… Cade évoqua sa double activité, être médecin urgentiste et planteur était un sacré défi ! Il se reposait beaucoup sur William qui, lui, se réjouissait d'être utile et d'apprendre les ficelles du métier. Emma évoqua de nouveau son quotidien d'infirmière sur l'île, et son souhait de s'installer sur place plus longtemps si cela s'avérait possible. Elle n'avait aucune envie de retrouver le climat froid et humide de l'Angleterre ! Rebecca se montra moins prolixe que sa sœur, mais n'était-ce pas normal ? Elle venait à peine d'arriver à Sainte Marie et elle avait tant de choses à régler…

Ou à oublier.

— Je ne m'étais pas autant régalée depuis très longtemps, dit-elle à la fin du repas.

— Moi non plus, fit Emma, qui avait choisi un plat à base de poisson et riz pimenté.

Elle jeta un coup d'œil à Rebecca et sourit.

— Eh bien, grâce à toi, je sors, je profite de la vie… Merci d'être là, petite sœur !

— Petite ? demanda William.

— On a un an de différence. Je suis la plus jeune, dit Rebecca.

Croisant le regard de Cade, elle sentit son cœur battre plus vite. Il l'observait. Oui, il la contemplait attentivement… Comme s'il voulait se forger une opinion d'elle ? En même temps, une lueur indéchiffrable se reflétait dans ses yeux sombres, une lueur intense, troublante.

Cet homme la perturbait. Il avait un impact sur elle… Un impact déstabilisant.

S'astreignant une fois de plus à détourner les yeux, elle admira le croissant de lune qui apparaissait au-dessus des palmiers. A présent, l'air embaumait le jasmin et d'autres fragrances sucrées qu'elle ne connaissait pas. Mais tout, en ce lieu, lui était inconnu…

Et c'était merveilleux. Enivrant.

Quand, un peu plus tard, Cade et William raccompagnèrent Rebecca et Emma, ils évoquèrent la possibilité de leur faire visiter la plantation.

— Demain, qu'en dites-vous ? dit William. Je peux faire

le guide si Cade, alias mon boss, est d'accord. Et, bien sûr, si ça vous intéresse !

— Ton boss te donne son feu vert, répondit Cade sur le ton de la plaisanterie. Je te signale que tu es mon bras droit, tu fais ce que tu veux.

Pour le coup, Emma se montra enthousiaste.

— J'ai toujours eu envie de découvrir ces vastes propriétés de l'île, elles semblent tout droit tirées d'un film, dit-elle. Je suis partante.

— Moi aussi, dit joyeusement Rebecca.

Ses interrogations du début de la soirée s'étaient volatilisées. L'effet positif du délicieux dîner, de l'ambiance et du cadre magnifique, sans nul doute !

— Super ! En milieu d'après-midi, vers 15 heures, ça vous irait ? demanda William.

— C'est parfait. Demain, je suis du matin, dit Emma. Donc pour moi, c'est OK… Sauf si j'ai une urgence, bien sûr.

— Même réserve pour moi, dit William avec un soupir. En principe, je serai libre, mais un imprévu peut aussi survenir. Si jamais c'était le cas, on trouvera un autre moment, c'est promis.

Rebecca échangea un coup d'œil avec Emma. Sa sœur souriait, ravie. Elle aurait aimé se sentir aussi légère qu'elle…

Bientôt.

Elle l'espérait.

Rien ne se déroula toutefois comme prévu. Le lendemain en début d'après-midi, Emma reçut un texto : elle devait se rendre de toute urgence dans un autre village, perché en haut du mont Ventey.

— D'autres habitants se plaignent de maux de tête et de fièvre. Ça ressemble à une infection bactérienne, dit-elle après avoir appelé le médecin de l'équipe. On part avec un maximum d'antibiotiques à large spectre.

— Et si je venais avec toi ? Je pourrais vous être utile, dit Rebecca.

Emma secoua la tête.

— Becky, tu te remets à peine de ta propre hospitalisation, je refuse que tu prennes le moindre risque. Qui plus est, l'infirmière en chef refuserait.

— Evidemment. Il faudrait qu'elle me rencontre avant.

— Oui.

Emma sourit gentiment.

— Et surtout, Becky, tu es en vacances. William va venir te chercher. Il n'y a pas de raison que tu annules sous prétexte que moi, je ne suis pas là.

— Oui, mais je m'inquiète pour toi. Et s'il s'agissait de la fièvre typhoïde ? Il y a eu des foyers sur certaines îles de la région. Je l'ai lu dans la presse.

Emma haussa les épaules.

— Je me suis fait vacciner, normalement je suis immunisée. Et on met des gants et des masques.

Rebecca regarda sa sœur. Inutile de l'alarmer pour rien… Néanmoins, elle savait que la vaccination n'était pas efficace à cent pour cent. Il fallait être vigilant par rapport à la nourriture ou à l'eau, potentiellement contaminées.

— Comment s'appelle le village où tu vas ?

— C'est un hameau, en fait. Le hameau de la Belle-Fontaine.

— Tiens-moi au courant, s'il te plaît. Téléphone-moi, ou envoie-moi un texto.

— Bien sûr.

Emma l'enlaça affectueusement, puis consulta sa montre.

— L'équipe passe me prendre en jeep d'ici une demi-heure. Oh ! j'avais vraiment envie de visiter cette plantation, dit-elle, du regret dans la voix.

— Tu auras sûrement une autre occasion. William l'a promis.

— C'est vrai. Il est très sympa.

— Ah ! Tu vois ?

Emma rit.

— Et il est mignon, admit-elle. Son cousin est, lui, carrément beau.

— Impressionnant, répondit Rebecca, se souvenant du séduisant visage de Cade.

A tel point qu'elle préféra changer de sujet :

— Tu as besoin d'aide pour préparer tes affaires ?

— Je veux bien. Coton, antiseptique, seringues… Normalement j'ai déjà préparé mon matériel, mais on ne sait jamais ! Ton coup d'œil averti me sera utile.

— Merci… J'ai besoin de reprendre confiance en moi, tes mots m'aident.

Emma fronça les sourcils.

— Becky, tu n'as commis aucune faute professionnelle. Aucune. C'est cette vilaine histoire avec Drew et la déception que tu ressens à cause de sa trahison qui te chamboulent. N'oublie pas tu es un bon médecin… Une pédiatre géniale.

— Oui, mais je ne sais pas si je pourrai encore travailler avec des enfants, dit Rebecca, presque au bord des larmes, dans un murmure. Ça peut paraître égoïste…

— Chut ! fit Emma en lui mettant un doigt sur la bouche. Tu verras. Pour l'instant, fais un break et remets-toi. Ensuite, tu aviseras.

— Tu as raison. Avec le temps, les blessures cicatrisent.

Mais certaines s'ouvraient régulièrement…

Sans rien ajouter, Rebecca examina le contenu des deux trousses qu'Emma emporterait. Elles étaient complètes. Comme elle-même, Emma était une perfectionniste.

Quand on vint la chercher, Rebecca lui souhaita bonne chance, et s'obligea à cacher son inquiétude. Emma était expérimentée, n'est-ce pas ? Et elle ne partait pas seule. Il n'y avait donc aucune raison qu'elle coure le moindre danger. C'était elle, Rebecca Flynn, qui était devenue trop émotive…

Beaucoup trop.

Une demi-heure plus tard, alors que Rebecca venait de finir un thé glacé, on frappa à la porte. Persuadée qu'il s'agissait de William, Rebecca alla aussitôt ouvrir…

Et se figea, stupéfaite, en découvrant Cade. Il portait une chemise blanche impeccablement repassée, une cravate de soie bleu pâle, et un jean qui mettait ses longues jambes en valeur.

— Bonjour…

— Bonjour ! dit-elle, parvenant à sourire malgré son étonnement.

Son cœur s'était mis à battre la chamade, c'était ridicule ! Et malvenu. Il s'en rendrait compte. Cet homme-là devait forcément sentir ce genre de choses.

— Vous ne m'attendiez pas, je sais, mais William a eu un empêchement de dernière minute. Comme il avait organisé la visite de la plantation, je me propose de vous y conduire.

— Vous ?

— Moi.

Cade ébaucha un sourire.

— J'ai fini à l'hôpital, et de toute façon, je dois y aller. J'y vis.

— Ah… Mais Emma n'est pas là, elle a eu une urgence. Vous en entendrez peut-être parler, il y a des cas de fièvres inexpliquées dans certains villages.

— Je suis au courant. Son dispensaire effectue un excellent travail, l'hôpital prendra le relais si cela s'avère nécessaire.

Cade pencha la tête.

— William a fait une promesse, alors si vous le souhaitez, je vous emmène.

Et il la regarda dans les yeux, comme pour la défier de refuser. Non, c'était ridicule… Pourquoi aurait-il agi ainsi ? Mais une petite voix soufflait à Rebecca que Cade se réjouissait d'être seul avec elle.

— Pourquoi William n'a pas pu venir ?

— Il a dû aller réceptionner une nouvelle camionnette sur une île voisine. Vous le reverrez, ne vous inquiétez pas, dit Cade d'un ton un peu moqueur.

Déconcertée, elle sourit.

— Je l'espère ! C'est très gentil de votre part de venir alors que vous devez être débordé.

— Ça me fait plaisir. Vous savez, si je n'avais pas pu, je ne serais pas là. William a essayé de vous contacter, Emma et vous, mais vous n'avez pas répondu.

Elle s'aperçut qu'elle avait effectivement un appel en absence.

— Je n'ai pas entendu sonner. Bon, dans ce cas, on y va ?

— Vous êtes prête ?

— Je le serai dans une minute.

Elle alla prendre son sac et, refermant la maison derrière elle, lui emboîta le pas. Elle avait passé un jean, un simple T-shirt rose et des baskets, au cas où ils auraient à marcher. Ses cheveux étaient noués en queue-de-cheval — avec le climat tropical, humide, ils bouclaient presque ! —, et elle avait évité tout maquillage. Bonne idée. Primo, le beau Cade Byfield n'aurait pas l'impression qu'elle cherchait à plaire. Secundo, si elle transpirait en crapahutant au milieu des cacaotiers, elle éviterait les traces de mascara !

— Vous avez fini de bonne heure, dit-elle en s'installant dans la voiture de Cade.

— Relativement, oui. Mais j'ai commencé très tôt, à 5 h 30. Je n'ai pas eu le temps de déjeuner, et je vous avoue que je meurs de faim.

Elle lui jeta un coup d'œil. De profil, il ressemblait à une sculpture grecque. Magnifique. Chassant le trouble qui l'envahissait, elle concentra son attention sur des choses pratiques.

— Vous avez eu beaucoup d'urgences ?

— Comme chaque jour. Problèmes pulmonaires, viraux, hémorragiques…

Il s'engagea sur la départementale qui longeait la baie puis, très vite, bifurqua en direction des collines. Rapidement, la route grimpa et les virages devinrent serrés.

— Même aux Caraïbes, lieu paradisiaque par excellence, les gens sont malades.

— Je m'en doute. Je vous posais cette question à tout hasard. Parfois, il y a des spécificités comme le paludisme…

— Evidemment. Mais, globalement, les urgences restent les urgences : accidents de la route, accidents de natation, piqûres… Rien de très réjouissant. Le quotidien, en somme.

— Oui, le quotidien, dit-elle en admirant les sommets auréolés de nuages qui se dressaient majestueusement au loin. Pour moi, ici, le quotidien est radicalement différent !

— Heureusement…

Le paysage était impressionnant, à la fois sauvage et doux, un paradoxe permanent. Elle observa les buissons sur le bord de la route. De petites fleurs multicolores, inoffensives, poussaient non loin de plantes pleines d'épines qu'il valait mieux ne pas effleurer !

Rapidement, ils parvinrent à la plantation. Rebecca regarda autour d'elle, émerveillée par ce trésor végétal, si luxuriant, au milieu de la forêt tropicale. Des cacaotiers s'élevaient partout, haut de six à sept mètres, peut-être plus, couverts de grandes feuilles d'un vert brillant. Les troncs, sombres, étaient constellés de mousses et de lichens ; çà et là, de délicates orchidées jaillissaient d'écorces fissurées. Et de volumineux fruits enveloppés d'une coque rose pendaient aux branches, prêts à être cueillis.

Mais il y avait également des arbres encore plus hauts… Elle reconnut des bananiers et des palmiers chargés de noix de coco. Pourquoi ce mélange d'espèces ?

— Ils offrent de l'ombre aux cacaotiers, dit Cade, devinant sa perplexité. Sinon, le soleil les brûlerait. L'arbre à cacao est plutôt fragile, surtout quand il est jeune, il a besoin d'être protégé. J'ai organisé cette solidarité arboricole…

Il ébaucha un sourire amusé.

— … quand j'ai repris la plantation. Le résultat a dépassé mes espérances.

— Je comprends. C'est très intéressant. Et j'aime bien votre image solidaire !

Il sourit.

— C'est la réalité dans le monde des arbres. Mais on s'occupe aussi du monde des humains, par ici. Vous voulez voir comment on récolte les fèves ?

— Avec plaisir !

Elle l'accompagna jusqu'à une clairière où des ouvriers, hommes et femmes, travaillaient sous les branchages des arbres les plus riches en fruits. Munis d'une gaule, ils faisaient tomber les cabosses et, à l'aide de machettes, ils les fendaient. Ils en ôtaient ensuite de gros haricots blancs, qu'ils plaçaient dans des seaux métalliques.

— Deuxième étape : ils déposent les graines dans des boîtes en bois et les recouvrent de feuilles de banane pour les préserver de la chaleur, dit Cade. On les laisse fermenter quelques jours avant de les faire sécher. C'est de cette manière que naissent la couleur et la saveur.

— Fascinant… J'ignorais qu'à l'origine le chocolat est blanc !

— Il évolue et se transforme, comme nous autres, au fil du temps !

Elle le regarda. Une fois de plus, les paroles qu'il prononçait résonnaient étrangement à son esprit. Comme si elles se paraient d'un deuxième sens qui lui parlait singulièrement. Elle aussi voulait que le temps l'aide à se transformer, à devenir plus forte pour affronter la réalité…

Le téléphone de Cade sonna, interrompant ses réflexions. Il prit la communication, répondit brièvement et remercia son interlocuteur.

— Je voulais vous proposer d'aller boire quelque chose ensemble, mais il y a eu un problème. Venez avec moi…

La précédant, il s'engagea dans une allée qui traversait une futaie et débouchait sur une vaste villa entourée de palmiers. Elle eut du mal à cacher son étonnement en découvrant la demeure dissimulée au cœur des arbres, elle était en pierres — et non en bois comme bon nombre des maisons sur l'île. Des baies vitrées trouaient l'imposante façade.

— C'est chez moi, dit Cade, tandis qu'une femme d'une quarantaine d'années, les cheveux bruns coiffés en chignon, les rejoignait à la hâte.

— Et voici Harriet, qui est en quelque sorte ma gouvernante.

— Cade, il y a eu un accident sur la zone est, dit-elle. L'un des ouvriers s'est coupé la main avec sa machette. D'après Dan, il saigne beaucoup.

— J'y vais. Désolé, dit-il à l'intention de Rebecca. Restez avec Harriet, si ça ne vous ennuie pas. Je reviens dès que possible.

— Vous n'avez pas besoin d'aide ? demanda-t-elle spontanément. Même si je ne suis pas urgentiste, je peux être utile.

Il la dévisagea d'un air hésitant.

— Vous êtes sûre ?

— Certaine.

— Très bien, en ce cas, oui, je veux bien. Nous allons prendre cette voiture-là, dit-il en indiquant un buggy de golf pour quatre personnes.

Il courut à l'intérieur de la maison, et revint quelques instants plus tard avec une trousse de premiers secours.

— Toujours prêt à intervenir, j'imagine, dit Rebecca une fois installée dans le véhicule.

Il acquiesça.

— J'ai aussi du matériel médical dans ma voiture, dit-il. Au cas où.

— Il y a souvent des accidents ?

— Moins qu'avant, mais encore trop. Pourtant, j'essaie de réduire les risques. Pour commencer, chaque ouvrier est payé correctement, et pas en fonction de ce qu'il récolte. Du coup, ils sont un peu plus prudents… Enfin, en principe.

Ils atteignirent rapidement la zone est. Cade se précipita vers un groupe réuni autour d'un jeune homme allongé sur le sol. Tout le monde parlait en même temps, trahissant une agitation proche de l'affolement. Mais dès qu'il apparut, on s'écarta pour le laisser passer, et chacun se calma.

La gorge nouée par l'appréhension, Rebecca lui emboîta le pas. Elle n'avait pas pu s'empêcher de proposer son aide. Elle était médecin avant tout ; son rôle, où qu'elle soit, n'était-il pas d'aider et de porter secours ?

Cade se précipita auprès du blessé, un adolescent d'environ dix-sept ans. Pâle, en état de choc, il se tenait la main pour tenter d'endiguer l'hémorragie, et grimaçait de douleur.

— Laisse-moi voir, Thomas, dit Cade en examinant la blessure.

La coupure, sur le dos de la main, était profonde, jusqu'à la jonction du pouce et de l'index.

— Bon, tu as eu de la chance, dit Cade. Il n'y a rien de grave, c'est surtout impressionnant. Mais il va falloir nettoyer cette vilaine entaille et recoudre.

Il sourit au garçon et ajouta :

— Soit je t'emmène à l'hôpital, soit on fait ça à la maison. Qu'est-ce que tu préfères ?

— Euh… ici, c'est possible ? S'il vous plaît !

Cade échangea un coup d'œil avec Rebecca.

— D'accord, Thomas.

Fouillant dans sa sacoche, il en sortit des compresses stériles.

— Je vais comprimer la blessure tant qu'on est sur place et, là-bas, on fera ce qu'il faut.

Tout en parlant, il effectua les indispensables gestes de premiers soins. Ensuite, aidé de deux ouvriers, il porta Thomas à l'arrière du buggy.

— Comment tu t'es coupé ? demanda-t-il tandis que l'adolescent se calait sur la banquette.

— En ouvrant une cabosse ! J'ai cru voir un truc brillant, peut-être un petit lézard, je ne sais pas, du coup, hop, ma lame a glissé, dit Thomas malgré ses dents serrées.

— Donc c'est une faute d'inattention involontaire. Il faut toujours rester concentré ! Mais je vais essayer de trouver des gants de protection aérés, dit Cade en s'installant au volant. Ce qui s'est passé aujourd'hui pourrait se reproduire, et ce serait désolant. Benjamin, tu veux bien prévenir les parents de Thomas ?

Un homme plus âgé acquiesça. Ce devait être le chef du groupe.

— Pas de problème.

Rebecca s'assit à côté de Thomas et s'assura qu'il gardait le bras dans une position confortable. Au moins sa présence était-elle rassurante. Jusqu'à présent, elle n'avait rien pu faire.

Une fois à la villa, Cade accompagna le jeune homme dans une petite pièce près de l'entrée. Rebecca y jeta un coup d'œil circulaire. C'était un véritable petit cabinet médical. La salle était équipée d'une table d'examen ; des placards vitrés emplis de médicaments tapissaient l'un des murs. Dans un coin, il y avait un évier en inox et un distributeur de savon liquide et d'essuie-tout.

Cade aida Thomas à s'installer sur la table, releva un peu

le dossier, puis alla se laver les mains. Rebecca le rejoignit pour en faire autant.

— Je vous aide, dit-elle, décidée.

— OK. La procédure est classique : anesthésie avec de la lidocaïne, nettoyage à l'eau stérile, désinfection, puis suture. Il faut faire plusieurs points.

Durant le quart d'heure suivant, elle soigna le blessé avec Cade. Lorsqu'il eut fini de suturer la plaie, elle appliqua une compresse et la fixa avec un adhésif spécial.

— Je vais te prescrire des antibiotiques, dit Cade à Thomas. L'objectif est d'éviter une éventuelle infection. Ton pansement devra être changé tous les jours, et tu vas avoir une semaine d'arrêt de travail, le temps que ça cicatrise. Je te reverrai dans huit jours pour un contrôle de routine.

— Merci, docteur Byfield, dit Thomas en s'efforçant de sourire. Je suis désolé de vous causer tous ces soucis.

Cade sourit à son tour, l'air indulgent.

— Mme Chalmers va te proposer une collation : il faut que tu reprennes des forces. Et s'il te plaît, promets-moi d'être plus vigilant à l'avenir.

— Promis !

Cade l'accompagna jusqu'à la cuisine, une grande pièce moderne et parfaitement équipée. Les portes-fenêtres s'ouvraient sur une spacieuse galerie où la table était déjà dressée. Harriet Chalmers y disposait des rafraîchissements, du thé, des brioches et des fruits.

Le père de Thomas arriva au moment où l'adolescent commençait à se servir. Cade lui expliqua ce qui s'était passé, l'invita à se servir également puis se tourna vers Rebecca.

— Nous allons les laisser… Harriet nous a préparé de quoi grignoter dans le petit salon. Je vous en prie, suivez-moi.

Rebecca lui emboîta le pas, et ils pénétrèrent dans une pièce lumineuse, dotée de trois baies vitrées qui donnaient sur un jardin verdoyant. Simplement meublé d'une table ronde et d'un buffet en pin blanc, décoré de nombreuses fougères vert tendre, l'endroit respirait le calme. Un bouquet d'orchidées jaune pâle apportait une tâche de couleur.

— Qu'elles sont belles ! dit Rebecca, charmée.

— Merci…

Il tira une chaise pour qu'elle s'assoie.

— Harriet cueille les fleurs, s'occupe de la maison, me prépare à manger… Que ferais-je sans elle !

— Elle vous gâte… Elle nous gâte, rectifia Rebecca, admirant les jolis sandwichs en losange disposés dans des assiettes de faïence bleu pâle.

A côté, d'autres plats avaient été disposés : brochettes de volaille, lamelles de crudités à tremper dans des sauces, bols de riz…

— C'est un festin !

— Mon déjeuner, plutôt, dit-il en riant. Harriet savait que je n'avais pas eu le temps de manger. Servez-vous, je vous en prie.

Mais elle se contenta de thé et de fruits. Elle avait surtout soif… d'en savoir plus sur Cade Byfield.

— Je peux vous poser une question indiscrète ?

— Allez-y.

— Qu'est-ce qui vous a incité à vous occuper d'une plantation alors que vous êtes aussi médecin à plein temps ?

Il hocha la tête.

— Disons que c'est une histoire de famille. William a suivi des études orientées vers le monde agricole, mais il a eu des soucis personnels, il lui fallait un petit coup de pouce pour perfectionner son savoir-faire professionnel.

— Il a eu des problèmes sentimentaux.

— Entre autres. Vous vous intéressez vraiment à William…

Elle sourit, avec l'intuition que sa réponse risquait d'irriter Cade. Pourquoi, elle n'aurait su le dire. D'autant que William s'était très bien entendu avec Emma lors de leur dîner. Il n'y avait pas qu'elle qui s'intéressait à son cousin.

— Il est sympa.

— Oui, c'est vrai. Et si confiant. Mais il n'y a pas que ses déboires amoureux qui l'ont mis à mal, ces derniers temps. Son père est tombé malade, et sa mère travaille énormément pour compenser la perte de salaire. C'est la sœur de ma mère.

En fait, ce sont elles les véritables initiatrices du projet de développement de cette plantation. Mon père, lui, a d'autres centres d'intérêt. La restauration d'œuvres d'art, par exemple. Il vit toujours en Floride, dans les Everglades. Loin de nous.

Elle perçut une pointe d'amertume dans sa voix.

— Vous ne vous entendez pas très bien ?

— Non. On s'ignore.

Il ébaucha une moue attristée.

— Depuis que mes parents ont divorcé, j'essaie de soutenir ma mère. Mon père, lui, a refait sa vie. Mais elle a besoin de moi… Du moins, j'aime à le croire.

— C'est sûrement le cas. La famille, c'est important.

— Oui, et quand on n'en a pas, on s'en rend compte de manière aiguë. Vous devez le savoir aussi bien que moi.

Il la contempla attentivement quelques secondes.

— Ça n'a pas dû être facile, pour vous, d'être séparée de votre sœur ?

— Elle m'a beaucoup manqué. Et, là, je suis si heureuse de la retrouver !

— J'en suis certain. J'espère que vous profiterez de votre séjour ici pour vous détendre… Oublier le travail, aussi ? D'après le peu que j'ai vu de vous, je parie que vous êtes une excellente praticienne.

— J'aime mon métier. Soigner, aider à guérir…

— Mais il s'est passé quelque chose qui a freiné votre enthousiasme.

De nouveau surprise par sa perspicacité, elle garda le silence un court instant.

— Oui et non. C'est plus complexe que ça… Et je n'ai pas trop envie d'en parler.

— Désolé. Je comprends.

— Merci.

Elle jeta un coup d'œil à sa montre.

— Il se fait tard, il faudrait que je rentre. Je vais appeler un taxi.

— Non, Benjamin, mon contremaître, vous raccompagnera.

Je suis heureux d'avoir pu partager ce moment avec vous, dit gentiment Cade comme elle se levait.

Il fit de même.

— Et je serais heureux de vous revoir. Très heureux.

Elle soutint son regard, conscient des battements de son cœur qui s'accéléraient. Cet homme était si charmant… Trop charmant.

Trop beau.

Trop généreux.

Trop… tout.

— Eh bien, vous savez où me trouver, dit-elle.

Ces paroles lui avaient échappé, mais elles ne parurent pas le surprendre.

— Effectivement, dit-il avec un rire amusé. Je passerai peut-être demain, en quittant l'hôpital. Ce n'est pas très loin de chez vous. Si vous êtes là, je vous enlève !

3.

Le lendemain, le temps changea radicalement : le vent se leva et d'impressionnants nuages envahirent peu à peu le ciel. La chaleur restait lourde, des éclairs zébraient l'horizon. Pas très engageant ! Contrairement à Rebecca, Emma y prêta à peine attention. En fin de matinée, elle dut retourner avec l'équipe mobile du dispensaire dans le village en haut du mont Ventey où ils s'étaient déjà rendus. L'état de certains patients s'était précisé, peut-être aggravé, il fallait procéder à des examens complémentaires. Rebecca se retrouva donc à nouveau seule, et un peu déçue que sa sœur soit si peu disponible, mais le quotidien d'une infirmière était ainsi, imprévisible…

Comme le climat de l'île.

Elle partit se promener sur la plage, appréciant malgré tout le paysage soudain si différent. Les palmiers s'agitaient, le sable s'envolait, les vagues déferlaient avec des rouleaux d'écume blanche. Très peu de touristes étaient dehors, et les parasols restaient repliés.

Au bout d'une heure, décoiffée, les joues piquées par l'air vif, elle rentra se préparer un thé. Les informations locales mettaient à présent la population en garde : de fortes intempéries s'annonçaient, mieux valait éviter tout déplacement non nécessaire. Et Emma qui était en pleine montagne ! Certes, elle était entourée de personnes qui vivaient ici depuis longtemps. Ils devaient savoir ce qu'ils faisaient ! Mais Rebecca n'était qu'à moitié rassurée.

Puis elle pensa de nouveau à Cade. Quel homme surprenant… Elle ne comprenait pas clairement ce qu'elle éprouvait pour lui. Un mélange d'attirance, de respect mais aussi de méfiance. Malgré elle. Son expérience désastreuse avec son ex-fiancé déteignait sur elle, alors que Cade agissait de manière si galante, si prévenante… Il était plein d'attentions envers elle !

Trop ?

Peut-être. Elle avait tellement souffert depuis sa rupture qu'elle en venait à se méfier de quelqu'un qui lui témoignait de la gentillesse !

Mais Cade n'était pas juste « quelqu'un ». C'était un très bel homme, doté d'une situation enviable, qui devait plaire à de nombreuses femmes. Inévitablement. Il ne fallait pas qu'elle se fasse d'illusions… Surtout pas !

En vérité, mieux valait qu'elle le chasse de son esprit. Elle s'approcha de la baie vitrée. Les nuages continuaient à s'amonceler. Il commençait à pleuvoir, et les palmiers étaient secoués par le vent. Aux alentours, les cimes majestueuses des pins maritimes s'agitaient également.

Ce fut alors qu'elle aperçut la haute silhouette qui se précipitait vers la maison. Son cœur bondit dans sa poitrine. Lui ?

Cade…

Lorsqu'elle entendit frapper à la porte, elle hésita un court instant. Décidément, envers et contre tout, il tenait parole. N'avait-il pas promis de passer la voir ?

Partagée entre l'étonnement, le soulagement et l'incrédulité, elle alla ouvrir.

— Je vous dérange ?

Les cheveux en bataille, il était en costume, mais sans cravate. Le col de sa chemise était défait.

— Non, mais vous bravez le mauvais temps…

— J'ai l'habitude, ne vous inquiétez pas.

Il ébaucha un sourire.

— Je ne suis pas venu pour vous enlever, mais pour ça…

Il désigna alors la volumineuse valise posée à côté de lui. Rebecca écarquilla les yeux. C'était son bagage égaré.

— Comment vous avez fait ?

— J'ai appelé la CIA, répondit-il, léger.

Elle rit.

— Sérieusement, qui avez-vous contacté ?

— J'ai passé quelques coups de fil, et on a procédé par élimination, en suivant l'itinéraire le plus probable de votre bagage : l'île de la Barbade, puis retour en Martinique.

— Belle efficacité… Merci beaucoup !

Elle ne lui avait rien demandé, il avait simplement voulu lui rendre service… Curieusement, cela la mettait mal à l'aise. Elle voulut s'emparer de la valise, mais il s'en chargea. Au même instant, la pluie redoubla d'intensité.

— Entrez vite ! dit Rebecca.

Refermant derrière eux, elle réprima un frisson.

— Vous avez froid ? demanda-t-il, inquiet.

— Non, c'est ce temps, l'ambiance, je ne sais pas.

— L'atmosphère, certainement, très électrique ! C'est une tempête orageuse qui menace. Où voulez-vous que je mette la valise ?

— Par ici…

Elle le mena jusqu'à la chambre d'amis, devenue la sienne. Cade jeta un coup d'œil au lit protégé par une moustiquaire, au bureau sur lequel elle avait posé son ordinateur. Une baie vitrée donnait sur la petite véranda.

— Votre sœur a trouvé une maison très agréable, dit-il en posant la valise.

— Oui, très, répondit-elle, de plus en plus gênée.

Le voir dans cette pièce… C'était comme s'il venait de s'engouffrer dans son intimité.

— Je vous offre un café ?

— Avec plaisir.

Il lui emboîta le pas et, comme s'il se trouvait chez lui, ouvrit le réfrigérateur pour prendre du lait. Elle disposa des tasses, alluma la cafetière et sortit une boîte de cookies qu'elle mit sur une assiette.

— Ils sont parfumés à la cannelle. Je les ai achetés à la boulangerie du village. Servez-vous, ils sont délicieux.

— Merci.

Il ôta son veston et le posa sur le dossier de la chaise mais ne s'assit que lorsqu'elle prit place elle aussi.

— Une tempête orageuse, disiez-vous ?

— Oui. Elle a déjà affecté le sud de l'île, et s'approche d'ici, répondit-il. Ça souffle de plus en plus.

Elle esquissa une moue.

— Vous ne devriez peut-être pas vous attarder, vous avez de la route pour retourner chez vous.

— J'ai l'habitude, dit-il à nouveau. Mais pas vous.

— C'est bien plus impressionnant que les intempéries qu'on a en Angleterre, dit-elle, soucieuse, en jetant un coup d'œil par la fenêtre.

Le ciel devenait gris sombre, presque noir, et les bourrasques, de plus en plus fréquentes et violentes, faisaient vibrer les parois en bois de la maisonnette.

— J'espère qu'on ne va pas s'envoler !

Allait-il se moquer d'elle ? Il parut au contraire préoccupé.

— Premièrement, fermons les volets. Je m'en charge. Allumez la lumière et vérifiez que vous avez bien des bougies, au cas où.

— Emma en a, je les ai vues. Coupures de courant en perspective ?

— Très probablement. On pourrait se retrouver sans électricité pendant plusieurs heures. De même pour l'eau, il vaut mieux prévoir et remplir quelques bouteilles, par précaution.

Elle s'abstint de tout commentaire. La situation s'avérait plus préoccupante encore qu'elle ne l'avait imaginé.

Cade sortit et, quelques instants plus tard, tout s'assombrit à l'intérieur. Au même moment, la pluie, toujours plus forte, tambourina sur le toit et les volets dorénavant fermés. Rebecca mit la radio. Un commentateur indiquait un risque de tornade qui se dirigeait vers le nord.

— Cette fois, ça nous tombe dessus, dit Cade en refermant vite la porte d'entrée.

— Mais c'est plus grave sur les autres îles.

Elle lui rapporta ce qu'elle venait d'entendre.

— J'espère qu'Emma et ses collègues ne sont pas en danger…

— Je l'espère aussi. Une chose est sûre : ici, sur la côte, on est au cœur de la tempête.

Des coups de tonnerre retentirent, résonnèrent·au loin, puis il y eut des éclairs, et la lumière vacilla.

Plus impressionnée qu'elle ne l'aurait souhaité, Rebecca servit le café et s'installa sur le canapé. Elle réprima difficilement un frisson d'angoisse. La maison tremblait…

— Je ne suis pas rassurée, je l'avoue.

— Je vais rester avec vous, proposa-t-il.

Elle le regarda, incertaine.

— Mais vous avez sûrement autre chose à faire et…

— Je refuse de vous laisser seule.

Il lui sourit.

— Bavardons de la pluie et du beau temps ?

Elle ne put s'empêcher de rire.

— C'est tout à fait de circonstance. Il y a souvent des ouragans, par ici ?

Mais durant l'heure qui suivit, peut-être plus, ils s'efforcèrent d'ignorer le tumulte à l'extérieur et parlèrent de tout sauf de la tempête. Ils évoquèrent les jolies îles des Caraïbes, les barbecues sur la plage, la faune et la flore des alentours… Ils parlèrent travail, un peu. Cade raconta quelques anecdotes sur son quotidien à l'hôpital, les urgences, les joies et les peines de son métier. Il lui confia avoir ressenti une véritable vocation très jeune, quand il vivait en Floride.

L'orage continuait à gronder, se rapprochait, et les éclairs illuminaient la pièce par intermittence. Sous les assauts des bourrasques, les murs de la petite maison vibraient de plus en plus fort.

Cade finit par conseiller d'éteindre la lumière. Rebecca obtempéra — en laissant juste une dans la cuisine — et alluma les bougies qu'elle avait trouvées dans le buffet.

— Je pourrais préparer des sandwichs…

— Bonne idée.

Oui… Elle n'avait pas vraiment faim, mais elle avait besoin de s'occuper.

Un grand coup de vent secoua la maisonnette et, tout à coup, on entendit un bruit métallique sur le toit. Rebecca se pétrifia.

— On dirait que tout va s'écrouler !

Cade vint vers elle et, spontanément, la prit dans ses bras. Elle se laissa faire, surprise mais aussi heureuse de cette étreinte.

— Ce sont sans doute quelques tuiles qui se sont envolées.

— Quelques tuiles, répéta-t-elle, s'efforçant de maîtriser son inquiétude.

Contre lui, elle se sentait bien… Très bien. Le calme qu'il dégageait ne pouvait que la rassurer… N'est-ce pas ? Elle imagina fugitivement que ce grand corps musclé la protége-rait des intempéries, qu'il était là pour elle, et que, si besoin, il la sauverait…

Puis elle chassa ces pensées, presque honteuse de se sentir aussi vulnérable. Troublée, également, par les sensations inconnues qui s'emparaient d'elle tandis qu'il l'enlaçait. Sa chaleur, sa force irradiaient en elle. Oui, c'était exactement ça. Il lui communiquait sa force.

— Merci, ça va aller, dit-elle, s'écartant à regret.

Il ne fallait pas qu'ils prolongent ce moment d'intimité… Même si, soudain, naissait en elle l'envie de se blottir encore et encore, de se reposer contre lui. Complètement…

Eperdument.

— Vous êtes sûre ? répondit-il d'un ton taquin. J'aime bien que vous soyez dans mes bras.

Une lueur amusée brillait au fond des yeux.

— Tout à fait sûre, répondit-elle.

Elle s'éclaircit la voix, consciente du trouble l'avait gagnée, et ajouta :

— Vous êtes décidément très gentil.

— Plus que William ?

Elle ne put s'empêcher de rire.

— Différemment ! Bon, je vais préparer des sandwichs.

— On va les préparer ensemble.

Ils coupèrent du pain, du jambon, du fromage. Elle sortit

une bouteille de vin, qu'il ouvrit. Ils trinquèrent. Pratiquement à cet instant-là, un formidable coup de tonnerre retentit.

— C'est ce qu'on appelle un drôle de hasard ! dit Cade. Même si la foudre est tombée un peu plus loin, on peut parler de… coup de foudre ?

Elle sentit son cœur battre plus vite.

— Je plaisante, dit-il. Mais dites-moi, vous avez sûrement un petit ami, en Angleterre ? J'ai dû mal à imaginer qu'une jolie femme comme vous reste célibataire. Vous avez dû laisser quelqu'un derrière vous… Et lui briser le cœur !

Elle laissa échapper un petit rire, masquant la tristesse qui, soudain, revenait insidieusement. Il suffisait qu'elle pense à Drew, et cela la reprenait. Même si elle n'éprouvait plus aucun sentiment pour lui, elle ressentait toujours ce mélange de déception, de colère et de chagrin qui, comme à cet instant, risquait de la faire fondre en larmes.

— Il y a eu quelqu'un, dit-elle sur le ton de la confidence, mais ça n'a pas marché entre nous. La vie continue, j'ai tourné la page.

Elle était en train de la tourner. Voilà ce qu'elle aurait pu préciser.

Il l'observa en silence, attentivement.

— Je m'en serais douté.

Elle prépara un sandwich, puis un deuxième, avec des gestes machinaux.

— Et vous ? J'ai l'impression que si, professionnellement, la vie vous a plutôt gâté, d'un point de vue personnel, vous êtes… seul. Je me trompe ?

— Non. Au contraire, vous êtes perspicace. Je suis peut-être devenu trop prudent au fil du temps… Les femmes savent tellement ce qu'elles veulent, dit-il. Le mariage, la richesse, un statut social… J'ai une vision un peu partiale, je l'admets.

— A cause d'une déception, j'imagine. Nous ne sommes pas toutes comme ce que vous le décrivez… Heureusement !

— Je l'espère.

Mais il ne semblait pas convaincu.

— C'est pour cette raison que vous vous montrez si prudent

par rapport aux fréquentations de William ? Vous craignez qu'il ne se fasse avoir ?

— Un peu, oui. Il est sorti avec une fille qui lui a menti, qui l'a trahi... On ne se remet pas facilement d'une expérience aussi négative. Puis son père est tombé malade, et William a dû travailler pour aider sa mère et sa famille. Mais il a bien failli craquer.

— Je comprends. Il va mieux, maintenant ? demanda-t-elle, concernée.

— Je crois, oui. Son père — mon oncle — est à nouveau hospitalisé depuis une dizaine de jours. Un virus a affecté son muscle cardiaque il y a quelques années, et il est sous haute surveillance. Sauf que le traitement coûte cher. Ils ont dû vendre la maison pour payer la prise en charge. Aujourd'hui, ils sont hébergés gratuitement dans un des cottages de ma plantation. J'essaie d'alléger leur quotidien.

— Je comprends... Vous êtes leur bienfaiteur.

Il secoua la tête.

— Le mot est trop fort. On travaille ensemble, William et moi. Un jour, on s'associera et, qui sait, peut-être mon oncle se joindra-t-il à nous. Tous ensemble, on réussira à faire fructifier nos affaires !

Elle ébaucha un sourire. Discuter avec lui lui procurait une curieuse sensation, comme s'ils se connaissaient depuis longtemps. Elle se sentait en confiance ; rassurée et presque calme. Pourtant, au-dehors, la tempête continuait à faire rage. Mais elle n'y prêtait plus attention, entièrement concentrée sur Cade.

— Votre oncle a des chances de s'en sortir ?

— Je l'espère. Il a un traitement lourd, un régime adapté sans sel, l'équipe médicale veille à ce qu'il se repose suffisamment. Malheureusement, pour l'instant, le pronostic est flou. On ne sait pas encore à quel point les tissus ont été endommagés ni si son cœur pourra récupérer.

Installés à la petite table du coin cuisine, ils mangèrent en silence pendant quelques instants. Le vent soufflait par rafales, et des tuiles bougèrent de nouveau sur le toit, provoquant des craquements alarmants.

— Franchement, j'ai l'impression que cette maison va se briser comme une boîte d'allumettes, dit Rebecca en s'efforçant de rire. Seule, j'aurais été morte de peur.

— J'imagine.

Il sourit à son tour.

— Le hasard a bien fait les choses. Je devais passer vous voir.

— Merci encore… Et pour votre plantation ? demanda-t-elle. Cette tempête va provoquer d'importants dégâts !

— Hélas, oui. On risque de perdre quelques arbres. Mais la récolte principale est terminée et, en général, le produit de nos récoltes est plutôt à l'abri, comme nos cottages. Pour tout dire, je m'inquiète surtout de l'état du réseau routier…

Il hocha la tête d'un air soucieux.

— Les ruisseaux et les rivières vont déborder et charrier des tas de branchages, des cailloux… Ce sera dangereux.

Son téléphone bipa. Quelques secondes plus tard, un violent coup de tonnerre retentit, et la lumière de la cuisine s'éteignit brusquement.

— OK. Cette fois, il n'y a plus d'électricité, dit-il entre ses dents.

Les flammes des bougies dansèrent, crépitèrent, comme agitées par un fort courant d'air. Puis Rebecca sentit quelque chose lui effleurer les cheveux, couler dans son cou. De l'eau ? Elle leva les yeux vers le plafond et aperçut une auréole sombre, humide, qui s'agrandissait.

— Oh ! non… Il y a une fuite, dit-elle.

Il suivit son regard.

— Exact. Je vais voir ce que je peux faire. Vous avez une lampe-torche ?

Elle en trouva une sous l'évier. Il éclaira le plafond en esquissant une grimace.

— Vérifions les autres pièces…

Il gagna la chambre d'Emma, celle de Rebecca, et revint un court instant plus tard, l'air ennuyé.

— Ça coule partout. Il faudrait colmater avec de l'adhésif

étanche. Je peux tenter le coup, si vous en avez… Sans garantie que ça tienne.

Elle fouilla dans les tiroirs de la cuisine et trouva un rouleau de scotch épais.

— Il n'est peut-être pas totalement imperméable… Mais c'est mieux que rien. On a une échelle, je vous aiderai, dit-elle, reconnaissante. Je vais mettre des bassines en dessous… Et demain, ma sœur contactera notre propriétaire pour qu'il fasse réparer. Oh ! j'espère tellement qu'elle va bien, je n'ai toujours aucune nouvelle, dit-elle en jetant un coup d'œil à son portable.

Cade fit alors de même. Il fronça les sourcils en découvrant les messages qu'il avait reçus.

— L'hôpital me demande de venir au plus vite. Il y a un afflux de patients à cause de ce qui se passe.

— Evidemment. Il faut vite que vous y alliez, dit-elle, la gorge nouée.

Il la regarda, le visage sombre.

— Mais je refuse de vous laisser ici. Je vous invite chez moi, vous y serez en sécurité.

— C'est gentil, mais…

— Le temps presse, dit-il. Accompagnez-moi. Laissez un mot à votre sœur, elle comprendra très bien. Elle nous rejoindra peut-être, si elle-même n'est pas déjà à l'abri.

Mais Rebecca hésitait. Malgré la tempête, malgré les dégâts qui s'annonçaient, elle n'avait aucune envie de suivre Cade, aussi adorable fût-il.

Elle regarda de nouveau le plafond. Après tout, il lui suffirait de mettre des serpillières par terre, des seaux, des cuvettes… Le toit tout entier n'allait quand même pas se volatiliser ?

— J'aimerais être là quand Emma reviendra. Mieux encore, j'aimerais partir la retrouver !

— Où ?

— Elle est dans un hameau sur le mont Ventey.

— En haut ? Les accès doivent être bloqués… Ce serait de la folie d'y aller.

Il fronça les sourcils.

— Pourquoi vous ne voulez pas venir avec moi ? Je vous fais peur ?

Prise au dépourvu, elle secoua la tête.

— Non, bien sûr. Mais vous n'avez pas à me prendre en charge. Je ne vous demande rien, vous savez ? Je vous assure que je me débrouillerai. Et vous devriez filer… Pour sauver ceux qui ont vraiment besoin de vous ! dit-elle, tentant une pointe d'humour.

Au même instant, comme pour la narguer, un filet d'eau dégoulina du plafond. Et dehors, le vent souffla de plus belle. La situation devenait critique.

Cade fit une grimace soucieuse.

— Rebecca, je crains que vous n'ayez pas le choix.

— Mais si. N'insistez pas.

— A votre place, compte tenu des circonstances, je n'hésiterais pas…

Il s'approcha et sourit.

— A moins que je vous persuade autrement ?

Avant qu'elle n'ait pu deviner son intention, il l'enlaça d'un geste impérieux et s'empara de ses lèvres. Le souffle coupé, elle voulut le repousser… Mais le tourbillon de sensations qui l'envahit freina aussi bien son indignation que sa raison. Au contraire — et c'était fou ! —, elle se colla contre lui, s'accrochant presque… Et elle l'embrassa avec passion.

Elle n'avait jamais rien éprouvé d'aussi intense. Ce désir fébrile qui l'enveloppait tout entière… Ces délicieux frissons, partout, lorsqu'il glissa une main sous son T-shirt pour lui caresser le dos, la cambrure de la taille… Quand il lui effleura les seins, elle laissa échapper un gémissement de plaisir et se cambra, se lova davantage. Une sorte de magnétisme inexplicable, envoûtant, les poussait l'un vers l'autre. S'ils ne se ressaisissaient pas, ils céderaient fatalement à leurs pulsions…

Mais il ne fallait pas… Elle ne voulait pas ! Elle n'était pas prête… Pas du tout.

Soudain, un vacarme incroyable retentit, et la petite maison trembla du sol au plafond. Rebecca se dégagea brutalement de leur étreinte, et regarda autour d'elle.

56

— Tout va s'écrouler !

— C'est sans doute un arbre qui est tombé sur le toit. Je vais voir.

Il gagna la porte, l'ouvrit avec précaution et jeta un œil à l'extérieur.

— Bingo, dit-il en refermant le battant. Un pin maritime a été déraciné par le vent. Partons tout de suite. Tu n'as vraiment plus d'autres solutions.

Il la tutoyait, à présent… Forcément. Ce baiser insensé scellait leur nouvelle complicité, impossible de le nier.

— Là, effectivement, les dés sont jetés. Une chance que ma valise soit déjà faite !

Il ne put s'empêcher de rire.

— Je vais la prendre… La reprendre, plutôt. Tu as besoin d'autre chose ?

— Juste un ciré. Je vais emprunter l'imperméable d'Emma.

— Oui, ça vaut mieux, dit-il en enfilant sa veste.

La pluie cinglait le toit, et les volets claquaient, balayés par les bourrasques.

— Cade, puisque je viens avec toi, je vais également t'accompagner à l'hôpital. Je suis médecin, ne l'oublie pas. Je peux être utile.

— Merci. Sincèrement, je me sentirais plus rassuré si tu étais en sécurité chez moi, mais nous aviserons en fonction de la situation.

— OK.

Pendant qu'il mettait ses affaires dans le coffre de sa voiture, elle jeta un coup d'œil autour d'elle, effarée par les dégâts déjà causés. Le joli jardin semblait saccagé… Et un arbre immense s'était abattu sur le toit. Mais lorsque Cade emprunta la route qui menait à la plantation, elle découvrit toute l'ampleur du désastre : bananiers et palmiers arrachés, champs inondés, glissements de terrain…

— Terrible, fit-elle dans un murmure.

— Catastrophique, dit-il en freinant soudain.

Il y avait un éboulis de pierres et branchages au milieu de

la chaussée. Il se gara sur le côté et sortit du véhicule. Elle fit la même chose, prête à l'aider.

— Reste à l'intérieur. Nous n'avons pas besoin de nous tremper tous les deux !

Malgré ses protestations, elle dégagea un passage avec lui. Ils repartirent bientôt, grimpant dans les collines jusqu'à ce qu'ils parviennent à un village au bord d'un torrent qui avait débordé et jaillissait sur les berges.

— Regarde ! dit-elle, désignant une voiture abandonnée devant un petit pont un peu plus loin.

— On doit aller voir…

— Tout de suite.

Il ralentit pour se garer. La chaussée boueuse était aussi glissante qu'une patinoire.

Une partie du pont s'était écroulée. Le véhicule se trouvait de travers, juste à l'entrée. Le conducteur avait dû vouloir éviter de s'engager et avait dérapé…

S'approchant, Rebecca distingua des silhouettes à l'intérieur. Le conducteur était penché vers la droite. Du sang coulait sur sa tempe. A côté de lui, une femme semblait sans connaissance.

L'arrière était empli d'eau.

— C'est fermé à clé, ou bloqué, dit Rebecca en essayant d'ouvrir une portière.

— J'ai ce qu'il faut dans le coffre, dit Cade.

Il repartit en courant et revint un court instant plus tard muni d'une clé à mollette, avec laquelle il fracassa l'une des vitres. Rapidement, il élargit le trou pour atteindre le loquet.

— Qu'est-ce qui se passe ? marmonna l'homme en revenant à lui.

Il poussa un gémissement.

— Le pont…

— Vous avez eu un accident, dit Cade. Vous avez dû vous cogner. Où avez-vous mal ?

— A la tête. Beaucoup.

Il jeta un coup d'œil à la passagère.

— Ma femme, Jane… Elle est blessée.

— Je m'occupe d'elle, dit aussitôt Rebecca. Cade, charge-toi de lui.

— D'accord.

Une fois que Cade eut aidé le conducteur à sortir, elle se glissa sur son siège pour examiner la femme. Elle écouta sa respiration, prit son pouls, qui s'avéra faible et irrégulier. Au bout de quelques secondes, la blessée bougea, et Rebecca poussa un soupir de soulagement.

— Jane ? Je suis médecin…

— Dieu merci. Ma poitrine… Quand j'inspire, ça fait si mal !

— Vous avez dû vous casser une côte. Ne vous inquiétez pas, on vous emmène à l'hôpital.

— Et mon bébé ? Il va bien ? demanda Jane, alarmée.

— Vous êtes enceinte ?

— Non… Ma fille ! Où elle est ? s'écria la femme en grimaçant tandis qu'elle essayait de se retourner pour jeter un coup d'œil vers la banquette arrière.

La partie inondée du véhicule.

— Oh ! non ! non !

— Calmez-vous, dit Rebecca, tâchant elle-même de ne pas s'affoler. Je vais voir.

Au même instant, Cade réapparut, une expression déter-minée sur le visage. Le mari de Jane avait dû lui dire qu'ils voyageaient avec un enfant en bas âge… Sans un mot, se penchant au-dessus de Rebecca, il plongea les mains dans l'eau et chercha. Au bout de ce qui parut être une éternité, il souleva un siège-auto avec, à l'intérieur, une petite silhouette sanglée par la ceinture de sécurité. Sa tête auréolée de boucles blondes pendait sur le côté, immobile.

Hébétée, Rebecca sortit de la voiture pour lui laisser le passage. L'eau du torrent tourbillonnait autour de ses jambes, moins agitée cependant que ses pensées. Le sang bourdonna à ses tempes, et elle se revit subitement dans le service de néonatalité où elle s'était tant investie avant que le destin ne l'éloigne.

— Je m'occupe de l'enfant, dit Cade, et toi, de sa mère.

L'ordre lui fit l'effet d'une gifle, l'obligeant à se ressaisir.

— Amène-la près de son mari, dit-il.

Elle obtempéra, avec la sensation de se mouvoir comme un automate. La petite devait avoir environ un an, et ses joues arrondies étaient beaucoup trop pâles. Une teinte bleutée assombrissait sa bouche en forme de bouton de rose.

C'était insupportablement injuste. De telles choses n'avaient pas le droit de se produire…

La gorge nouée, Rebecca incita le couple à s'asseoir sur un talus à l'écart de l'eau bouillonnante du torrent. L'homme se tenait la tête entre les mains — souffrait-il d'un traumatisme crânien ? —, et la femme avait du mal à respirer. En théorie, ils s'en tiraient plutôt bien. Oui, ils étaient censés se considérer comme chanceux… Sauf qu'ils avaient peut-être perdu leur fille.

Rebecca s'obligea à chasser le chagrin mêlé d'effroi qui l'envahissait. Face aux parents, elle devait se montrer rassurante. Quoi qu'il arrive.

— Je vais vous chercher de quoi vous couvrir, dit-elle, consciente que tous deux risquaient de basculer dans un état traumatique d'une seconde à l'autre. Ne bougez pas.

— Mais mon bébé…, gémit Jane.

— On s'occupe d'elle. Je reviens.

De fait, Cade était en train de lui prodiguer un massage thoracique. Il l'avait allongée sur le dos, à côté de son véhicule. Rebecca l'entendit compter les compressions à mi-voix.

— … vingt-huit, vingt-neuf, trente…

Puis il souffla deux fois dans la bouche de l'enfant avant de recommencer à la masser.

— Une, deux, trois, quatre…

Rebecca gagna le coffre de la voiture et chercha la mallette de secours. Les mains tremblantes, elle parvint à en sortir deux couvertures de survie, pliées. Mieux valait qu'elle ne pense pas à la petite fille… Pas maintenant. Il fallait qu'elle reste opérationnelle.

— Douze, treize, quatorze…

Cade donnait le maximum de lui-même. Etait-ce trop tard ? Combien de temps était-elle restée sous l'eau ?

— Je préviens l'hôpital, dit Rebecca.

Il acquiesça sans cesser les compressions, gardant un rythme régulier, rapide.

— Vingt-neuf, trente…

Et deux insufflations.

Rebecca se précipita auprès des parents, les enveloppa dans les grandes feuilles dorées qui les garderaient au chaud, puis s'efforça de leur remonter le moral. Tous deux étaient désespérés, en état de choc. Elle s'éloigna discrètement afin de téléphoner à l'hôpital. Inutile de les chambouler davantage encore…

C'était si dur !

Elle décrivait la situation à l'équipe des urgences quand elle entendit un bruit étouffé en provenance de l'endroit où Cade intervenait.

— On arrive dès que possible, dit-elle à son interlocuteur. Merci.

Elle coupa la communication et rejoignit Cade. Il avait mis la fillette sur le côté gauche, en position latérale de sécurité, elle venait de cracher de l'eau.

— Elle respire ? demanda-t-elle, pleine d'espoir.

— Oui.

Il lui adressa un bref sourire, un intense soulagement se reflétait sur son visage.

— Elle a toussé, ça a libéré ses poumons. Tu peux aller chercher l'oxygène et un masque ? Dans la mallette de secours.

— Tout de suite.

Elle retourna précipitamment à la voiture et fouilla de nouveau dans le nécessaire médical. Des larmes embuèrent soudain sa vue, elle les essuya d'un geste rageur. Il ne fallait pas qu'elle montre à quel point elle était sensible… Ce n'était pas le moment. Elle perdrait toute crédibilité.

— Nous ne savons pas combien de temps elle est restée sans respirer, dit-elle en tendant le matériel à Cade.

Par conséquent, on ne pouvait pas écarter le risque de

lésions cérébrales… Mais elle préférait ne pas formuler cette affreuse hypothèse.

— Mais le torrent est froid.

— Exact. Ça peut être une bonne chose, dit Cade.

Une basse température de l'eau ralentissait le rythme cardiaque et contractait les artères périphériques. Par réflexe vital, le sang oxygéné était propulsé vers le cœur et le cerveau, là où toute absence d'irrigation était fatale. *Avec un peu de chance, c'est ce qui s'est produit*, pensa Rebecca en regardant Cade administrer de l'oxygène à l'enfant.

— Je fais monter les parents dans la voiture, dit-elle.

— Oui, on y va d'une seconde à l'autre. Tu peux t'installer à l'arrière avec la mère et la petite ? Le père se mettra devant.

— Pas de problème.

Il l'observa un bref instant.

— Ça va, toi ?

— Oui, pourquoi ? demanda-t-elle, surprise.

Puis elle se rendit compte qu'elle venait de poser une main protectrice sur son ventre… Ce ventre qui ne pourrait jamais donner la vie. Quelle ironie… Par moments, elle avait même l'impression d'éprouver une douleur sourde, comme si les tissus cicatriciels, ces maudites adhérences sources de stérilité, bougeaient. La mémoire du corps, sans doute… Une mémoire réactivée par le drame auquel elle assistait.

— J'ai simplement hâte qu'on ait fini de secourir cette famille, dit-elle en regardant la fillette qui semblait maintenant hors de danger.

Ses lèvres et ses joues se teintaient peu à peu de rose. Un miracle…

— Tu as été incroyablement efficace. Bravo.

— J'ai fait mon travail. Toi aussi, tu as assuré !

Il lui sourit.

— Sans toi, je ne m'en serais pas aussi bien sorti.

Elle lui tendit la plus petite des couvertures de survie qu'elle avait prises dans la mallette.

— Dès que possible, enveloppe-la là-dedans, après lui

avoir enlevé ses vêtements mouillés. Il faut la garder bien au chaud jusqu'à ce qu'on soit à l'hôpital.

— Bien sûr. Pour l'instant, son pouls est encore irrégulier, mais ça devrait aller mieux dès qu'elle aura un peu moins froid.

Quelques instants plus tard, ils s'installaient dans la voiture de Cade. A l'arrière, à côté de Rebecca, la femme plaça une main tremblante sur le front de son enfant, en quête d'un contact rassurant et essentiel malgré l'inconfort dû à ses blessures.

— Elle s'appelle Annie, dit-elle. Annie, mon ange…

Puis elle ferma les yeux, épuisée.

Rebecca, concentrée sur un seul et unique but — favoriser une respiration régulière —, maintenait le masque à oxygène sur le petit visage. Le cœur de l'enfant battait encore trop lentement. Il y avait aussi le risque qu'elle ait attrapé une pneumonie… Elle avait failli se noyer, ses poumons avaient été gorgés d'eau ; à ce stade, il était impossible de déterminer les conséquences de l'immersion.

Le trajet, qui ne dura pas plus de trois quarts d'heure, parut interminable à tout le monde. Cade conduisit aussi vite que possible, négociant les virages avec adresse et prudence. A deux reprises, ils durent s'arrêter pour écarter des branchages au milieu de la route.

Enfin, ils arrivèrent. Une équipe de secours vint aussitôt les accueillir, Annie fut emmenée en soins intensifs et ses parents conduits au service de radiologie.

— Tu veux que je te conduise chez moi ou tu préfères rester ici ? demanda Cade à Rebecca.

— Je reste. Je serais incapable de me reposer.

Il hocha la tête, une lueur pensive au fond des yeux.

— Je comprends. Allons dans mon bureau. Ils viendront nous chercher quand ils auront du nouveau.

Elle le suivit dans un long couloir, en proie à un étrange sentiment d'irréalité. La dernière heure avait été extraordinairement difficile, mais le pire avait été évité.

Cade s'effaça pour la laisser entrer dans une pièce spacieuse, équipée d'un bureau en bois ciré et de deux confortables fauteuils réservés aux visiteurs. Contre l'un des murs était placé un canapé.

Il referma la porte, et elle laissa son regard glisser autour d'elle, incapable de savoir ce qu'elle ressentait vraiment. Autant de fatigue que de confusion et d'inquiétude, certainement. Un soupir lui échappa.

— En fait, je crois que je vais rester ici pour récupérer un peu.

— Aucun problème, répondit-il. Tu peux te reposer aussi longtemps que nécessaire. A un moment, j'ai eu peur que tu flanches…

Il s'approcha, lui enlaça tendrement les épaules et la regarda dans les yeux.

— Tu t'impliques trop auprès de tes patients, je me trompe ? Elle sentit son cœur battre plus vite.

— Peut-être, oui.

— C'est pour cette raison que tu veux prendre du recul ?

— Pas tout à fait, murmura-t-elle, troublée. Mais ne me pose pas ce genre de questions maintenant… Là, j'ai juste envie de savoir comment va la petite Annie.

Il la serra un peu plus fort, comme s'il voulait lui transmettre sa propre endurance.

— Je m'inquiète pour elle, moi aussi, dit-il à son oreille. Puis, s'écartant, il ébaucha un drôle de sourire.

— Et pour toi également, Rebecca. J'ignore ce qui s'est passé dans ta vie mais… Tu peux compter sur moi. J'aimerais que tu le saches.

Le cœur battant, elle soutint son regard.

— Merci.

Mais en prononçant ce simple mot, elle sut qu'elle luttait contre une insupportable sensation de méfiance. Même si Cade se montrait généreux, apparemment sincère, à moins d'un miracle elle ne parviendrait plus à faire confiance comme avant.

4.

Manifestement soucieux, Cade prit la main de Rebecca et l'invita à s'asseoir sur le canapé, à côté de lui.

— Je vais rejoindre mes collègues, mais, avant, je veux être certain que toi tu vas bien.

— Et toi ? demanda-t-elle, lui retournant la question pour ne pas avoir à répondre. Tu as dû avoir si peur que la petite Annie meure…

— Oui, mais je n'y ai pas pensé. Tu le sais, quand on agit, on ne s'interroge pas.

Il la regardait d'un air préoccupé, entremêlant leurs doigts. Elle réprima un frisson. Ce contact lui faisait tant de bien.

— Maintenant, rétrospectivement, je frémis, dit-il. Pardonne mon indiscrétion, Rebecca, mais est-ce que tu as perdu un patient là où tu travaillais avant ? Un bébé ?

Elle détourna les yeux. Comment lui expliquer ce qui s'était produit dans sa vie ? Là, à cet instant, c'était impossible. Trop douloureux. Et cela risquerait de changer complètement ce qu'il ressentait pour elle.

— J'ai déjà été confrontée à ce drame, dit-elle. Malgré tous les efforts qu'on fournit, ça dérape, et on n'y arrive pas. Par moments, la médecine est impuissante et…

Un léger coup à la porte l'interrompit. Cade lâcha sa main, et elle ressentit un tiraillement, un mélange de regret et d'envie qu'il reste encore auprès d'elle.

— Entrez !

Le spécialiste qui s'était occupé d'Annie pénétra dans la pièce.

— Cade, je passe rapidement, on est débordés…

— Je m'en doute. James, voici Rebecca, qui est également médecin. Elle m'a beaucoup aidée avec les parents et la petite.

— Je sais… Je suis le Dr Wool. Je vous ai eue au téléphone tout à l'heure, dit-il en serrant la main à Rebecca. C'est une chance que vous ayez été présente.

— Comment va Annie ? demanda-t-elle.

— Son état n'est pas encore stabilisé. On fait tout notre possible, vous vous en doutez. On lui administre de l'oxygène réchauffé et une solution d'hydratation tiède en intraveineuse. Sa température corporelle devait augmenter lentement mais sûrement.

Il esquissa une moue inquiète.

— Nous espérons qu'il n'y aura pas de complications, mais au cas où, on est prêts. Je suis allé rassurer les parents. Leur petite a de la chance d'être encore en vie.

— Clairement, oui, dit Cade. Tu as le temps de boire un café ?

— En vitesse, merci.

Cade alluma la cafetière installée à côté de son bureau, et servit trois gobelets. Pendant qu'ils buvaient, James continua à résumer la situation.

— Mme Tennyson a trois côtes fracturées, et son mari souffre d'une légère commotion cérébrale. On leur a administré des antalgiques, on les garde en observation. Tous les trois ensemble, précisa-t-il. Annie, son père et sa mère.

— Tant mieux, dit Rebecca. Et vous êtes débordés, j'ai remarqué le monde dans le hall d'accueil…

— Oui, la tempête a fait des dégâts, répondit le médecin en soupirant. On a lancé un appel pour étoffer notre équipe, nous avons besoin d'aide.

— Je suis là, dit Cade. Toute la nuit si besoin.

— Moi aussi, dit Rebecca.

L'étonnement se refléta sur le visage du Dr Wool.

— Même si je suis pédiatre, pas urgentiste, je peux être utile, dit-elle. Si vous me délivrez l'autorisation, bien sûr.

Elle n'aurait pas supporté de rester les bras croisés, à

attendre le verdict concernant Annie… Et même, au-delà de sa propre inquiétude, elle avait besoin d'agir. Ses valeurs professionnelles reprenaient le dessus.

— C'est très gentil à vous ! dit James. D'un point de vue administratif, on peut régler la situation en cinq minutes. Il me faut simplement votre numéro d'immatriculation à l'ordre des médecins, ou à l'association qui régit votre pratique en Angleterre. Vous n'auriez pas de compétences en obstétrique, par hasard ? demanda-t-il, plein d'espoir. On va recevoir une patiente dont le travail a commencé il y a plusieurs heures, mais elle n'a appelé l'ambulance que lorsque les contractions sont devenues plus fréquentes. C'est tout à fait normal… mais, compte tenu des intempéries, sa situation se complique. C'est son premier accouchement. On a prévenu le service maternité, mais ils sont aussi surchargés que nous, aucun spécialiste n'est disponible pour l'instant.

Elle sentit son souffle se bloquer. Décidément, le destin s'acharnait ! Elle avait voulu fuir tout ce qui avait trait à sa vocation initiale… Mais comment refuser ? C'était inconcevable.

— J'ai suivi une formation avant de me spécialiser en néonatalogie, répondit-elle. J'irai l'examiner.

— Parfait ! Vous nous serez d'un grand secours, dit James.

Elle échangea un coup d'œil avec Cade, qui lui sourit d'un air encourageant.

— Tu es notre bonne fée.

— N'exagérons rien… Allons-y, dit-elle à James.

Tous les trois quittèrent le bureau et traversèrent le couloir pour rejoindre le hall d'accueil des urgences. James étudiait la liste des patients quand une infirmière se précipita vers lui.

— L'ambulancier qui amène Mme Nelson vient d'appeler. Ils sont coincés sur la route à cause d'un arbre sur la chaussée… La bonne nouvelle ? Ils sont à dix minutes d'ici. La mauvaise nouvelle, c'est que la naissance est imminente et l'enfant se présente apparemment par le siège.

— Merci, Greta. Dites-leur qu'on envoie quelqu'un. Les complications se multiplient mais… Toujours partante ? demanda James à Rebecca.

Elle fit signe que oui.

— Comment est-ce que je me rends sur place ? En taxi, ça semble compromis.

— Je t'emmène, dit aussitôt Cade. Si on est deux pour cette intervention, ce ne sera pas plus mal. On y va.

Elle le suivit en direction du parking extérieur, gardant la tête baissée à cause des bourrasques, toujours aussi violentes. La pluie tombait à verse, Rebecca fut trempée en quelques secondes. Mais peu lui importait. Elle ne pensait qu'à la pauvre femme dans l'ambulance. Un siège signifiait que la tête du bébé n'était pas positionnée vers le bas. Dans ce cas, mieux valait opter pour une césarienne, qui sécurisait aussi bien la mère que l'enfant. Mais vu les circonstances, ce ne se serait pas possible.

— On y sera dans quelques minutes, dit Cade dès qu'ils furent dans la voiture.

Il démarra, mit les essuie-glaces en marche et conduisit prudemment. Son GPS avait localisé l'ambulance.

— Tu étais très pâle, tout à l'heure, dit-il. Tu es sûre que ça ira ?

— Je suis juste fatiguée. Ne t'inquiète pas, je ne me serais pas proposée si je n'avais pas été sûre de moi.

— Alors tant mieux. Je crois qu'on y est, dit-il environ cinq minutes plus tard.

L'ambulance était arrêtée sur le bas-côté d'une route bordée d'arbres. L'un d'eux, un grand palmier, s'était abattu juste devant le véhicule.

— Une chance que personne ne soit blessé, dit Cade en se garant.

— Oui… Et j'espère qu'on arrive à temps, répondit Rebecca.

Elle bondit à l'extérieur et courut vers l'ambulance, dont les portières arrière s'ouvrirent pour l'accueillir. Une femme y était allongée, jambes écartées sous un drap. De part et d'autre se tenaient les ambulanciers, un homme et une femme.

— Je suis Jimena, dit cette dernière.

Les cheveux noirs et bouclés, elle semblait robuste.

— Moi, c'est Marcus, dit son collègue, qui se tourna vers

la patiente. On est vraiment contents de vous voir, pas vrai, madame Nelson ?

Kenzie Nelson acquiesça. De fines gouttes de sueur perlaient sur son front.

— On lui a administré du protoxyde d'azote, mais ça n'a pas l'air de soulager sa douleur. Les contractions sont régulières, toutes les cinq minutes, et elle est à six centimètres de dilatation. Elle a perdu les eaux.

— Parfait, ça veut dire que le bébé a envie de venir au monde ! répondit Rebecca avec un sourire encourageant. Je suis le Dr Rebecca Flynn, et voici le Dr Cade Byfield. Kenzie, si vous êtes d'accord, je peux vous administrer de la péthidine, c'est un antalgique puissant… Une piqûre dans la cuisse, et voilà. Simple et efficace. Seul hic : ensuite, vous risquez d'être un peu endormie.

— Je veux bien, j'ai trop mal, dit Kenzie.

— D'accord.

Rebecca se lava les mains avec une solution antiseptique et enfila des gants chirurgicaux. Pendant que Cade préparait le matériel nécessaire, elle examina la patiente. Pression artérielle, fréquence des contractions, rythme cardiaque du bébé…

— Vous avez compris que votre petit n'arrive pas tête la première ? demanda-t-elle à Kenzie.

— Fesses ou pieds d'abord, je sais, murmura la future maman.

— Exactement.

— Et vous savez si c'est une fille ou un garçon ?

— Non… Oh ! merci à vous d'être là ! dit Kenzie, au bord des larmes.

— De rien. On va tout faire pour que ça se passe bien, répondit Rebecca d'une voix rassurante.

Mais au fond d'elle-même, elle s'inquiétait déjà de ce qui pouvait advenir. Les naissances par le siège étaient risquées, et là, dans cette voiture, les dangers étaient démultipliés.

Elle se tourna vers les deux ambulanciers.

— Vous pourriez lui administrer du protoxyde d'azote

quand elle en aura besoin ? Et il va nous falloir une unité d'aspiration à portée de main.

— Pas de problème, dit Jimena.

— Je reste en contact avec l'hôpital, dit Marcus.

— Merci. Tu pourrais surveiller ses constantes ? demanda Rebecca à Cade. Et celles du bébé…

— Bien sûr.

Il était déjà en train de préparer leur patiente. Il lui nettoya une petite zone circulaire sur la cuisse, là où Rebecca pourrait piquer.

— Il faut compter quelques minutes avant que vous sentiez les effets du médicament, dit-il à Kenzie. Mais c'est assez efficace, vous verrez.

Peu de temps après, les contractions augmentèrent en intensité et rapidité.

— Dilatation maximale, dit Rebecca. Je vois les fesses du bébé ! Je vais devoir pratiquer une petite épisiotomie, ça facilitera la naissance. Avec une légère anesthésie avant…

Elle agissait en même temps, rapide, sûre d'elle à présent, puis elle attendit quelques instants, laissant la nature opérer. Quand le siège du bébé apparut plus distinctement de côté, elle le tourna délicatement afin que son dos se trouve vers le haut : la position la plus sûre. Bientôt, elle put faire sortir la première jambe, la droite, réajuster encore la posture, tirer délicatement la jambe gauche, retenant son souffle à chaque fois. Elle craignait tant de faire mal à la mère ou à l'enfant…

— C'est parfait, dit Cade avec un sourire soulagé. Tout va bien… Et c'est un garçon !

Kenzie laissa échapper un soupir heureux.

— Un garçon ! Mon mari va être si heureux, c'est ce qu'il espérait.

— Maintenant, laissons encore faire, dit doucement Rebecca.

Graduellement, le corps descendait. Un coude apparut et, grâce à deux manœuvres délicates, elle fit émerger les bras. Ensuite, elle plaça son majeur sous la tête du nourrisson, puis glissa sur sa nuque, le dos et, le soutenant avec son avant-bras, elle le fit pivoter de façon à ce qu'il puisse sortir son visage…

Exposé à l'air, il laissa échapper un cri de protestation, et Rebecca sentit une boule d'émotion se former dans sa gorge. Il était sauvé…

Et magnifique.

Cade nettoya rapidement le nez et la bouche du nouveau-né avant de l'envelopper d'une couverture et de le poser contre la mère qui souriait, épuisée mais aux anges. Toutes les difficultés qu'elle venait d'affronter s'évanouissaient à cet instant, miraculeusement effacées par la présence de son bébé.

Rebecca les observa, heureuse et soulagée. Quel bonheur…

Un bonheur qu'elle-même ne connaîtrait jamais.

Aussitôt, elle chassa les idées noires qui menaçaient de la submerger. Ce n'était pas le moment.

— Je vais vous administrer un médicament pour vous aider à expulser le placenta, dit-elle à Kenzie qui hocha distraitement la tête, totalement concentrée sur son nouveau-né.

Le sourire aux lèvres, Rebecca fit la piqûre et attendit quelques minutes avant de couper le cordon. Un clampage un peu tardif permettait un meilleur apport sanguin initial, plus riche en nutriments issus du placenta.

Cade continuait à vérifier les constantes du nourrisson, qui semblait se porter très bien. La délivrance terminée, Rebecca put recoudre l'incision de l'épisiotomie.

— Et voilà !

— Comme par hasard, nos renforts arrivent pile maintenant, dit Marcus.

Une ambulance se gara derrière la leur, et deux collègues les rejoignirent à la hâte.

— Comment ça va ?

— Impeccable, dit Cade. On s'en sort à merveille. Mais il va falloir réchauffer le bébé au plus vite.

On emmena la mère et l'enfant. Jimena et Marcus remercièrent chaleureusement Rebecca et Cade, et le véhicule repartit aussitôt à l'hôpital.

— Eh bien, quelle épreuve ! dit Cade en invitant Rebecca à le suivre dans sa voiture. Tu as été géniale.

— J'ai juste aidé…

— Tu as donné la vie !

Elle sentit de nouveau son cœur se serrer. S'il avait su…

— Oui, tout s'est bien passé, dit-elle en s'asseyant sur le siège passager. Franchement, on a eu de la chance.

— La chance s'appelle aussi savoir-faire, répondit-il en s'engageant sur la route de l'hôpital.

Elle ferma brièvement les yeux, submergée par un trop-plein d'émotions et de fatigue.

— Merci, murmura-t-elle.

— Ça va ?

— Oui, oui. Mais maintenant je m'inquiète pour Emma…

Elle prit son portable et essaya d'appeler sa sœur.

— Toujours aucune réponse.

— Le réseau est perturbé. Elle est sûrement à l'abri quelque part, avec son équipe. Elle vit ici depuis un moment, elle doit savoir se mettre en sécurité en cas d'intempérie.

— Je l'espère.

Il lui prit la main, et elle frissonna, repensant pour la première fois au baiser qu'ils avaient échangé. Tant d'événements s'étaient déroulés depuis. Peut-être avait-elle imaginé cette étreinte…

Mais elle ne rêvait pas la tendresse des doigts de Cade autour des siens.

— Aie confiance… Tout ira bien.

Elle sourit, prête à y croire malgré elle. Après tout, pourquoi pas… Tout pouvait aller bien.

Pourtant, une dizaine de minutes plus tard, elle prit conscience que les épreuves de la nuit n'étaient pas finies. Le service des urgences ne désemplissait pas, et James leur annonça une mauvaise nouvelle.

— La petite Annie souffre d'un œdème pulmonaire. Les conséquences de son immersion, dit-il avec une moue navrée. Ça peut survenir même plusieurs heures après avoir été sauvé d'une noyade.

Rebecca échangea un regard avec Cade. Elle avait craint cette éventualité. Les poumons étaient encore gorgés d'eau, et le bébé peinait à respirer.

— Vous lui avez administré un diurétique pour faciliter l'élimination ?

— Bien sûr. Et un traitement pour stabiliser son rythme cardiaque et sa pression sanguine. Ne vous inquiétez pas, docteur Flynn, nous veillons sur elle.

Rebecca s'efforça de sourire, s'abstenant de tout commentaire inutile. Elle savait très bien que le Dr Wool faisait le maximum.

— Et si j'allais voir d'autres patients ? proposa-t-elle. J'ai besoin de m'activer.

James acquiesça d'un bref signe de tête.

— Vous nous serez d'un grand secours. Mais je laisse Cade vous guider, si ça ne vous ennuie pas. Je dois filer. A plus tard.

— Tu es sûre que tu veux continuer ? demanda Cade d'un air soucieux. Il est tard, je pourrais te conduire à la maison. J'ai déjà téléphoné à Harriet pour qu'elle te prépare la chambre d'amis. Elle prévoira également quelque chose à manger.

— Je n'irai nulle part tant que je ne saurai pas comment va Annie, dit Rebecca.

— Bon… Si tu craques, profite du canapé dans mon bureau. Et si tu as besoin de quoi que ce soit, n'hésite surtout pas à me le faire savoir.

Elle lui sourit.

— D'accord, mais ne t'inquiète pas autant pour moi. Ça ira. C'est plutôt toi qui devrais te reposer. Tu es venu me rejoindre chez Emma après ton service, et maintenant, tu poursuis… Je ne sais pas comment tu fais pour tenir le coup.

— Avec de l'expérience, et une bonne condition physique, c'est possible, répondit-il.

Elle l'enveloppa discrètement du regard. Oui, bien sûr, il semblait très en forme… Musclé, agile, vif. Fort. Une présence à couper le souffle. Toutes les femmes devaient tomber amoureuses de lui !

Chassant cette réflexion de son esprit, elle lui emboîta le pas. Après s'être lavé les mains et avoir passé des blouses blanches, ils gagnèrent la salle de soins intensifs où la petite Annie se trouvait. Son berceau était entouré d'écrans et tuyaux permettant de mesurer sa respiration, son rythme cardiaque, sa température, le niveau d'oxygène dans son sang… Elle dormait, et ses minuscules pommettes se teintaient de rose : un bon signe.

— Elle va mieux, dit Rebecca, soulagée. Elle s'en tirera, Dieu merci. Au niveau neurologique, qu'est-ce qu'on sait ?

Cade étudia rapidement le dossier du bébé.

— Apparemment, elle reconnaît ses parents, et elle leur répond.

— Excellente nouvelle !

Rebecca poussa un soupir.

— Le pire est passé… Elle va se rétablir complètement, je pense. Ouf !

Et elle ne put retenir un bâillement… Puis un deuxième.

Cade l'observait d'un air compatissant.

— Ce ne sont pas vraiment des vacances, pour toi… Il est grand temps que tu ailles te reposer. En vérité, moi aussi.

— On rentre ? fit-elle, étonnée.

— Oui. Il faut savoir se ménager si on veut être de nouveau opérationnels, pas vrai ?

Elle ne protesta pas. Il avait raison, elle était exténuée. Trop d'émotions, trop de chamboulements… Et toujours aucune nouvelle d'Emma. Mais elle préféra ne pas en parler. Formuler ce qu'elle ressentait aurait aggravé son inquiétude.

La pluie avait presque cessé — il bruinait, à présent —, et le vent s'apaisait enfin. La tempête avait été courte mais suffisamment violente pour provoquer un vrai chaos, constata Rebecca quand, en voiture, Cade et elle prirent la direction de la plantation. Ponts écroulés, routes inondées, chutes de pierres… C'était impressionnant.

— Je me demande si le propriétaire de la maison d'Emma pourra faire réparer les dégâts dans la semaine. Il y a tellement à faire, partout…

— C'est certain. Les plombiers et les maçons vont être submergés de travail.

Il lui jeta un coup d'œil.

— Tu peux rester chez moi le temps nécessaire.

— Vraiment ?

— Absolument.

Peu de temps après, quand ils eurent longé la plantation par le côté sud, ils arrivèrent devant la propriété de Cade. Dès qu'ils franchirent le portail, les lumières de sécurité s'allumèrent, éclairant l'allée. Cade se gara, invita Rebecca à entrer puis alla chercher la valise dans le coffre.

La villa s'élevait sur deux étages, avec un vaste escalier qui s'évasait au fond du hall. Elle était encore plus imposante que dans le souvenir de Rebecca. Mais, lorsqu'ils avaient soigné le jeune ouvrier blessé à la main, elle n'avait fait qu'y passer.

— Je te montre ta chambre, dit Cade. Il y a une salle de bains rien que pour toi, et plein de place dans les placards pour ranger tes affaires. Installe-toi.

Il la précéda dans la pièce, alluma et posa la valise dans un coin.

— Tu admireras la vue demain matin, dit-il en désignant la porte-fenêtre qui s'ouvrait sur une terrasse.

— Demain est un autre jour, fit-elle en admirant la décoration.

Les rideaux de dentelle, le couvre-lit soyeux de la même teinte que le tissu des fauteuils et du tabouret de la coiffeuse, encastrée entre des placards qui couvraient toute la longueur du mur.

— Harriet vient de me laisser un message, dit Cade en consultant son portable. Il y a de la viande froide, de la salade, des fruits. On peut dîner en bas, dans la cuisine, ou si tu veux, je t'apporte un plateau.

— Oh… C'est très gentil de votre part à tous les deux. Je crois que je préfère rester ici.

— Pas de souci.

Il lui sourit et, s'approchant, lui posa une main sur l'épaule. Elle sentit son cœur s'affoler mais parvint à ne pas trahir son trouble. Du moins l'espérait-elle. Et s'il était déçu qu'elle ne partage pas son repas avec lui, il n'en montra rien.

— Tu peux demander tout ce que tu veux. Tu t'es telle-ment donnée, aujourd'hui… Et j'ai senti que ça n'a pas été facile pour toi.

Il l'embrassa sur le front.

— Merci encore.

— De rien, répondit-elle, émue et un peu gênée.

De nouveau, le souvenir brûlant du baiser qu'ils avaient échangé jaillit à la mémoire. Une éternité semblait s'être écoulée depuis ce moment d'exaltation… Seulement quelques heures, en réalité. Ils n'en avaient pas parlé, pris par l'urgence, le réel fracassant à affronter… Mais maintenant, les sensations et les images lui revenaient à l'esprit. Son pouls s'affola, et elle s'obligea à penser à autre chose.

— Je ne pouvais pas agir autrement, dit-elle. C'est ça, être médecin…

Une lueur chaude traversa les yeux de Cade.

— Je suis bien d'accord avec toi. Je t'apporte un plateau. Détends-toi, fais comme chez toi… A tout de suite.

Une fois seule, elle s'allongea quelques instants sur le lit, et un soupir d'aise lui échappa. Elle était fatiguée, oui… Et heureuse d'être là, dans cette maison inconnue mais si accueillante.

Cade s'avérait si généreux… Si séduisant. Etonnant. Il ne fallait pas qu'elle tombe sous le charme, surtout pas. Un homme pareil lui briserait le cœur… Il devait être tellement sollicité !

Surtout, lorsqu'il apprendrait l'anomalie terrible dont elle souffrait, il se détournerait d'elle. Comme tous les hommes, d'ailleurs.

5.

— Bonjour ! dit gaiement Cade le lendemain matin lorsque Rebecca arriva dans la cuisine.

Il la parcourut d'un regard admiratif. Elle portait une jupe crayon et un haut à fines bretelles qui révélait sa peau déjà légèrement dorée par le soleil. Malgré elle, elle se sentit flattée.

— Bien dormi ?

— Très bien, merci. D'une traite ! La vue depuis la terrasse est extraordinaire.

Dès le réveil, elle avait admiré la forêt tropicale qui couvrait la colline et, au loin, la mer, bleu lagon. De cet endroit, toute trace de la tempête semblait effacée.

Il ébaucha un sourire heureux.

— On ne s'y habitue pas, c'est ce qui est extraordinaire. Après tant d'années, cette île continue à m'émerveiller.

Il était en train de préparer du pain grillé et des œufs pochés.

— Tu as faim ? demanda-t-il.

— Oh ! oui !

— Tant mieux. J'ai prévu des œufs Bénédicte, si tu aimes ça.

— J'adore ! A voir le paysage d'ici, on n'a pas l'impression qu'il y a eu les intempéries de la nuit passée,

— La propriété a été préservée. Après ce genre de mini-tornade, la nature revit et prospère de plus belle. Les fleurs s'ouvrent, et tout est plus verdoyant ou coloré que jamais.

— J'imagine, en effet, dit-elle, presque éblouie par la luminosité qui se déversait depuis la baie vitrée.

Une brise tiède soufflait. Sur la véranda, la table avait été dressée, nappée de damas blanc. Deux verres et une carafe de jus d'orange les attendaient.

Cade sortit des muffins du four, les beurra légèrement, ajouta du saumon fumé puis les œufs pochés. Il versa un peu de sauce hollandaise et parsema le tout de ciboulette ciselée.

— Ça a l'air délicieux !

— J'espère que ça le sera ! On va sur la terrasse ? demanda-t-il en disposant une cafetière et des tasses de porcelaine sur un plateau.

Le mélange d'arômes était divin. Elle suivit Cade, le sourire aux lèvres.

— Quelle merveilleuse façon de commencer la journée.

— Il faut savoir se bichonner. Un peu de douceur dans ce monde de brutes ! dit-il en l'invitant à s'asseoir.

De la terrasse, le jardin et ses arbres fruitiers se laissaient admirer : citronniers, tamariniers, ananas… Un peu plus loin, des palmiers bordaient une pelouse parfaitement tondue. Des bougainvilliers violets, des kalankoés pourpres apportaient des taches de couleurs qui répondaient aux frangipaniers parfumés roses et jaunes. Entourée de sedums rose clair, une petite mare constellée de nénuphars ornait un coin du jardin.

— C'est paradisiaque, dit Rebecca.

Elle goûta les œufs.

— En plus, ta cuisine est excellente. Bravo ! Médecin, planteur et cordon-bleu ?

Il rit.

— Non, sûrement pas cordon-bleu. Je sais juste préparer quelques recettes très simples ! Pizzas, pancakes…

— C'est déjà beaucoup.

Il lui servit du café, auquel elle ajouta du lait et du sucre.

— J'ai surtout consacré tout mon temps à rénover la propriété, maison comprise, dit-il. Il y avait tant à faire. Il m'a fallu du temps, mais je crois que j'ai réussi à bâtir un lieu agréable.

— Tu crois ? Tout est magnifique, ici. Tu as bon goût.

— Merci. J'aime les couleurs claires, les placards vitrés

ou intégrés, les effets de transparence… Je te fais visiter la maison, si tu veux.

— Avec plaisir. Mais tu ne vas pas à l'hôpital ? demanda-t-elle, surprise.

— Si, ce matin. J'ai aussi pas mal de paperasse à terminer… Ensuite, ô bonheur, j'ai quelques jours de repos. J'ai prévu de jeter un coup d'œil au chantier de construction des nouvelles serres… A moins que William ne s'en occupe. On verra.

Ils finirent leur petit déjeuner, puis il l'invita à le suivre.

Le salon était spacieux, avec trois portes-fenêtres donnant sur la terrasse. Ouvertes, elles laissaient passer un air tiède et parfumé. Le sol en parquet de bois blond accueillait un canapé d'angle blanc cassé, des fauteuils assortis… Une table basse en verre teinté de vert rappelait les fougères placées en décoration çà et là. Dehors, on apercevait des palmiers, des yuccas et des philodendrons grimpants. Quelle luxuriance !

Ils se rendirent ensuite à l'étage, et Cade lui montra les différentes chambres, toutes équipées d'une salle de bains. Meublées avec goût, ornées de draperies élégantes aux coloris apaisants, les pièces s'ouvraient sur un balcon à la balustrade de fer forgé.

— C'est superbe, dit Rebecca. Et immense ! Tu reçois souvent ?

— De temps à autre, bien sûr.

Il esquissa un sourire songeur.

— La maison est trop grande pour moi, évidemment. Mais j'espère avoir un jour une famille qui la remplira ! Je n'ai pas aimé être fils unique. Mes parents se sont séparés, et tout s'est arrêté là. Je n'ai jamais eu ni frère ni sœur. Je ne veux pas reproduire ce schéma-là.

Elle soutint son regard autant que possible, consciente des battements irréguliers de son cœur. Elle aurait dû s'en douter. Comment aurait-il pu en être autrement ? Il voulait fonder une famille… Une famille nombreuse.

— Je te comprends. J'espère que tu pourras réaliser ton rêve.

Il se mit en rire tout en l'invitant à avancer dans le couloir.

— Oui, c'est un rêve… Jusqu'à présent, je n'ai pas eu de

chance avec les femmes que j'ai connues, mais qui sait si ma bonne étoile n'est pas en train de paraître ? Après tout, je suis en ce moment même en compagnie d'une jolie jeune femme douce, généreuse, talentueuse… Des qualités qui me comblent ! dit-il en lui prenant la main et en l'attirant vers lui.

Elle sentit son pouls s'accélérer. Incapable de résister, elle se laissa enlacer tendrement. Il la désirait, c'était évident. Et elle aussi. Entre eux, soudain, quelque chose de magnétique se produisait de nouveau… Comme un envoûtement.

Mais il ne fallait pas qu'elle s'engage sur cette voie-là avec lui. C'était impossible. Elle souffrirait trop ensuite… Et lui aussi.

— Ce n'est peut-être qu'une illusion.

— Comment ça ? murmura-t-il, cherchant son regard.

Elle détourna les yeux et se dégagea de son étreinte avec une douloureuse sensation d'arrachement. Elle avait tellement envie de rester contre lui, de se fondre en lui et de s'abandonner…

— Je me remets à peine de ce que j'ai vécu en Angleterre avec mon ex… Désolée, dit-elle tout bas.

— Ah… Oui, j'imagine. Tu as eu une importante déception et tu as peur que ça recommence ?

Elle lui sourit, espérant dissimuler la tristesse qui menaçait de la submerger. Comme un raz-de-marée. *Ne craque pas… Ne craque pas…*

— Oui. Et je ne suis pas prête à m'engager de nouveau.

Au moins, ses paroles étaient claires. Il l'observa attentivement avant de hocher la tête d'un air perplexe.

— J'en déduis que tu préfères t'amuser ? Vivre légèrement ? Avoir une aventure ? Ici, sur cette île paradisiaque, ce serait l'idéal… Avec quelqu'un comme William, peut-être ?

— Peut-être, effectivement, répondit-elle, consciente d'être en train de tout saboter entre eux.

C'était si cruel de lui mentir ainsi ! Mais lui apprendre qu'elle ne pourrait jamais avoir d'enfants était au-dessus de ses forces. D'un autre côté, elle refusait qu'il se fasse des illusions à son sujet. Il voulait fonder une famille, il recherchait une femme qui lui permettrait de réaliser son désir si légitime…

Ce ne serait pas elle.

Ça ne pouvait pas être elle.

Il l'observa fixement quelques secondes, stupéfait. Il aurait affiché la même expression si elle l'avait giflé. Il s'apprêtait à rétorquer quand son téléphone sonna.

— Encore une urgence, dit-il en consultant le SMS qu'il venait de recevoir.

Elle le regarda, la gorge nouée. Le charme était rompu…

La réalité les ramenait à l'ordre.

— Alors ?

— Il faut que j'y aille. Mais ça m'ennuie de te laisser seule ici… Je vais demander à Benjamin de te conduire où tu veux.

Elle secoua la tête.

— Merci, c'est très gentil mais si j'ai besoin de bouger, j'appellerai un taxi. Il faut que je me débrouille !

— Les taxis vont être surbookés.

Il réfléchit un court instant.

— Je peux te prêter le 4x4 que mon oncle conduit en temps normal, puisque comme tu le sais il est hospitalisé.

— Oh…

Elle lui sourit, touchée par cette attention. Décidément, cet homme était son ange gardien.

— Ce serait pratique, oui. Je pourrais explorer l'île en étant autonome.

— Exactement.

A son tour, il ébaucha un sourire, qu'elle trouva plus poli que réjoui. Son attitude changeait déjà imperceptiblement.

— Il suffit que je prévienne l'assurance, et le véhicule est à toi. Mais sois prudente, les routes ne sont pas toutes dégagées, et il vaut mieux éviter d'aller vers le plateau.

Pourtant, elle aurait voulu aller retrouver Emma. Redoutant qu'il essaie de la dissuader, elle garda son idée pour elle.

— En altitude, les routes sont sinueuses, de vrais lacets, et, à certains endroits, les parois rocheuses tombent à pic, dit-il, la dévisageant comme s'il avait deviné ses pensées. Maintenant, allons jeter un coup d'œil au véhicule. Ensuite, je dois m'occuper d'un de mes ouvriers. Harriet vient de me prévenir par texto qu'il était souffrant. On prendra le 4x4 pour aller chez lui, ça te permettra de te familiariser avec la conduite.

— Bonne idée. Encore une fois, merci beaucoup. Tu ne cesses de m'aider.

— C'est avec plaisir.

N'empêche, il semblait si formel, tout à coup… Plus distant.

Elle le suivit dans le garage — une écurie transformée — à l'arrière de la villa. Plusieurs véhicules y étaient garés. Il mit sa trousse de premiers secours dans le coffre d'un tout-terrain gris métallisé et lui tendit les clés.

— A toi de conduire. Je t'indiquerai le chemin. Agwe habite un village à une dizaine de kilomètres. Tu vas joindre l'utile à l'agréable, c'est une zone touristique, très réputée pour la pêche en rivière. D'ailleurs, quand il ne travaille pas à la plantation, Agwe en est adepte.

— Et de quoi souffre-t-il ?

— Apparemment de symptômes grippaux, avec migraine et douleurs musculaires.

Elle s'installa au volant, il prit place côté passager, et elle démarra. La voiture se maniait facilement, elle aurait simplement à se familiariser avec les différents gadgets et écrans du tableau de bord.

— C'est toujours toi qui soignes tes ouvriers ? demanda-t-elle alors qu'il lui indiquait de tourner à droite en direction de champs cultivés.

— Dans la mesure du possible, oui. Ils ont rarement les moyens de se payer des soins médicaux, et ça fait partie du contrat qu'ils ont avec moi. Disons que c'est un engagement de ma part. Rien d'obligatoire… C'est un choix personnel.

— Qui est tout à ton honneur.

Il sourit d'un air pensif.

— Je fais de mon mieux.

Ils parvinrent à destination quelques minutes plus tard. Une femme d'une cinquantaine d'années aux cheveux noirs les accueillit, le regard inquiet.

— Merci d'être là… Venez, dit-elle, les précédant dans

un petit cottage. Je lui ai conseillé d'aller à l'hôpital mais il refuse de m'écouter. Il a peur d'être un fardeau.

— Il devrait savoir que ce ne serait pas le cas, Marisha. Comment va-t-il ? demanda Cade.

— Pas bien. Sa fièvre augmente… Ça a commencé hier. On a d'abord cru qu'il s'agissait d'un simple virus, mais son état s'est beaucoup dégradé ces dernières heures.

D'emblée, Rebecca, précisant qu'elle était également médecin, emboîta le pas à Cade. Ils pénétrèrent dans la chambre d'Agwe. Marisha resta sur le seuil, et observa son mari alité. Il avait le front luisant de sueur mais fronça les sourcils en apercevant Cade.

— Bonjour, patron… Il ne fallait pas venir. Ma femme vous a dérangé pour rien, je vais bien.

— J'en doute, répondit Cade. Laissez-moi vous examiner.

Agwe acquiesça faiblement. Cade lui prit la température et l'ausculta avec son stéthoscope. Puis il vérifia son pouls et sa tension.

— Vous avez beaucoup de fièvre, votre cœur bat très vite mais votre pression artérielle est faible. Je pense que vous avez contracté une infection.

Il regarda Agwe avec attention.

— Vous avez pêché, récemment ?

— Il y a quelques jours, oui. Je me suis blessé la main en manipulant un hameçon. Pourquoi ?

— On a diagnostiqué plusieurs cas de maladies de Weil à l'hôpital. C'est dû à une vilaine bactérie qu'on attrape dans l'eau ou la terre contaminées. Il faudrait vraiment vous faire hospitaliser.

— Vous croyez qu'il a ça ? demanda la femme d'Agwe, manifestement alarmée, en s'approchant.

— Peut-être. Les symptômes concordent.

Agwe s'apprêtait à protester mais son épouse décréta aussitôt qu'il fallait écouter le Dr Byfield. Elle l'accompagnerait…

— Et tu ne discutes pas ! dit-elle avec autorité.

Cade échangea un coup d'œil avec Rebecca.

— Tu peux nous conduire ? Ce sera plus rapide que d'attendre une ambulance. Je vais prévenir l'hôpital qu'on arrive.

— Entendu. Je prends le volant, et toi, tu veilles à ce qu'Agwe soit confortablement installé à l'arrière.

Elle savait que Cade s'inquiétait des conséquences rénales de l'infection. La maladie de Weil pouvait s'avérer très dangereuse si le traitement approprié n'était pas prodigué le plus vite possible.

Ils furent bientôt en route, et parvinrent rapidement à destination. Heureusement, les axes principaux avaient été dégagés. Rebecca s'aperçut qu'elle maîtrisait déjà le véhicule. Elle apprécierait de pouvoir l'utiliser pour ses loisirs le moment venu !

L'équipe des urgences prit Agwe en charge.

— Je crois que tu as fait le bon diagnostic, dit le médecin de garde à Cade. Je vais prévenir le néphrologue, on va mettre le patient sous perfusion. Il aura sans doute besoin de corticoïdes. Merci de nous l'avoir amené.

— Heureux d'avoir pu être utile. Je vais rester, j'ai des dossiers à terminer, dit Cade à l'intention de Rebecca. Mais tu as les clés de la voiture… Il serait temps que tu profites de tes vacances. Tu nous as suffisamment aidés. Je rentrerai par mes propres moyens.

— Je peux t'attendre, si tu veux.

— Non, non. Fais un peu de tourisme, pour changer ! De toute façon, je veux m'assurer que l'état d'Agwe se stabilise.

A ce moment-là, Rebecca reçut un message… de William :

J'ai appris que tu étais hébergée chez mon cousin. Cool ! J'y suis en ce moment. On va se promener à la plage ?

Elle hésita, prise de court. D'un côté, William serait sûrement de bonne compagnie. De l'autre, elle voulait essayer de retrouver Emma, qui ne lui avait toujours pas donné de nouvelles. Inutile d'en aviser Cade, mais si Emma ne se manifestait pas d'ici quelques heures, Rebecca essaierait de gagner le village où sa sœur s'était rendue. Sa décision prise, elle se détendit.

Merci, avec plaisir ! Rendez-vous d'ici une demi-heure ! écrivit-elle rapidement.

Puis elle s'aperçut que Cade l'observait d'un air intrigué.

— Excuse-moi. William vient de me proposer une balade au bord de la mer, dit-elle.

Il arqua un sourcil.

— Eh bien, c'est parfait, non ? William a envie de se changer les idées, tout comme toi, je crois. Sur ce, à plus tard !

Après lui avoir adressé un bref sourire, il tourna les talons. Elle le suivit du regard, déconcertée par cette froideur soudaine. Il n'appréciait pas qu'elle soit en contact avec William, elle l'avait bien compris. Mais ne se montrait-il pas également un peu… jaloux ? Cette pensée flotta un bon moment dans son esprit. Parce que c'était curieux.

Parce que c'était incompréhensible. Cade avait tout pour plaire, n'est-ce pas ? Une situation professionnelle enviable, un physique séduisant, une aisance matérielle évidente… Le jeune William, lui, travaillait sous ses ordres et se démenait. Mais après ce qu'elle avait confié à Cade, pour le décourager en vérité, peut-être changeait-il déjà d'attitude à son égard. Elle ne l'intéressait plus. Ce qu'elle prenait pour de la jalousie n'était probablement qu'un détachement un peu ironique.

S'efforçant de ne pas trop s'interroger, elle retourna au parking et se glissa au volant du 4x4. En chemin, elle s'arrêta faire quelques courses en prévision de son futur périple, puis rentra vite à la propriété. Elle finissait de préparer son sac à dos — elle avait pris de l'eau, des barres de céréale, quelques médicaments de base… — et le rangeait dans le coffre quand William la rejoignit.

— Salut ! Tu pars en expédition ? demanda-t-il d'un ton léger.

— Après notre petite balade, oui. Une petite expédition. Elle lui sourit.

— Cade me prête cette voiture, je vais en profiter un peu.

Il y a beaucoup de choses que je dois découvrir sur cette île…
Y compris ta plage !

William et Rebecca passèrent deux heures au bord de la mer, alternant les moments où ils nageaient dans la baie et ceux où ils restaient allongés sur le sable chaud, savourant le soleil. Puis William, qui était aussi mince qu'agile, grimpa en haut d'un cocotier et cueillit des noix. Il en cassa une et lui offrit le jus.

La boisson était fraîche et délicieusement sucrée.

— Merci… C'est délicieux, dit-elle.

Elle en aurait presque oublié ses soucis et déboires de la nuit précédente !

— Ici, la vie est délicieuse, répondit-il, les yeux brillants. Sauf quand il y a des tempêtes comme celle d'hier soir. La maison de ta sœur n'a pas résisté, si j'ai bien compris ?

— La toiture a flanché, des tuiles se sont envolées… Pour couronner le tout, un arbre est tombé dessus. J'espère que le propriétaire pourra engager les réparations rapidement.

— Je l'espère aussi. En attendant, tu es la bienvenue chez Cade, dit William. Il est cool.

— Oui, vraiment très gentil, répondit-elle en s'enroulant dans le joli paréo turquoise et mauve qu'elle avait acheté en Angleterre.

C'était la première fois qu'elle le mettait.

— Il est généreux, sans l'ombre d'un doute. Ta sœur est aussi invitée chez lui ?

— Emma est dans la nature, je ne sais pas où… Elle est partie en mission avec son équipe, en haut du mont Ventey, et je n'ai pas encore eu de nouvelles. Ça m'ennuie.

Il esquissa un sourire rassurant.

— Ne t'inquiète pas trop pour rien. Avec de la tempête, le réseau des télécoms est instable.

— C'est ce que je me répète.

— En plus, elle connaît le coin, pas vrai ? Elle vit sur l'île, ce n'est pas une touriste… D'ailleurs, elle est très sympa. Et aussi ravissante que toi !

— Tu vas me faire rougir…

— Je suis sincère. Oups, il est déjà 16 heures ? dit-il en jetant un coup d'œil à sa montre. J'ai promis à Cade d'aller voir où en est le chantier des nouvelles serres, puis j'accompagne ma mère à l'hôpital. On va rendre visite à mon père.

— Je suis au courant pour lui. Cade m'en a parlé. Ce n'est pas facile pour toi.

Le visage de William se rembrunit.

— Non… Mais on a bon espoir. Maintenant, il est sous corticoïdes pour réduire l'inflammation et il a un nouveau médicament pour réguler le fonctionnement de son cœur.

— Il devrait vite aller mieux. Il faut rester optimiste…

— Je le suis. Moi, j'aime voir le verre à moitié plein ! dit-il en se levant d'un bond. Enfin, j'essaie…

Il enfila son T-shirt, et sourit.

— Je suis prêt. On file ?

— On file.

William la déposa à la plantation et s'excusa de devoir la laisser si vite.

— J'aurais préféré que ce moment de promenade soit plus long, mais c'est…

— Pas de souci, dit-elle. C'était déjà très bien. De toute façon, j'ai prévu de partir en expédition, tu te souviens ?

— En expédition ? fit-il, les sourcils froncés. Vraiment ?

— Façon de parler…

Elle faillit lui confier l'objectif réel de sa destination, mais préféra rester discrète. Comme Cade, il essaierait sans doute de la dissuader.

— Je serai de retour avant la tombée de la nuit.

— Il vaut mieux ! Sinon, Cade sera inquiet ! Tel que je le connais…

Elle rit.

— Merci encore, William. A bientôt !

Une fois seule, elle vérifia qu'elle avait bien préparé tout le nécessaire pour son périple…

Dans les collines, plus précisément sur le mont Ventey. Emma devait être restée — bloquée ? — dans le hameau de la Belle-Fontaine, ou quelque part aux alentours. Ce n'était pas normal qu'elle n'ait pas donné de nouvelles. Puisque Rebecca disposait d'un véhicule, autant en profiter.

Après avoir troqué sa tenue de plage contre un jean, un T-shirt et des baskets, elle téléchargea une carte du plateau montagneux et l'imprima. Puis elle se mit en route sans plus tarder. Le soleil ne se coucherait pas avant trois heures environ, ce qui lui laissait le temps de se rendre à bon port.

En tout cas, elle l'espérait.

Elle s'engagea sur la deux voies qui longeait les contreforts hérissés de forêt tropicale, puis emprunta une route qui, bientôt, devint sinueuse, avec des virages en épingle. Cade, lorsqu'il l'avait mise en garde, avait parlé de lacets... C'était exactement ça. La chaussée s'avéra vite irrégulière, abîmée par les coulées de pluie et de boue de la veille. Mais le 4x4 allait partout ! Elle était heureuse du sentiment de liberté soudain qu'elle éprouvait.

Le paysage était d'une beauté à couper le souffle, avec ses plantations de mangues et d'avocats. Elle poursuivit à l'intérieur des collines, découvrant de hauts arbres à pain aux feuilles vert tendre. De la vigne vierge s'enroulait autour des troncs. La végétation foisonnait, touffue, gorgée d'eau.

Soudain, la voie se rétrécit le long d'une falaise. Sur la gauche, un amas de terre et de pierres semblait prêt à s'écrouler dans le précipice. Le cœur battant, elle ralentit, enclencha la première, accéléra doucement dans le virage suivant...

Et découvrit, à quelques mètres devant elle, un autre éboulis, autrement plus impressionnant. Des fragments de basalte gris s'étaient détachés du sommet de la falaise et, dans leur chute, avaient entraîné des branchages et cailloux.

Elle dut se garer sur le côté, pratiquement contre la paroi rocheuse à droite. Pourvu qu'une autre voiture n'arrive pas ! Refoulant son inquiétude, Rebecca descendit examiner l'amoncellement qui bloquait la route. Elle ne réussirait jamais à dégager la voie... Les pierres étaient trop massives. Elle était dépitée, d'autant que faire demi-tour s'avérait impossible : elle n'avait pas assez de place. L'autre bord de la route longeait un précipice.

Voilà sans doute pourquoi Emma n'était pas revenue... Son équipe ne pouvait pas passer.

Le ciel s'obscurcissait légèrement à l'horizon. La nuit s'annonçait-elle donc déjà ? Mais il n'était pas question qu'elle rebrousse chemin alors qu'elle se trouvait probablement si près du but.

Elle prit son sac à dos, vérifia qu'elle avait bien son portable, et ferma les portières du 4x4. Puis, inspirant profondément, elle poursuivit à pied.

Il faisait encore chaud, lourd. Très vite, la sueur perla sur son front. Au bout d'une vingtaine de minutes, elle marqua une pause. Assise sur une roche plate, elle contempla le paysage. Elle aperçut l'éclat verdoyant d'un perroquet qui planait au-dessus de palmiers. Si seulement elle avait pu voler...

— Où es-tu, Emma ? demanda-t-elle à haute voix.

Seul le silence lui répondit...

Déterminée, elle reprit bientôt sa marche, grimpant vers le sommet. Le hameau se trouvait-il encore loin ? D'après la carte, il était à une quarantaine de kilomètres de la plantation. Elle avait par conséquent déjà dû effectuer l'essentiel du trajet. D'après ses estimations, elle ne tarderait plus à apercevoir des habitations !

Mais elle avait beau avancer, elle n'apercevait pas la moindre maison. Se serait-elle trompée de chemin ? Non, en principe, non... Puis elle se dit soudain que si le passage était bloqué là où elle avait laissé sa voiture, peut-être était-ce pareil plus haut. Mieux valait prévenir la gendarmerie dès maintenant.

Elle prit son téléphone... qui ne captait aucun réseau. Evidemment. Un frisson de peur l'envahit. Le soleil commençait à se coucher, et elle se trouvait seule, injoignable, en pleine nature, sur le plateau. N'importe quoi ! Cade serait vraisemblablement furieux lorsqu'il découvrirait la destination de son escapade. Ne l'avait-il pas mise en garde ?

Son cœur se serra quand elle pensa à lui. Puis une sensation de vide la gagna, inhabituelle, teintée de désespoir. Elle aurait tant aimé être avec lui… Il avait dû quitter l'hôpital, à cette heure. S'étonnerait-il qu'elle ne soit pas là pour le dîner ? Une pointe de culpabilité l'envahit. Il avait été adorable, et elle l'avait repoussé. Il avait été généreux, à l'écoute… Elle l'avait presque ignoré, sans rien lui expliquer.

Perdue dans ses pensées, elle poursuivit son chemin d'un pas lourd. Autour d'elle, la forêt bruissait. D'accord, autant s'avouer la vérité, elle venait de commettre une erreur stupide. Elle n'aurait pas dû s'engager dans cette aventure sans prévenir. La lumière baissait vite. Comment retournerait-elle chez Cade ? Elle ne pouvait pas faire faire demi-tour à la voiture, elle allait devoir repartir à pied… Quelle folie de sa part ! Avec un peu de chance, son téléphone fonctionnerait bientôt, et elle pourrait appeler Cade ou William…

Et elle se couvrirait de ridicule. La parfaite touriste ! Même si son intention avait été de retrouver Emma, ce qu'elle avait entrepris n'était pas raisonnable du tout. Elle n'avait pas tenu compte des dégâts potentiels de la tempête. Quelle idiote elle était ! Elle s'immobilisa, hésitante. Où aller ? Tout droit ? En haut ? Elle ne percevait que des cimes touffues, la végétation tropicale dans toute sa splendeur.

Et toujours pas la moindre habitation.

Donc elle avait dû se tromper. Où était ce maudit hameau de la Belle-Fontaine ?

Elle poussa un soupir. Soit elle continuait en espérant tomber sur un village, soit elle faisait demi-tour immédiatement. En marchant d'un bon pas, elle parviendrait dans la vallée d'ici une heure. Il lui faudrait ensuite récupérer la voiture… Oh ! elle aviserait à ce sujet plus tard. Désormais, l'essentiel était de ne pas se faire piéger par la nuit !

Encore hésitante, elle scruta les environs et écouta le silence. Au loin, une voix appelait…

Une voix masculine criait son nom !

Elle se figea, stupéfaite. Hallucinait-elle ? Mais quelques secondes plus tard, ce fut encore plus clair.

— Rebecca ! Tu es là ? Rebecca !

Elle se retourna. Quelques instants plus tard, au détour du virage, une haute silhouette émergea, se hâtant vers elle.

Bouche bée, elle contempla Cade — car c'était bien lui — qui avançait à grandes enjambées. Il avait un sac à dos, lui aussi… Sa trousse médicale d'urgence, découvrit-elle lorsqu'il l'eut rejointe.

— Ça va ? demanda-t-il d'emblée. Non, visiblement, pas du tout. Tu es toute pâle.

— C'est le choc de te voir, répondit-elle, tentant une pointe d'humour pour dissimuler son effarement. Comment m'as-tu trouvée ?

Il laissa échapper un rire moqueur.

— Enfantin… Je me suis douté que tu aurais envie d'aller chercher ta sœur et je me suis souvenu du nom du hameau. Quand je suis rentré chez moi et que William m'a dit que tu étais partie en expédition avec un sac à dos, j'ai compris.

Il l'observa d'un air inquiet.

— Tu es en nage, épuisée… Et tu n'étais pas joignable.

— Il n'y a pas de réseau, par ici.

— Bien sûr que non. Tu as vu où on est ?

Ses yeux gris exprimaient un mélange de colère et de soulagement.

— Tu es inconsciente, ou quoi ?

— Je sais.

Soutenant son regard, elle retira son sac à dos de ses épaules. La sueur coulait entre ses omoplates, et son cœur battait à se rompre. Etait-ce à cause de la fatigue, ou de l'intense émotion qu'elle éprouvait face à Cade ? Bizarrement, elle était incapable de trancher.

— Il aurait pu t'arriver quelque chose de grave… La route n'est pas praticable, et il y a des éboulements de terrain partout !

— Mais ça va, je suis là…

— Non, ça ne va pas !

Il l'enlaça d'un geste vif et la dévisagea.

— Tu as couru un risque absurde. Pourquoi tu ne m'as pas écouté ? Oh ! si seulement je ne ressentais pas ce que je ressens pour toi, je…

Sans achever sa phrase, il la serra éperdument contre lui et l'embrassa avec fougue. Bouleversée, elle ferma les yeux et répondit à son baiser. Etait-ce un rêve ? Puis, malgré le plaisir manifeste qu'elle ressentait, elle eut de nouveau la conscience aiguë d'être en train de faire ce qu'elle ne voulait pas… Ce qu'il ne fallait pas. Mais elle ne put se résoudre à le repousser. Impossible. Elle était blottie contre ce grand corps musclé, et c'était comme si une force inconnue s'emparait d'elle. La bouche de Cade la dévorait, et un désir fou les enveloppait…

Non !

— Arrête… murmura-t-elle dans un sursaut de lucidité, en essayant de se dégager.

— Pourquoi ? Tu en as autant envie que moi…

— Mais ce n'est pas sérieux !

— Pas sérieux ?

Il s'écarta pour l'observer. Ses yeux brillaient d'un éclat surprenant.

— Tu te moques de moi ?

— Non…

Elle inspira profondément, essayant d'apaiser les battements de son cœur.

— Non ? Ah, je comprends, dit-il après une brève hésitation. Comme tu ne veux pas t'engager, tu préfères choisir la légèreté… qui n'est pas forcément sérieuse. Pas de problème, je ne suis pas contre.

Elle resta sans voix, hypnotisée par son regard. Autour d'eux, la nuit tombait peu à peu. Les oiseaux ne chantaient plus mais, au loin, un ululement s'élevait par intermittences. Elle réprima un frisson. Seule, elle aurait vraiment eu peur.

— On en reparlera, tu veux bien ? Pour l'instant, il faut continuer jusqu'au village… Si tu es d'accord pour m'accompagner.

Il acquiesça d'un air grave.

— Evidemment. Je suis là pour ça… Exactement pour ça. Je suis équipé, dit-il en désignant son sac à dos. J'ai tout ce dont nous avons besoin pour les premiers secours. Mais avant d'y aller, j'aimerais quand même être sûr d'avoir compris…

— Quoi ?

— Tu me laisses t'embrasser, et ensuite tu agis comme si je venais de faire quelque chose de mal.

— Comme si nous venions de faire quelque chose de mal. Une erreur.

— Et pourquoi ?

Elle resta sans voix. Ce n'était pas le moment...

Et ça ne le serait sans doute jamais.

— Un jour, tu m'expliqueras, dit-il d'un ton assourdi par la déception mêlée de frustration qu'il devait éprouver. Rebecca, tôt ou tard, je finirai par savoir ce que tu me caches... Parce que c'est la vérité, tu me caches quelque chose, n'est-ce pas ?

6.

Le souffle coupé, Rebecca demeura obstinément silencieuse. Elle ne pouvait pas expliquer à Cade… Décidément, non. Elle était venue sur cette île pour tout oublier, se reconstruire… Ne pas évoquer ce qui la faisait tant souffrir.

— Mais ce sera pour une autre fois, dit-il d'un ton décidé. Maintenant, nous n'avons pas le choix : nous devons trouver le village.

Elle sentit sa respiration se libérer. Enfin, il revenait à la réalité ! Car le temps pressait.

— Je suis bien d'accord. D'après la carte, on devrait déjà apercevoir des habitations.

— Il y a eu cette tempête…

— Qui a peut-être provoqué des glissements de terrain.

— Exact.

— Je croyais que tu ne t'en faisais pas pour ma sœur.

— Je ne voulais pas t'inquiéter plus, répondit-il, honnête. Mais quand j'ai compris ce que tu avais en tête, je n'ai pas hésité. Et j'ai prévenu William et quelques autres, au cas où.

Puis il s'élança sur la route sans l'attendre. Elle ramassa son sac à dos et lui emboîta le pas. Il marchait rapidement, presque comme si elle n'était pas là… En colère ? Sans doute, oui. Cela aurait été normal.

Sans parler, l'un derrière l'autre, ils grimpèrent encore environ sur cinq cents mètres, longèrent un virage et parvinrent à une autre route, plus étroite, qui filait vers l'est.

— C'est par là, dit-elle. Cette bifurcation est sur mon plan.

Cade se contenta de hocher la tête, et il repartit aussitôt.

Malgré l'urgence, Rebecca ne put s'empêcher d'admirer la nature sauvage. A cette altitude, la forêt tropicale cédait la place à une immense prairie, où d'étonnants rochers se dressaient au milieu de palmiers souvent pliés par les bourrasques de la veille. Un peu plus loin, une rivière charriait des cailloux, des branchages…

Et débordait sur la route à plusieurs endroits.

Devant Rebecca, Cade poursuivait sans ralentir. Par moments, les tourbillons sur la chaussée étaient puissants, chargés d'une boue épaisse.

Abasourdie par ce spectacle de désolation, Rebecca s'efforçait de marcher à la même allure que lui. L'inquiétude l'envahissait de plus en plus. Ici, les pluies diluviennes avaient causé des ravages.

— C'est là-bas ! fit-il.

A une centaine de mètres, on apercevait des maisons en bois aux façades colorées. Le hameau… Enfin !

Elle voulut courir mais, sous ses baskets, le sol devint spongieux et glissant. L'eau avait dû monter jusque-là avant d'être absorbée par la terre.

Il n'y avait pas un chat dans les rues. Tout semblait désert… Fantomatique. Fuyant les inondations, les habitants avaient dû se réfugier ailleurs.

— Où sont-ils tous ?

— A l'abri, j'espère, répondit Cade.

Un sentiment d'angoisse gagna Rebecca, qui le chassa aussitôt. Ce n'était pas le moment de flancher.

Quelques instants plus tard, ils parvinrent devant une spacieuse bâtisse. Cade poussa la porte, et ils pénétrèrent dans une salle tout en longueur.

— C'est l'école, dit-elle dans un murmure. Et un hôpital de campagne…

Les tables avaient été poussées le long du mur et les chaises empilées un peu plus loin afin de transformer l'espace en salle de soins : on avait disposé, en rang, une dizaine de lits qui faisaient face aux fenêtres. Trois enfants y étaient allongés, protégés par des moustiquaires ; assis à côté d'eux, des adultes lisaient ou parlaient à voix basse. Ils levèrent les yeux vers Rebecca et Cade, les examinant avec autant d'intérêt que de lassitude. Sur deux autres lits se trouvaient des adultes, endormis.

Cade jeta un coup d'œil circulaire puis déclara à la cantonade :

— Bonjour à tous, nous sommes médecins. Je suis Cade, voici Rebecca, nous venons vous aider.

Au même instant, une porte s'ouvrit au fond de la pièce, et Rebecca faillit pousser un cri de soulagement. Emma apparut, poussant un chariot chargé de médicaments, prête à s'affairer comme d'habitude... Elle paraissait exténuée. Le teint pâle, les yeux cernés, elle avait la démarche raide. Mais dès qu'elle aperçut Rebecca, son visage s'illumina.

— Oh ! Becky ! Je savais que tu viendrais ! J'étais certaine que si quelqu'un devait venir nous secourir, ce serait toi !

Rebecca la rejoignit à la hâte.

— Je suis là, oui...

Elle la serra affectueusement dans ses bras.

— Tu n'as pas l'air bien en forme. Où sont les autres soignants de ton équipe ?

— Il n'y a personne ici, à part les malades et moi... Et nous, maintenant, dit Emma. On a évacué le maximum de personnes dans le village voisin et...

Elle s'interrompit afin de reprendre son souffle.

— J'ai proposé de rester soigner ceux qu'on ne pouvait pas emmener. Ils devaient revenir nous chercher, mais je crois que les villages sont coupés les uns des autres. En tout cas, personne n'est venu.

Avisant une chaise, elle se laissa tomber, visiblement à bout de force. Cade s'approcha aussitôt.

— Emma, bonjour, vous me reconnaissez ?

— Oui, bien sûr... Vous êtes le Dr Byfield.

— Cade. Depuis quand vous ne vous sentez pas bien ?

— Quelques heures. C'est arrivé d'un coup. La fatigue, j'imagine... Je n'ai pas dormi de la nuit, j'ai dû veiller sur mes patients.

Il fronça les sourcils.

— A mon avis, et d'après le peu que je constate, vous ne souffrez pas seulement d'épuisement. Avez-vous les mêmes symptômes que les malades que vous soignez ?

— Non.

Elle voulut secouer la tête, mais un gémissement de douleur lui échappa. Elle posa une main sur son cou et se massa doucement.

— Les enfants ont contracté la fièvre pourprée à cause de tiques. Je les ai mis sous antibiotiques. D'ailleurs, il faut leur donner leurs cachets maintenant… Aux adultes aussi.

Elle se leva, prête à reprendre son travail, mais Cade lui pressa gentiment l'épaule, l'obligeant à se rasseoir.

— Nous nous en chargeons. Vous devez vous reposer, nous allons vous ausculter.

— Mais c'est aussi l'heure du repas, dit Emma, anxieuse. Il faut que je leur trouve de quoi manger… Les provisions commencent à manquer.

Elle inspira avec difficultés et frissonna en croisant les bras sur sa poitrine.

— J'ai rassemblé la nourriture qui n'a pas été abîmée. La réserve a été inondée… Comme il n'y a plus d'électricité en cuisine et que les canalisations ont lâché, je me suis débrouillée comme j'ai pu avec de l'eau en bouteille.

— J'ai quelques canettes de soda et des provisions dans mon sac à dos, dit Rebecca, s'efforçant de ne pas trahir ses craintes. Des barres protéinées, du chocolat, des noix… Des aliments qui donnent de l'énergie. Ça aidera tout le monde à tenir un peu mieux.

— Et les secours ne tarderont pas, dit Cade d'une voix rassurante.

Rebecca eut du mal à ne pas montrer sa perplexité.

— Par quel miracle sauraient-ils qu'on est ici ?

— J'ai un ami qui travaille pour le service de sauvetage aérien, expliqua-t-il. Cet après-midi, je l'ai appelé et il m'a dit qu'il survolerait cette zone dès que possible. Il ne le fera peut-être pas aujourd'hui, il y a beaucoup d'endroits sinistrés, mais il essaiera demain. Il faut peindre ou mettre quelque chose sur le toit pour lui signaler notre présence… Quelque chose qu'il repérera en plein jour.

Stupéfaite, Rebecca échangea un rapide coup d'œil avec Emma.

— Donc tu te doutais que la situation était critique ?

— Disons que j'avais de fortes présomptions.

— Et tu ne m'en as rien dit.

— Je n'étais pas sûr que ce collègue serait joignable ou disponible. Evidemment, je t'en aurais parlé si je t'avais trouvée chez moi tout à l'heure, dit-il avec un petit sourire entendu.

Rebecca soutint quelques secondes son regard. L'allusion était claire.

— Est-ce que par hasard vous auriez vu des pots de peinture ? demanda-t-il à Emma. Les façades des maisons sont toutes de différentes couleurs, alors avec un peu de chance…

— Oui, il y en a dans la réserve.

— Excellent. Je vais peindre un SOS géant sur le toit. Je peux te parler deux minutes ? demanda-il à Rebecca. Il faut qu'on s'organise.

— Bien sûr.

Elle se tourna vers sa sœur.

— Ne bouge pas, je reviens tout de suite. Toi, tu dois vraiment te reposer. Cade et moi, on s'occupera des patients. Je suppose qu'ils ont des dossiers.

— Naturellement.

La lumière du jour filtrait à peine par les fenêtres, mais Emma ferma brièvement les yeux, comme si cette clarté, pourtant minime, lui était pénible.

— J'ai si mal à la tête… Je suis contente que tu sois là, Becky.

— Moi aussi. Tu peux souffler, maintenant. A tout de suite.

Rebecca emboîta le pas à Cade.

— Je crains qu'elle ne soit très malade, dit-il dès qu'ils se furent suffisamment éloignés. J'ignore ce qu'elle a, mais il faut faire vite.

— Je sais… Et je suis inquiète, avoua Rebecca, la gorge soudain nouée. Pour Emma et pour les autres.

— Ne le montrons pas. Bon, je commence par examiner les malades, puis j'irai signaler notre présence.

Elle l'observa, troublée et touchée par sa présence, sa gentillesse, son extraordinaire engagement.

— Heureusement que tu es là. Seule, je ne m'en serai pas sortie, dit-elle, s'apprêtant à lui prendre la main.

Un simple geste spontané, amical… Mais Cade s'écarta vivement, comme s'il voulait éviter tout contact avec elle. Elle sentit son cœur se serrer. Elle l'avait blessé… ou vexé. Les deux, sans doute. Elle l'avait embrassé, puis repoussé, puis embrassé de nouveau… Se laissant faire, oui, mais savourant cette étreinte. Il ne devait plus savoir où il en était.

Elle non plus. Elle savait juste qu'elle était de plus en plus attirée par lui, et qu'il fallait essayer de rompre ce magnétisme. Faute de quoi ils souffriraient pour rien. Tous les deux.

— A tout à l'heure, dit-il en s'éloignant. Je me dépêche.

— D'accord.

Elle retourna aussitôt auprès d'Emma.

— Où est-ce qu'il y aurait un lit pour toi ? Il faut que tu t'allonges.

— Dans l'arrière-salle.

Emma se redressa, vacilla et s'appuya sur Rebecca.

— Je me sens vraiment mal. J'ai des nausées épouvantables depuis un moment. Je ne peux rien garder dans l'estomac.

— On va te soigner, ne t'inquiète pas. Laisse-moi juste t'examiner.

Elle installa sa sœur et l'ausculta. Les mains et les pieds d'Emma étaient froids. Elle n'en avait pas moins une forte fièvre.

Les symptômes se précisaient.

Surtout ne pas affoler Emma…

Rebecca prit le stéthoscope et le tensiomètre dans la trousse d'urgence apportée par Cade.

— Ta pression sanguine est basse, alors que ta respiration et les battements de ton cœur sont plutôt rapides. Je pense que tu souffres d'une sérieuse infection bactérienne. On va commencer une antibiothérapie par injection dès maintenant.

Je vais aussi t'administrer de la cortisone pour réduire ce qui ressemble à une forte inflammation…

Emma s'adossa contre les oreillers.

— Ce qui ressemble à une forte inflammation ? Tu n'as pas besoin de minimiser la situation, Becky.

Sa respiration était saccadée.

— Je suis infirmière, je suis capable de diagnostiquer ce qui ne va pas… C'est une méningite, c'est ça ?

Rebecca soupira.

— J'en ai bien peur. On ne peut rien affirmer tant que tu n'as pas été hospitalisée, mais on dirait bien, oui. Une chance que Cade ait prévu un kit complet dans sa trousse. On peut commencer un traitement d'attaque dès maintenant. Ensuite, il faudra que tu essaies de dormir… Et je vais te donner quelque chose pour soulager tes maux de tête.

— Merci, Becky.

Emma ferma les yeux.

— C'est super que tu sois là.

Rebecca ne quitta son chevet que lorsqu'elle fut certaine d'avoir fait tout ce qui était en son pouvoir pour le moment. Alors seulement elle partit rejoindre Cade.

Il était dans la salle principale, en train de jouer aux cartes avec un des petits garçons convalescents. Agé d'environ cinq ans, ce dernier riait aux éclats. A côté, sa mère souriait avec indulgence.

— Je reviendrai te voir plus tard, dit Cade à l'enfant dès qu'il aperçut Rebecca. Tu vas bien mieux, c'est l'essentiel !

— Tout à l'heure, je gagnerai ! dit le petit.

— Ah, ah, on verra !

Sur ce, souriant presque, Cade s'éloigna avec Rebecca.

— Alors, comment va-t-elle ?

— Elle dort. Je l'ai mise sous perf et sous oxygène. Il faut qu'on l'hospitalise au plus vite.

— Méningite ?

Elle acquiesça. Le principal danger était l'inflammation des membranes protectrices du cerveau, cause des maux de tête terribles dont souffrait Emma. Se profilait également le risque d'un empoisonnement du sang, mais les conséquences seraient tellement désastreuses que Rebecca refusa d'y songer pour l'instant.

— Comment vont les autres patients ?

— Globalement, pas trop mal. C'est une communauté rurale, les gens vivent de l'agriculture, et les jeunes ont été exposés aux morsures de tiques qui prolifèrent sur le bétail, surtout les chèvres. Je leur ai administré de la doxycycline. Deux des enfants, des garçons d'environ cinq ans, vont déjà nettement mieux. La fillette de trois ans a encore la jambe enflée par endroits, là où elle a été piquée. Pour elle, les symptômes périphériques de la fièvre pourprée persistent : cauchemars, agitation…

— A ce point ? Je n'avais encore jamais vu ce genre de manifestations, dit-elle.

— Eh oui. L'infection s'accompagne de fièvre élevée, d'éruptions cutanées, de maux de tête et de douleurs musculaires. Les plaques ne démangent pas, heureusement.

Il jeta un coup d'œil en direction des adultes qui dormaient toujours.

— Eux ont une infection pulmonaire. Ils sont sous oxygène et antibiothérapie.

— Donc tout est maîtrisé ? Bonne nouvelle… Et côté nourriture ? demanda-t-elle, inquiète.

Il esquissa une grimace.

— Viens, je vais te montrer la cuisine.

Ils se dirigèrent vers une petite pièce à l'arrière.

— Il n'y a plus d'électricité, dit-il en poussant la porte. Ça ne nous laisse pas beaucoup de possibilités, mais j'ai quand même pu trouver de quoi manger. On a intérêt à garder tes barres protéinées pour demain.

— Bonne idée.

Elle jeta un coup d'œil autour d'elle. L'endroit était fonctionnel, équipé d'un évier, d'un comptoir, d'une cuisinière et d'un réfrigérateur hors d'usage.

— J'espère que ton collègue va arriver vite avec une

équipe de secours. Il ne faudrait pas qu'on s'attarde ici trop longtemps, dit-elle en réprimant un frisson.

Il eut un sourire rassurant.

— On se débrouillerait, j'en suis sûr. On forme une bonne équipe, tous les deux.

— C'est vrai.

Elle se ressaisit tant bien que mal. De fait, avec lui elle avait l'impression d'être capable de soulever des montagnes.

— Tu veux que je t'aide à peindre le SOS sur le toit ? Il faudrait peut-être en mettre plusieurs.

— Non, ça ira, je vais m'en occuper avant qu'il fasse nuit. Mais toi, tu dois manger quelque chose. Je parie que tu n'as rien pris récemment ?

Elle secoua la tête. Elle n'avait même pas pensé à s'alimenter. Trop de stress ? Sans nul doute.

— Mais je n'ai pas vraiment faim. Et je veux rester auprès d'Emma.

— Pas de souci, vas-y. Je t'apporterai un peu de riz froid et des petits pois en boîte.

— Oh...

Elle ne put s'empêcher de rire.

— Cette proposition gastronomique me comble !

— Je savais bien qu'en te prenant par les sentiments, ça irait mieux, répondit-il, léger.

D'un geste tendre, il l'attira contre lui et la serra dans ses bras. Elle se laissa faire, le cœur battant, savourant cette étreinte, résistant à l'envie de se blottir davantage encore.

— Tu es un excellent médecin, dit-il en la regardant dans les yeux.

Il l'embrassa sur le front et ajouta :

— Et une excellente coéquipière. J'ai du mal à comprendre que ton ex n'ait pas essayé de te retenir. Il ne s'est pas rendu compte à quel point tu étais précieuse ?

— Mon ex ? Drew... Il s'appelait Drew.

Il la lâcha, et elle s'écarta de quelques pas, submergée par les mauvais souvenirs.

— Les choses n'ont pas marché entre nous, dit-elle

simplement. Je suis tombée malade — une crise d'appendicite aiguë —, et il y a eu des complications. Je me suis retrouvée en soins intensifs pendant un bon moment… Et Drew ne l'a pas bien vécu. Je crois qu'il a compris à ce moment-là qu'il n'était pas fait pour moi. Il y avait certainement eu des signes avant-coureurs, mais… Au fond, on était très différents.

Elle s'efforça de sourire.

— Il est vif, impatient, alors que je suis plus posée. Avec le recul, je me dis que, tôt ou tard, on se serait séparés.

Cade l'observa attentivement.

— Mais votre séparation t'a marquée… Maintenant, tu as du mal à faire confiance, je me trompe ?

— Non.

— Parce qu'il n'est pas resté auprès de toi alors que tu étais vulnérable, dit-il. C'est comme une trahison.

Elle soutint son regard, le cœur serré. Jusqu'à quel point réussissait-il à lire en elle ?

— On peut dire ça, oui.

Elle inspira profondément, consciente du malaise et de la tristesse qu'elle éprouvait soudain. Evoquer Drew la ramenait vers le passé…

Ce passé qu'elle espérait oublier afin de se reconstruire vaille que vaille. Elle était néanmoins parfaitement lucide, seul le temps réussirait à panser ses blessures et, en vérité, elle se rappellerait toujours ce qui s'était passé… Mais, petit à petit, lentement mais sûrement, cela la toucherait moins. Peu à peu, elle tournerait la page et accepterait la réalité.

— Il faut que je retourne voir Emma, dit-elle.

— Et moi, que j'aille peindre le SOS. Ensuite, je te rejoins. Reste auprès d'Emma, je m'occupe des autres.

— Tu es sûr ?

— Certain. Elle a besoin de toi.

— Merci…

Elle lui sourit.

— Toi aussi, tu es un excellent coéquipier.

*
* *

Rassurée, Rebecca veilla Emma toute la nuit. Lorsque le jour se leva, elle constata avec soulagement que l'état de sa sœur n'avait pas trop empiré. Elle dormait beaucoup, se plaignait toujours de maux de tête, mais ses nausées s'étaient calmées. Elle s'inquiéta même des patients dont elle s'était occupée jusque-là.

— Je vais aller les voir, et je te ferai un rapport détaillé ! fit Rebecca, épuisée mais assez en forme pour plaisanter.

Presque comme lorsqu'elle travaillait à l'hôpital. Elle se sentait utile, à sa place ; capable d'occulter ses propres problèmes pour se consacrer aux autres.

Elle trouva Cade assis auprès de la fillette de trois ans. Il était en train de mettre le tensiomètre à son ours en peluche, ce que l'enfant observait d'un air amusé.

— Je crois que Nounours va un peu mieux, ce matin, disait-il. Il va peut-être manger un biscuit ?

— Peut-être, répéta la petite.

— Mais il faudrait que tu lui montres comment faire. En grignotant un peu, toi aussi. Tu veux essayer ?

— D'accord.

— Génial…

Cade lui tendit une assiette de cookies.

— A moins que tu veuilles tous les biscuits ?

Elle fronça le nez.

— Ah non !

Déterminée, elle en prit un et le mit devant la bouche de son ourson. Ensuite, elle en croqua une petite bouchée, et parut apprécier le goût de miel car elle l'avala, d'abord prudemment puis avec plus d'appétit. Cade sourit, et Rebecca sentit une boule se former dans sa gorge. Il était doux et gentil avec les enfants. Il ferait un père merveilleux.

Satisfait que la petite ait mangé, il se leva et alla vers Rebecca, laissant l'enfant en compagnie de sa mère.

— Jusqu'à présent, elle refusait d'avaler quoi que ce soit, mais je crois qu'elle commence à aller mieux.

— Elle remonte la pente, dit Rebecca. Tu as su l'aider.

Elle jeta un coup d'œil circulaire. Les deux garçons

alités étaient en train de manger des barres protéinées en dessinant sur des feuilles de papier. A intervalles réguliers, ils pouffaient de rire.

— Eux aussi ont l'air mieux.

— Un peu, oui. Là, ils font un concours de caricatures, dit Cade. C'était le meilleur moyen de les inciter à s'alimenter… Mine de rien.

— Bien vu.

Elle sourit et prit une barre de céréales dans le panier où Cade avait rassemblé quelques friandises, parmi lesquelles celles qu'elle avait apportées.

— Comment va Emma ? demanda-t-il.

— Son état semble stable, mais l'inflammation intracrânienne est toujours importante. Elle a des épisodes confus. Heureusement, les antibiotiques ne laissent pas l'infection s'aggraver.

— On la maintient, c'est l'essentiel.

Il se servit un verre d'eau.

— Il faudrait préparer tout le monde pour l'évacuation. Quand l'hélicoptère arrivera, on sera prêts.

— J'y ai pensé. Chaque patient adulte devra prendre son dossier et, le cas échéant, son matériel de perfusion. Les plus atteints embarqueront en premier : ma sœur, l'homme qui souffre de pneumonie, la petite fille.

Il acquiesça.

— J'ai préparé une zone d'atterrissage. Il n'y a plus qu'à croiser les doigts pour qu'ils parviennent jusqu'à nous au plus vite.

Le téléphone ne fonctionnant toujours pas, il leur était impossible de savoir quand les secours seraient là. Toutefois, quelques heures plus tard, ils entendirent le bruit d'un hélicoptère…

Enfin !

L'appareil atterrit peu de temps après. Cade et Rebecca coururent accueillir les secouristes.

— Combien de personnes faut-il emmener ? demanda le collègue de Cade.

— Trois enfants, trois adultes — tous malades — et quatre parents. En tout, dix personnes, plus Rebecca. Elle doit accompagner sa sœur, qui a sans doute une méningite. Tu peux transporter autant de monde d'un coup ?

L'homme hocha la tête, les sourcils froncés.

— Oui, ça ira. Et toi ?

— Je dois récupérer ma voiture. Je vous rejoindrai plus tard.

Cade se tourna vers Rebecca.

— J'enverrai quelqu'un chercher le véhicule que je t'ai prêté.

— Merci…

Rassurée de pouvoir partir avec Emma, elle ne put toutefois refouler une bouffée d'inquiétude à l'idée que Cade se retrouve seul.

— Et s'il y a encore des glissements de terrain ? Comment tu feras ?

Il haussa les épaules.

— Je me débrouillerai, ne t'inquiète pas. Tu peux prendre ma trousse de secours, tu en auras peut-être besoin, et ça m'allégera !

Ebauchant un sourire, il ajouta :

— Si je ne suis pas de retour à l'hôpital d'ici deux ou trois heures, envoie-moi William avec des secours.

— Compte sur moi. Mais j'aurais quand même préféré que tu nous accompagnes…

— Vas-y. Ne perds pas de temps, tu as des personnes à soigner.

Ensemble, ils supervisèrent l'embarquement des patients. Rebecca s'assura qu'Emma était bien installée, et, inquiète, resta auprès d'elle durant le trajet. Sa sœur, bien qu'assoupie, avait des signes de confusion intense, à la limite du délire par moments. Avant qu'ils n'atterrissent, elle commença à convulser, au bord de l'épilepsie.

Alarmée, Rebecca fouilla dans la trousse médicale de Cade à la recherche de quelque chose qui calmerait la crise. L'inflammation aggravée intracrânienne risquait d'avoir des conséquences très graves… Il fallait stabiliser au plus vite l'état d'Emma.

Le pilote prévint les urgences et, dès qu'ils se posèrent sur la piste, une équipe vint les prendre en charge, Emma en priorité. Rebecca dut attendre, impuissante.

Ce fut James, le collègue de Cade, qui, environ une heure plus tard, vint lui donner des nouvelles.

— On lui a administré un traitement anti-inflammatoire et préventif. Mais à ce stade, on ne peut savoir s'il fonctionne, précisa-t-il à regret. On a fait des prélèvements ; dès qu'on aura les résultats du labo, on adaptera l'antibiothérapie.

— Je sais que vous faites le maximum.

Il acquiesça.

— Vous devriez aller vous reposer dans le bureau de Cade. Inutile de rester ici à broyer du noir. Je préviendrai Cade pour qu'il vienne vous retrouver à son arrivée.

— D'accord. Merci encore.

Quelques minutes plus tard, dans la pièce si sécurisante où Cade travaillait, elle se prépara un café et téléphona à William. Ce dernier ne cacha pas son inquiétude, tant pour Emma que pour son cousin.

— Il n'est toujours pas rentré ?

— Non. J'espère que ça ira, dit-elle, un peu revigorée par la boisson chaude. On se tient au courant.

Après avoir raccroché, elle s'adossa aux coussins du canapé pour finir sa tasse. La nuit précédente, elle avait veillé Emma et n'avait pas dormi. Elle était si fatiguée… Oui, se reposer, ne serait-ce que quelques minutes, était une bonne idée.

Elle commençait à sommeiller quand on frappa un coup bref à la porte, et William fit irruption.

— Rebecca ?

Il vint vers elle.

— Je suis venu aussi vite que possible. Pour te soutenir.

— Oh ! c'est gentil…

Surprise et touchée par tant de gentillesse, elle lui sourit.

— Je n'ai aucune nouvelle d'Emma pour l'instant. Il faudra sans doute plusieurs jours avant de savoir si elle se remettra.

William s'assit à côté d'elle et lui prit les mains.

— Je suis allé la voir, dit-il. Elle a l'air mal en point, c'est sûr… Mais restons optimistes.

— Oui, c'est important. Mais tu ne devrais pas te faire autant de soucis pour Emma… Déjà que ton propre père ne va pas bien… Il est dans cet hôpital, c'est ça ?

— Oui, je lui ai aussi rendu visite. Il répond bien au traitement, ce qui est un soulagement.

— Oh ! c'est sûr.

Il la regarda dans les yeux, et s'efforça de sourire.

— On ne se connaît pas beaucoup, Rebecca, mais je t'aime bien… Et je veux que tu saches que tu peux compter sur moi. Ta sœur s'en sortira. Cade et toi étiez auprès d'elle pour empêcher le pire, elle va forcément s'en sortir !

— Je l'espère. Si elle a suffisamment de force pour combattre…

Les larmes jaillirent, et William la prit dans ses bras pour la consoler. Epuisée, elle posa la tête contre son épaule.

Ils étaient encore ainsi, enlacés, lorsque Cade entra dans la pièce quelques minutes plus tard. Elle vit l'expression de son visage se durcir imperceptiblement tandis qu'il les regardait tous deux. Il devait s'imaginer des choses… Forcément !

— William ? Que fais-tu ici ?

— Je suis venu remonter le moral de Rebecca, répondit son cousin en s'écartant d'elle. Je m'inquiétais aussi pour toi. Content de voir que tu vas bien.

— Oui, ça va. J'ai réussi à revenir sans problème, répondit Cade en marmonnant.

Il lança un coup d'œil perçant à Rebecca.

— Tu tiens le coup ? lui demanda-t-il.

— J'essaie. C'est difficile, avoua-t-elle.

Comment ignorer son évidente contrariété ? Il faudrait qu'elle lui explique qu'entre William et elle, il ne se passait rien… Ils avaient simplement partagé un élan amical !

— L'état d'Emma n'est pas encore stabilisé, dit alors Cade.

— Je sais. Je suis passé la voir, dit William. Mais comme je l'ai dit à Rebecca…

Il lui sourit.

— Il faut rester optimistes.

Cade hocha la tête.

— James et son équipe font le maximum. Et toi, Rebecca, franchement, tu devrais aller te reposer.

De nouveau, il la fixa d'un regard intense.

— Pardonne-moi, mais… je te l'ordonne, dit-il. Pour Emma et pour tous ceux que tu as aidés ces dernières heures, il est important que tu récupères. Sinon, tu ne leur seras plus d'aucun secours.

Elle se leva lentement. Il avait raison. Ses jambes flageolaient, et elle dut s'appuyer au mur pour ne pas tomber.

— Je crois que je vais t'écouter…

7.

Six jours plus tard.

— Emma a l'air d'aller un peu mieux, tu ne trouves pas ?

Rebecca jeta un coup d'œil à Cade, guettant son approbation.

Ils venaient de quitter la chambre d'Emma. La jeune femme bénéficiait d'un traitement intensif. Une semaine s'était écoulée depuis son admission, et elle avait passé la plupart du temps sous sédatif, branchée à différents appareils qui mesuraient ses fonctions vitales. Un moment de stress et d'angoisse qui, enfin, semblait s'alléger.

— Oui, elle va mieux, répondit-il tandis qu'ils se dirigeaient vers le parking. James la fera moins dormir si l'inflammation des méninges diminue.

Le laboratoire avait identifié la bactérie responsable de l'infection, James avait parfaitement pu cibler l'antibiothérapie.

— Ça fera plaisir à William de l'apprendre. Il est venu rendre visite à Emma chaque fois qu'il est allé voir son père. Il est si gentil…

Cade acquiesça d'un bref signe de tête.

— Il est adorable. Et mon oncle commence à aller un peu mieux. Enfin de bonnes nouvelles pour William !

— Sauf qu'apparemment il a beaucoup trop de travail, dit-elle. La dernière fois, il m'a dit qu'il devait superviser le chantier des serres sur ta plantation.

— Je compte sur lui, en effet. Je veux m'assurer que les charpentiers respectent les plans qu'on a validés.

— Mais William doit tout le temps être sur place, n'est-ce

pas ? Pourtant, il estime que les ouvriers travaillent sérieusement et…

Elle observa attentivement Cade.

— Pour être franche, j'ai l'impression que tu souhaites le garder occupé le plus possible pour qu'il n'ait plus le temps de me rendre visite !

— Et tu me le reproches ? Tu sais ce que je ressens pour toi, Rebecca, et l'autre fois, je vous ai découverts enlacés…

— On est seulement amis, l'interrompit-elle.

Il la regarda d'un air sceptique.

— De très bons amis, alors… Mon cousin t'aime beaucoup, je le sais bien. Sur le bateau, vous bavardiez comme si vous vous connaissiez déjà depuis longtemps, vous êtes allés à la plage ensemble, vous vous téléphonez…

— Et alors ? Je l'aime bien, moi aussi. Il me fait rire. Mais entre nous, c'est strictement platonique.

— Platonique ? Je ne crois pas que ce soit possible entre un homme et une femme.

— Ça, c'est ta vision des choses, dit-elle plus sèchement qu'elle ne l'aurait souhaité. Et je ne suis pas d'accord avec toi.

Il eut une moue perplexe.

— Si tu le dis…

Ils sortirent de l'hôpital.

— Peut-être que toi, tu ne vois pas clair dans les intentions de William. Moi, je sais que j'ai raison. Il a des sentiments pour toi et, à mon avis, tu l'apprécies plus que tu ne l'imagines.

Elle poussa un soupir agacé.

— Je n'apprécie pas que tu interprètes ce que je ressens. C'est ridicule…

— Peut-être.

— En plus, William aime beaucoup Emma. Il n'a plus le temps d'aller la voir non plus, et je crois qu'il le regrette beaucoup.

Cade poussa un soupir.

— Je vais voir ce que je peux faire pour William, ne t'inquiète pas. Il ne doit pas se sentir surchargé de travail pour rien. En attendant, pour me faire pardonner, je t'invite dans un bon restaurant. Tu ne passes pas réellement des vacances dignes de ce nom depuis que tu es ici, il serait temps que tu te changes les idées !

Il lui sourit, et elle eut du mal à rester de marbre. Il la charmait tellement…

— Si tu acceptes, bien sûr.

— Oui, avec plaisir. De toute façon, toi aussi, tu as besoin de te détendre…

Il l'emmena dans un restaurant ravissant à quelques kilomètres de là, dans une clairière ombragée à flanc de colline. L'endroit, unique en son genre, surplombait la côte déchiquetée à cet endroit. Le bâtiment à la façade blanche était prolongé d'une vaste terrasse dotée de loggias privées. Cade en avait réservé une pour eux, décorée de pots d'hibiscus flamboyants.

Prenant place, ravie, Rebecca admira la vue : les yachts sur la mer bleue et, au loin, le long de la baie sur le sable doré, les petites maisons blanches aux toits couverts de tuiles ocre. Un paysage de carte postale !

— J'ai téléphoné au propriétaire d'Emma, il n'est pas sûr de pouvoir engager les réparations maintenant, dit-elle alors que le serveur leur apportait leur premier plat.

Elle piqua sa fourchette dans un friand fourré de noix de Saint-Jacques et d'une sauce bisque au chardonnay. Délicieux.

— Les entrepreneurs sont tous débordés, évidemment. Je voulais savoir si tu pouvais m'héberger encore quelques jours, demanda-t-elle.

Elle avait envisagé d'autres solutions avant de lui poser la question : aller à l'hôtel, louer une chambre chez l'habitant… Mais elle l'aurait vexé si elle ne lui avait pas d'abord soumis le problème.

Il arqua ses sourcils sombres.

— Tu peux rester aussi longtemps que tu le souhaites. J'aime bien te savoir chez moi, répondit-il en souriant.

— Merci de ton hospitalité…

Elle laissa échapper un soupir soulagé.

— Tu es adorable.

— J'ai la place, chez moi, tu le sais bien. D'autre part, moi, je te remercie de tout ce que tu as fait pour les habitants de l'île. Tu es venue en vacances, et jusqu'à présent, tu n'as pas vraiment pu apprécier le *farniente* qui règne normalement ici ! Ni la beauté des lieux, d'ailleurs. J'aimerais t'emmener faire une promenade touristique ! Te servir de guide.

Elle rit.

— Dès qu'Emma ira mieux, avec grand plaisir ! Tant que ce ne sera pas le cas, je ne serai pas capable de m'amuser.

— Tu parles au futur, ça prouve ton optimisme, félicitations. On organisera quelque chose dès que possible, dit-il.

Ils finirent leur entrée, puis le plat principal fut servi : de l'agneau braisé agrémenté de risotto et de légumes rôtis nappés d'une sauce aux échalotes. En accompagnement, Cade choisit un vin rosé délicat, bien frais, qui se maria à merveille avec le plat.

— C'est succulent, dit-elle, enchantée. Tu es déjà venu ici, j'imagine ?

— Plusieurs fois, oui, avec des fournisseurs et des gens qui m'ont aidé pour les travaux de la propriété.

Elle fut soulagée qu'il ne mentionne pas d'autres femmes qu'il aurait invitées. Rien que d'y penser, son estomac se nouait, comme sous le coup de la jalousie.

Ils parlèrent ensuite de la plantation et des ouvriers qui y travaillaient. Cade lui apprit qu'Agwe se rétablissait lentement mais sûrement.

— Il a de la chance : la maladie n'a pas endommagé son système rénal. Et la main de Thomas guérit bien.

— J'en suis heureuse. Ils ont un bon patron, dit-elle. Tu veilles sur eux…

— Je tiens à eux et à leur santé. Pour eux, la vie est souvent dure. J'essaie de la leur rendre un peu plus légère.

Ils finirent leur déjeuner avec des fruits suivis d'un café colombien très parfumé, accompagné de mini-gaufres au chocolat.

— Quel régal ! Je n'avais pas aussi bien mangé — ni autant ! — depuis longtemps. Tout a été absolument… parfait. Merci.

— Merci à toi d'être là, répondit-il en la regardant dans les yeux. Tu illumines mon quotidien…

— N'exagère pas.

— Je suis sincère.

Le cœur battant, elle le laissa payer la note, puis ils quittèrent le restaurant et allèrent se promener dans le ravissant parc botanique derrière l'établissement. Ils longèrent une allée bordée d'avocatiers et d'abricotiers, autour desquels poussait une abondance de plantes tropicales : oiseaux de paradis, *Heliconia* qui attiraient des colibris en quête de nectar…

Tout était si beau et si paisible. Ils se tenaient sur un pont en bois enjambant une mare constellée de nénuphars. Elle aurait aimé que ce moment ne cesse jamais…

Cade lui désigna des perroquets, perchés dans des arbres, et des flamants roses. Une femelle était en train de nourrir ses petits, des petits oiseaux au plumage d'un blanc pur.

— Ils sont magnifiques, murmura-t-elle.

Il rit.

— Toi aussi, tu es magnifique.

Elle le regarda, surprise, et il en profita pour déposer un baiser sur ses lèvres.

— Je suis heureux de te voir heureuse.

— C'est grâce à toi.

Sans la quitter des yeux, il l'enlaça et l'attira contre lui. Puis il lui effleura la bouche, tout doucement, déclenchant un jaillissement brûlant en elle.

— Non…, murmura-t-elle, envahie de désir.

— Si…

Alors, oubliant ses bonnes résolutions, elle noua les bras autour du cou de Cade et l'embrassa passionnément.

— Tu es si généreux avec moi, dit-elle tout bas, entre deux baisers. Je n'ai pas l'habitude…

— Parce que tu comptes pour moi, chuchota-t-il. Je suis tombé amoureux de toi dès que je t'ai vue… Dès la première minute.

Elle s'écarta légèrement pour le regarder, craignant d'avoir mal entendu.

— Oui, je t'aime, Rebecca. Tu es une belle personne… Et je t'aime.

— Mais…

— Chut, pas de mais. Je ne te ferai jamais de mal, crois-moi.

Bouleversée, elle lui caressa le visage, appréciant, sous la pulpe de ses doigts, le côté un peu rêche de sa peau, là où sa barbe repoussait.

— J'aimerais y croire…

Il fronça les sourcils, et elle comprit qu'il n'interprétait pas correctement ses paroles.

— Y croire ? A quoi ? A nous ? A l'amour ? Ou tu veux dire que tu ne me fais toujours pas confiance ?

— En fait, c'est plus compliqué que ça…

Elle s'interrompit, des promeneurs s'approchaient, troublant leur intimité. Sans un mot, tous deux s'éloignèrent vers le chemin qui menait au parking.

— J'éprouve des sentiments pour toi, reprit Cade dès qu'ils furent de nouveau seuls. Et j'ai l'impression que c'est réciproque.

— Oui, mais…

Il lui posa l'index sur la bouche, freinant ses protestations.

— Pour la deuxième fois, pas de mais. Tu voulais de la légèreté ? Dans quelques jours, une petite fête est organisée sur la plage, avec un barbecue. On y va ? Je pense vraiment que tu as besoin de te détendre.

— Sans doute, oui…

Et elle lui sourit, émue. Pourquoi lutter contre l'évidence ? Il sentait qu'elle était attirée par lui, autant qu'il l'était par elle. *Avoue-toi la vérité, tu l'aimes !* se dit-elle, le cœur battant. C'était arrivé d'un coup, presque à l'instant où elle avait posé les yeux sur lui la première fois. Depuis, elle ne cessait de refouler ce qu'elle éprouvait…

Au nom de la raison.

Au nom de la réalité cruelle qui était la sienne, son infertilité qui, lorsqu'il la découvrirait, le découragerait et le glacerait sûrement. Puisqu'elle ne pourrait jamais être enceinte.

A moins qu'elle ne trouve une solution… Il en existait, elle le savait. Recourir à la procréation médicalement assistée, par exemple. Encore fallait-il que l'homme qui partagerait sa vie accepte un tel choix.

Elle observa Cade, presque fébrilement. Elle allait devoir rapidement décider quel genre d'avenir elle envisageait…

Avec ou sans Cade ?

Durant les jours suivants, Emma reprit peu à peu des forces et parvint à s'asseoir dans son lit. Puis elle réussit à parler sans trop se fatiguer.

— Quelle joie de te voir récupérer, dit Rebecca. C'est génial…

— C'est toi qui as été géniale, répondit Emma en s'adossant aux coussins.

— Ta guérison est le résultat d'une vraie chaîne de solidarité, dit Rebecca, embrassant du regard les nombreuses cartes lui souhaitant un prompt rétablissement, ainsi que les fleurs — de belles roses — disposées sur la table.

Une carte, particulièrement élégante, venait de William, avec un graphisme en relief et un petit mot affectueux…

Très affectueux.

Elle regarda attentivement Emma. Sa longue chevelure brune avait retrouvé de sa brillance, et une étincelle particulière pétillait dans ses yeux bleu-gris.

— Oh ! oh, cette lueur dans ton regard… Dis-moi, elle ne serait pas due au beau jeune homme t'a très souvent rendu visite depuis que tu es ici ?

Emma rougit.

— Tu as remarqué ? C'est vrai, William vient chaque fois qu'il le peut. Il m'apporte des fruits, des fleurs, et il fait le maximum pour me remonter le moral.

Elle désigna la table de chevet.

— Il m'a offert ces superbes roses rouges, avec une carte où il me dit qu'il pense à moi.

Rebecca sourit.

— Il est adorable. Et tu l'aimes bien, toi aussi ?

Les joues d'Emma s'empourprèrent davantage.

— Oui, j'avoue… Il est vraiment sympa, et drôle. Il ne me connaissait pas et il a pris du temps pour moi… Je suis touchée. Et toi ? demanda-t-elle en contemplant Rebecca à son tour. Tu ne serais pas amoureuse de son cousin, par hasard ? Le séduisant Cade ?

— Qu'est-ce qui te fait croire ça ?

— La façon dont tu le regardes. Même malade, j'ai noté vos petits échanges de coup d'œil, et puis, je ressens ces choses-là, forcément…

Rebecca rit doucement.

— Tu n'as pas tort. Et je pense que Cade éprouve la même chose. Mais il y a un problème… Il rêve d'avoir une famille, et moi, tu le sais, je ne peux pas.

— Ne sois pas défaitiste à ce point, protesta Emma en lui prenant la main. La procréation médicalement assistée fait parfois de véritables miracles. Ou tu pourrais te faire opérer : les adhérences ne sont pas une fatalité. Il est parfois possible de les enlever.

Rebecca secoua la tête.

— Ça ne se fait pas souvent. Les médecins me l'ont déconseillé… Sauf si je tombais sur un grand spécialiste habitué à ce genre d'intervention.

Elle soupira.

— Eh oui, la fécondation in vitro pourrait être la solution… si j'ai des ovulations correctes. Mais la FIV n'est pas toujours efficace.

Emma fronça les sourcils.

— Tu es trop négative, Becky. Au lieu d'attendre, de ne pas savoir, prends rendez-vous auprès d'un spécialiste. Il examinera toutes les options avec toi. Le pire, c'est de broyer du noir et d'imaginer que c'est définitivement sans espoir.

Rebecca ferma brièvement les yeux.

— Tu as raison. Je crois que l'idée d'un échec me mine, me paralyse.

— Eh bien, l'heure de passer à l'acte est arrivée, dit alors Emma. Ne perds plus de temps. D'ailleurs, j'ai quelque chose pour toi. Tu veux bien me passer mon sac ? J'ai fait quelques recherches avant ton arrivée. Il s'avère qu'il y a une excellente clinique sur l'île de La Barbade, pas loin d'ici. J'ai mené ma petite enquête : l'équipe médicale est au top.

Rebecca lui donna son sac, et Emma sortit une carte d'une des poches.

— Voilà, appelle-les dès aujourd'hui. Ils m'ont assuré qu'ils te proposeraient un rendez-vous au plus vite si tu choisissais une consultation privée.

Puis, l'air perplexe, elle ajouta :

— Tu devrais peut-être en parler à Cade.

— Je n'en ai pas la force, avoua Rebecca. De toute façon, j'attendrai que tu sois sortie de l'hôpital. Si jamais j'étais admise rapidement, je ne serais plus près de toi, et je me ferais un sang d'encre à ton sujet.

— Arrête, Becky, je vais mieux ! Je suis sauvée ! Téléphone-leur. Et tu le sais, je ne serai pas seule…

Emma ébaucha un sourire entendu.

— L'adorable William viendra me voir. Dès qu'il a fini de travailler, il est là. Et j'adore qu'il soit là.

— Tant mieux !

Rebecca rit.

— Il y a de l'idylle dans l'air à l'hôpital ? Chic ! Mais moi, je veux être là, auprès de toi.

— Ta, ta, ta, c'est une bonne excuse…

Emma serra les lèvres, affichant une moue sévère.

— Puisque c'est comme ça, je vais les appeler, moi.

— Non !

Rebecca jeta un coup d'œil à la carte. La clinique se trouvait sur La Barbade — une autre île paradisiaque —, et on pouvait s'y rendre en ferry. Au fond, qu'est-ce qui l'empê-chait de prendre un rendez-vous ? La peur ? Cette peur, si mauvaise conseillère ?

— D'accord, je vais le faire.

— Maintenant. Tout de suite, je veux dire. Et mets le haut-parleur, que j'entende.

Rebecca composa le numéro.

— Vous avez de la chance, annonça la réceptionniste une fois qu'elle se fut présentée et qu'elle ait expliqué le motif de sa demande. Nous avons eu plusieurs annulations, le Dr Solomon a quelques disponibilités. En fait, je peux même vous proposer une consultation dès demain.

— Demain ?

Rebecca sentit sa gorge se nouer.

— Je ne m'attendais pas à ce que ce soit possible aussi vite et…

— Elle viendra ! dit Emma, s'immisçant dans la conversation. Notez son nom.

— Pardon ?

— Je suis sa sœur, je vous confirme qu'elle viendra demain. Merci beaucoup !

Rebecca reprit la communication, et fournit les différentes informations administratives nécessaires. Une fois l'appel terminé, elle resta silencieuse un long moment, mesurant pleinement les conséquences de ce qu'elle s'apprêtait à entreprendre. Il fallait aussi qu'elle organise son déplacement. Il y aurait un ferry un peu plus tard dans la journée. Si elle se dépêchait, elle n'aurait plus qu'à se préparer une petite valise et embarquer. Elle prendrait une chambre d'hôtel sur place, pas loin de la clinique.

— Merci de ton aide, ma grande sœur chérie, dit-elle en enlaçant affectueusement Emma. Je suis venue ici pour te voir mais aussi parce que j'avais besoin de toi…

— Je sais bien. Et je voulais te pousser à agir… J'ai juste attendu le bon moment.

En souriant, Emma étouffa un bâillement.

— C'est fait. Ouf.

— Désolée, je t'ai fatiguée… Je te laisse te reposer, dit Rebecca.

— Oui, je vais fermer les yeux un moment. Mais ne t'inquiète pas, tout ira bien. Je me sens réellement mieux, je peux me lever et même marcher quelques pas. Ils veulent me garder en observation, par prudence, mais franchement, si je m'écoutais, je filerais !

Elle hocha la tête, et une lueur complice traversa son regard.

— J'obéis aux médecins, bien sûr, alors je reste ici tant qu'ils le souhaitent. Ça te laisse le temps de te faire examiner comme il faut. Tu m'appelleras de là-bas, pour me donner des nouvelles ?

— Evidemment.

Rebecca se leva et embrassa sa sœur.

— Merci encore… Prends soin de toi, et à très vite.

Avant de quitter l'hôpital, elle décida d'aller voir Cade. Il fallait au moins qu'elle le prévienne de son absence. Coup de chance, elle le trouva rapidement, au service des urgences. Il était en train de parler à un couple. N'osant pas le déranger, elle tourna les talons mais il l'aperçut.

— Rebecca, justement, on parlait de toi ! Rejoins-nous, s'il te plaît…

Intriguée, elle s'exécuta et reconnut les interlocuteurs de Cade. Ils souriaient.

— Vous êtes monsieur et madame Tennyson, c'est ça ? Les parents de la petite Annie…

— Exact. Nous sommes venus vous remercier, dit Mme Tennyson. Grâce à vous, et grâce au Dr Byfield, notre petite fille d'amour va bien.

Rebecca sourit, remerciant mentalement les bonnes étoiles qui avaient veillé sur la fillette. Pour sauver un être humain, en plus de la médecine, il y avait le facteur chance !

— Quel bonheur de l'apprendre. Je m'interrogeais à votre sujet, puisque je n'ai pas pu avoir de nouvelles ces derniers temps… Vous aussi, vous allez mieux.

— Je récupère. J'ai toujours mal aux côtes mais tout se remet en place, répondit Jane Tennyson. Je l'ai échappé belle !

— Moi aussi, dit Paul, son mari. Mais le plus important, c'est qu'Annie soit en forme.

— Où est-elle ? demanda Rebecca, impatiente de revoir l'enfant.

— Les infirmières étaient si contentes qu'elles l'ont emmenée pour la montrer à leurs collègues… Mais justement la voilà !

Greta ramenait Annie qui, en effet, rayonnait. Ses joues

rondes étaient roses, éclatantes de santé. Dès qu'elle aperçut Cade, elle agita sa petite main comme pour attirer son attention. Paul Tennyson rit.

— Elle n'en a qu'après vous, aujourd'hui !

Cade prit Annie dans ses bras.

— Tu es un vrai petit ange, pas vrai ?

Il lui chatouilla le ventre, et elle éclata de rire.

Rebecca sentit son cœur se serrer. Elle mourait d'envie de serrer l'enfant contre elle, mais elle craignait d'être submergée d'émotions.

— Elle est magnifique ! dit-elle.

Cade souleva la petite fille en l'air et, de nouveau, elle rit aux éclats.

— Plus haut !

— Non, ça suffit, dit Cade, les yeux pétillants. Ta maman te réclame.

Il la lui tendit puis, après quelques mots amicaux, M. et Mme Tennyson s'éloignèrent.

— Si tu as cinq minutes, je peux faire une pause, dit Cade à Rebecca. On va dans mon bureau ?

Elle acquiesça et lui emboîta le pas. Il lui adressa un drôle de regard avant de l'inviter à entrer dans la pièce.

— Tu parais inquiète.

— Non… Enfin, justement, je voulais te voir pour te dire quelque chose.

Elle hésita. Elle aurait pu lui avouer qu'elle ne cessait de penser à lui, à ce qu'ils pourraient partager et vivre ensemble… Mais qu'elle doutait terriblement malgré ses sentiments. A cause de son problème, celui qu'elle ne réussissait pas à formuler…

Une fois de plus, les mots se bloquèrent dans sa gorge. Elle dit simplement :

— Je vais partir quelques jours à La Barbade.

Il fronça les sourcils, visiblement surpris.

— La Barbade ? Seule ?

— Oui.

— On aurait pu y aller tous les deux !

— Je sais, mais j'y vais aujourd'hui. Je me suis décidée à la dernière minute, je prends le ferry tout à l'heure.

— Je ne comprends pas…

Il l'observa, perplexe.

— Et ta sœur ? Elle est toujours hospitalisée, et tu la laisses ?

— Emma va mieux. Elle est hors de danger, et William lui tient compagnie.

— William ?

Cette fois, la stupeur se refléta sur le visage de Cade.

— Il s'intéresse à elle ?

— De très près, même, répondit-elle, amusée par son étonnement. Je t'avais dit qu'entre lui et moi il n'y avait rien de sentimental. Parce que de toute façon, j'aime un autre homme.

Lui.

Elle n'eut pas besoin de le préciser. Cade l'enlaça aussitôt et l'embrassa passionnément. Elle voulut résister mais son être tout entier, corps et âme, s'y refusait. Il était si naturel que leurs lèvres se cherchent, se trouvent, que leurs souffles se mélangent. Ils échangèrent un long baiser qui la bouleversa. Elle sentait tant d'amour chez Cade… Et elle l'aimait aussi ! Alors, le cœur battant, la gorge nouée, elle le regarda dans les yeux.

— Ecoute-moi… Je suis amoureuse de toi. Vraiment. Très fort. Mais… je ne suis pas sûre qu'on puisse rester ensemble.

Le visage de Cade se rembrunit.

— Arrête de penser ça ! Fais-nous confiance ! dit-il en la reprenant dans ses bras. Tu m'aimes, je t'aime, pourquoi ça n'irait pas ?

A ce moment-là, une sonnerie s'éleva, annonçant l'arrivée imminente d'un patient en ambulance. Cade se raidit mais ne relâcha pas son étreinte.

— Parce qu'il y a une vraie raison qui pourrait nous séparer, dit-elle d'une voix sourde. Toi, tu rêves de fonder une famille, et moi, je ne peux sans doute pas avoir d'enfants. Voilà.

— Quoi ?

Il laissa glisser ses bras le long du corps de Rebecca, et

elle s'écarta, meurtrie, persuadée que tout était dorénavant fini entre eux.

— Et pourquoi ? murmura-t-il en la dévisageant.

— Ce sont les conséquences de mon appendicite aiguë. Des tissus cicatriciels ont fait de sérieux dégâts… Le diagnostic a été posé par le gynécologue qui me suivait en Angleterre.

— Pourquoi tu ne me l'as pas dit plus tôt ?

Avant qu'il ne tombe amoureux ?

— Je n'ai pas pu. C'est très douloureux pour moi, ce n'est pas le genre d'information qu'on partage facilement. Et puis, toi et moi, on a toujours été très occupés ! dit-elle, s'efforçant de paraître détachée.

Il la regardait fixement. L'alarme de l'accueil des urgences résonna de nouveau, et il lâcha un juron.

— Il faut que j'y aille. Il va falloir qu'on parle… Il va vraiment falloir qu'on parle. D'ici là, prends soin de toi.

Sur ces mots, il quitta le bureau.

Elle mit quelques secondes à se ressaisir. Les dés étaient jetés… Cade ferait sûrement le même choix que Drew. A partir de maintenant, et sans doute pour très longtemps, la solitude deviendrait sa meilleure alliée.

Rebecca retourna à la propriété de Cade, prépara une petite valise et appela un taxi. Evidemment, elle n'utiliserait plus le 4x4… Et elle viendrait récupérer le reste de ses affaires par la suite. Cette maison avait été une étape dans sa vie. Son hôte… un ami pas comme les autres. Elle le regretterait. Il allait tant lui manquer…

Les larmes aux yeux, elle sauta dans le véhicule qui l'attendait.

— Où allez-vous, mademoiselle ? demanda le conducteur.

— Au port, à l'embarquement des ferries.

Tandis qu'ils s'éloignaient, elle se retourna pour regarder la villa au milieu des hauts arbres, et son cœur se brisa en mille morceaux.

8.

Quand Rebecca ouvrit les yeux, elle était incapable de se souvenir de l'endroit où elle se trouvait. Désorientée, elle regarda autour d'elle. Cette chambre aux murs blancs… Où était-ce ? Chez qui se trouvait-elle ?

Puis une infirmière s'approcha et lui sourit gentiment.

— Ça y est, vous êtes réveillée ! Après l'intervention, vous avez dormi plusieurs heures. Comment vous sentez-vous ?

— Bien… Enfin, je crois, répondit Rebecca, engourdie de la tête aux pieds.

— Bonne nouvelle ! Les effets de l'anesthésie se feront encore sentir pendant un moment, ne vous inquiétez pas. Vous devez juste vous reposer encore un peu. Je vais prendre votre tension.

Elle ajusta le tensiomètre autour du bras de Rebecca et effectua la manipulation, les yeux rivés sur le petit écran.

— Un peu basse, mais c'est normal à ce stade.

Se secouant tant bien que mal de sa torpeur, Rebecca se redressa et s'appuya aux oreillers. Elle avait un peu mal dans le bas-ventre, et un pansement avait été placé à l'endroit où le médecin avait pratiqué une petite incision…

Tout lui revint d'un coup à l'esprit. Grâce à Emma et à son insistance, elle avait été prise en charge par un spécialiste extraordinaire.

— Comment ça s'est passé ?

— Le Dr Solomon viendra vous l'expliquer d'ici peu, dit l'infirmière. Mais soyez confiante, la chirurgie de la stérilité tubaire, c'est son fort.

— C'est ce qu'on m'avait dit, dit Rebecca, soudain au bord des larmes.

Etait-ce un effet de l'anesthésie générale ? Soudain, elle se sentit si seule et isolée… Personne ne savait qu'elle était là, sauf Emma. La veille, peu de temps après son entrée en clinique, elle l'avait appelée pour l'informer qu'elle subirait une intervention chirurgicale dès aujourd'hui. Le médecin l'avait reçue, examinée et il avait aussitôt fait réserver un bloc opératoire. Il lui avait précisé que, si tout allait bien, elle pourrait sortir au bout de quatre heures environ.

— Vous voulez une tasse de thé ? demanda l'infirmière. Ça va vous faire du bien.

— Oui, merci…

Rebecca s'efforça de sourire.

— Je suis un peu chamboulée. Tout s'est passé si vite…

— Vous vous remettrez rapidement, ne vous inquiétez pas. Oh ! vous avez un visiteur. Acceptez-vous qu'il vienne vous voir ?

— Un visiteur ? Mais je n'ai prévenu personne !

— Pourtant, ce monsieur semblait très au courant de votre hospitalisation. Il a pris le ferry du matin. Là, il fait les cent pas dans la salle d'attente… C'est un beau brun ténébreux, comme on dit !

L'infirmière se mit à rire.

— Quand j'ai appris qu'il était médecin, j'ai pensé que toutes ses patientes doivent tomber amoureuses de lui !

Rebecca écarquilla les yeux.

— C'est le Dr Cade Byfield ?

— Je crois, oui. Je vous prépare deux tasses de thé ?

Rebecca se contenta d'acquiescer d'un signe de tête. Sa stupeur s'accrut quand, après que l'infirmière eut quitté la pièce, Cade apparut sur le seuil. En jean et T-shirt, il affichait une allure décontractée que démentait l'expression de son visage. Sourcils froncés, la mine sérieuse, presque sombre, il vint vers elle en s'efforçant de sourire.

— Bonjour, Rebecca.

— Bonjour… Comment as-tu su que j'étais ici ? demanda-t-elle d'une voix sourde.

— J'ai simplement demandé à Emma. Elle était surprise que tu ne m'aies rien dit.

— Je suis désolée.

Elle soutint son regard et, malgré sa fatigue, le stress qu'elle ressentait, parvint à sourire.

— J'ai osé faire quelque chose qui me semblait inimaginable il y a encore quatre ou cinq jours. Je dois remercier Emma, elle m'a fortement incitée à me faire examiner dans cette clinique…

— Réputée. L'une des meilleures.

— Il paraît. Je ne voulais pas en discuter avant. Avec personne.

Il hocha la tête.

— Dans un sens, c'est compréhensible, quand bien même j'aurais préféré que tu me mettes dans la confidence. Comment tu vas ?

— Bien. Apparemment, tout s'est déroulé comme il faut.

— Le médecin t'a fait un compte rendu ?

— Pas encore. Il ne va pas tarder.

Cade s'assit sur le bord du lit et, observant intensément Rebecca, poussa un soupir découragé.

— Tu sais, quand je t'ai dit que tu pouvais avoir confiance en moi, ce n'était pas une parole en l'air.

— Je m'en doute. Mais comprends-moi… murmura-t-elle, la gorge nouée. On peut promettre des choses en dehors de tout contexte, et la réalité vient parfois tout bouleverser. Drew, qui m'avait pourtant juré qu'il m'aimait, a disparu dès qu'il a su que j'avais ce problème…

Elle désigna son bas-ventre.

Il suivit brièvement son regard avant de la regarder de nouveau dans les yeux, comme s'il voulait lire en elle.

— Je ne suis pas Drew. Il serait temps que tu cesses de me comparer à lui.

— Oui, oui, c'est une erreur de ma part, je le reconnais. En même temps, je veux être honnête avec toi…

Au bord des larmes, elle cligna des paupières pour tenter de se maîtriser.

— Tu as un rêve… Et il est irréalisable avec une femme qui ne peut sans doute pas avoir d'enfants.

— « Sans doute pas », répéta-t-il. En venant ici, tu changes la donne, pas vrai ? Le Dr Solomon est un spécialiste renommé dans le domaine du traitement de la stérilité. On peut compter sur lui. Et puis, si j'ai un rêve, c'est avant tout de mieux te connaître et de partager le plus de moments avec toi. Parce que je t'aime…

Il lui prit la main et la serra dans ses paumes, tendrement.

— Tu penses réellement que je suis le genre d'homme à te laisser tomber comme ça ? Que je suis égoïste à ce point-là ?

Elle garda le silence, stupéfaite. Un sanglot lui échappa…

Un sanglot de bonheur. Submergée d'émotion, elle noua ses doigts à ceux de Cade. Des doigts solides.

— Je suis heureuse que tu sois là.

Il sourit, soulagé.

— Je suis heureux de le savoir.

A ce moment-là, l'infirmière revint avec un plateau qu'elle posa sur la table de chevet.

— Et voilà vos thés… Servez-vous. Le Dr Solomon sera là d'un instant à l'autre. Il finit avec une autre patiente.

— Merci, dit Rebecca.

— De rien.

L'infirmière jeta un coup d'œil à l'un des écrans de contrôle.

— Votre pression artérielle est beaucoup plus rapide que tout à l'heure… Attention ! dit-elle en agitant un index réprobateur.

Puis, avisant Cade, elle eut un sourire malicieux.

— Mais je comprends…

Et, soupirant, elle quitta la pièce.

Rebecca éclata de rire, ce qui déclencha un élancement douloureux dans son bas-ventre.

— Elle te trouve magnifique !

Il arqua un sourcil amusé.

— Ah bon ? Et toi ?

— Idem… Mais il ne faudrait pas que ça te monte à la tête !

— Aucun risque.

Il lâcha un rire un peu moqueur.

— L'opinion des autres m'importe peu. D'ailleurs, c'est pour ça qu'une fois que j'ai fait un choix, je n'y reviens pas.

— Pourtant, parfois, c'est nécessaire. On peut bâtir des plans et, finalement, se rendre compte qu'on s'était trompé.

— Exact. Mais si on réfléchit suffisamment avant…

Un coup frappé à la porte l'interrompit, et le Dr Solomon entra. Grand et robuste, les tempes grisonnantes, il inspirait confiance.

— Bonjour, mademoiselle Flynn ! Eh bien, dites-moi, vous semblez en pleine forme ?

— Oui, ça va, docteur, merci.

Il jeta un coup d'œil à Cade qui, aussitôt, se leva.

— Je vais patienter à l'extérieur…

— Non, je préfère que tu restes, dit Rebecca.

— Comme tu veux.

Cade s'assit de nouveau, et Rebecca reporta son attention sur le Dr Solomon qui venait de prendre place sur une chaise. Il paraissait préoccupé.

— Alors, je vais vous livrer mes conclusions qui, toutefois, n'ont rien de définitif. Dans mon domaine de spécialité, la nature nous réserve bien des surprises. Des femmes considérées comme infertiles réussissent quand même à être enceintes ! Et parfois, il faut chercher d'autres solutions que celles proposées par la médecine.

Prenait-il des gants pour annoncer une mauvaise nouvelle ? Rebecca échangea un bref regard avec Cade.

— On a découvert de nombreuses adhérences autour de vos ovaires et dans les trompes de Fallope, poursuivit le Dr Solomon. L'hystérosalpingographie a révélé une très mauvaise perméabilité des trompes.

Rebecca acquiesça machinalement. Des larmes lui montèrent aux yeux, mais Cade lui prit la main, et elle parvint à les refouler.

— Malgré tout, on a essayé de remédier au problème.

On a réussi à libérer, en quelque sorte, l'un des ovaires. Complètement.

— Vraiment ?

Elle poussa un soupir de soulagement. Cela signifiait qu'une fécondation in vitro pourrait être envisagée !

— Autre point positif : on a pu déboucher une trompe. Par conséquent, votre situation a évolué dans le bon sens !

Puis, l'air ennuyé, il précisa :

— Mais l'acte chirurgical lui-même peut générer d'autres adhérences… D'autres tissus cicatriciels gênants. Quoi qu'il en soit, à ce stade, on peut considérer que vous avez entre quarante et cinquante pour cent de chances d'être enceinte un jour.

— Mais c'est une excellente nouvelle ! dit Cade, croisant le regard de Rebecca.

— Oui…

Elle sourit, incrédule.

— Je pensais que je n'avais aucune possibilité…

— Vous étiez pessimiste à ce point ? demanda le Dr Solomon.

— Très pessimiste, répondit Cade. Merci à vous, vous avez accompli un miracle.

Le miracle, c'est toi, songea Rebecca en le regardant, émue aux larmes.

Le chirurgien jeta un coup d'œil aux différents moniteurs auxquels elle était reliée.

— On va de nouveau vérifier votre température, votre pression artérielle, et si tout est satisfaisant, nous vous laisserons partir. L'infirmière vous donnera des consignes pour les suites de soins. En cas de souci, n'hésitez pas à nous rappeler.

— Merci encore… Beaucoup.

— De rien. Tenez-nous au courant et… bonne chance !

Puis le médecin quitta la pièce.

Restée seule avec Cade, Rebecca garda le silence quelques instants. Elle n'en revenait toujours pas de cette issue inattendue.

— J'ai eu raison de venir…

— Bien sûr ! Et si tu m'en avais parlé, je t'aurais

accompagnée, dit-il. Dorénavant, fais-moi confiance… Pour toujours, tu veux bien ?

Pour toujours…

Il l'embrassa doucement, et se redressa quand l'infirmière arriva.

— Alors, cette tension, qu'est-ce que ça donne ? Hum, encore un peu haute, mais je crois que c'est à cause de l'émotion…

Elle adressa un clin d'œil à Rebecca.

— N'est-ce pas ?

Quelques heures plus tard, Rebecca quitta l'hôpital avec Cade. Ils prirent un taxi jusqu'au port et arrivèrent juste à temps pour embarquer à bord du ferry à destination de Sainte Marie-Rose.

La traversée fut tranquille, agréable. La mer était d'un bleu azur, calme comme un miroir. Assis sur le pont près du bastingage, ils sirotèrent du jus de mangue glacé et mangèrent du melon frais.

— Comment tu te sens ? demanda Cade.

— Heureuse. Et je pense que je serai vite sur pieds. Probablement d'ici quelques jours.

Il sourit.

— Tu vas t'installer à la maison, tu te reposeras autant que nécessaire. On s'organisera. Je ferai apporter toutes tes affaires, tout ce dont tu auras besoin. Je t'emmènerai rendre visite à Emma et, si je ne suis pas disponible, Benjamin te conduira. Ensuite, si Emma est d'accord, je l'invite chez moi pour sa convalescence. Vous serez ensemble, et Harriet sera ravie de cuisiner pour tout le monde !

— C'est si gentil de ta part… Merci.

Elle appuya la tête contre son épaule. Oui, elle pouvait compter sur lui… Il ne cessait de le lui prouver !

Une semaine plus tard, Rebecca commença à se sentir un peu mieux. L'incision de la laparoscopie cicatrisait correctement, et elle n'avait plus mal au ventre. Bientôt, l'intervention ne serait plus qu'un souvenir…

Le jeudi après-midi, Rebecca apprit qu'Emma aurait l'autorisation de sortir de l'hôpital le lendemain. Enfin ! Elle lui parla donc de la proposition de Cade.

— Il va m'héberger ? Waouh !

Sa sœur ne put dissimuler son enthousiasme.

— C'est adorable de sa part ! On sera ensemble, et je verrai William plus facilement, puisqu'il habite à côté. Quelle bonne nouvelle !

Oui, soudain, la vie devenait rose ! songea Rebecca un peu plus tard, de retour chez Cade. Il était passé prendre un dossier, si bien qu'elle put aussitôt lui confier la réaction de sa sœur.

— Parfait ! Vous allez être réunies, et sous un toit solide, dit-il d'un air entendu.

— C'est sûr…

Il lui fit choisir une chambre pour Emma puis, avant de filer — il avait une réunion urgente —, lui rappela qu'ils étaient invités à une soirée sur la plage.

— La fête débute au coucher du soleil, et continue jusque tard la nuit…

Il l'enlaça tendrement.

— Il serait temps qu'on s'amuse ! Si tu en as envie, et si tu es en forme, bien sûr.

— Je le suis, répondit-elle.

Et même plus que jamais ! Elle avait l'impression d'être animée d'une énergie extraordinaire !

Que porterait-elle ? Elle hésita longuement et finit par choisir un sarong coloré assorti d'un haut à fines bretelles. Le tissu chatoyant s'enroulait autour de ses hanches, glissait sur son corps de façon fluide, laissant apparaître ses cuisses lorsqu'elle marchait. Sa peau était légèrement bronzée, pas assez à son goût, mais un peu quand même ! Elle mit un soupçon de maquillage, et noua ses cheveux en un chignon lâche de façon à ce que des boucles s'échappent et encadrent son visage.

Cade revint en fin d'après-midi et se prépara à la hâte. Lorsqu'il la vit, il sourit, visiblement ému et conquis.

— Tu es ravissante… Je ne te quitterai pas des yeux un seul instant ! J'aurais trop peur qu'on t'enlève.

Flattée, heureuse, elle se blottit dans ses bras.

— Ça ne risque pas, murmura-t-elle.

Cette soirée, Rebecca ne l'oublierait jamais… Oui, tout resterait gravé dans sa mémoire, chaque odeur, chaque couleur… Chaque baiser.

Cade et elle marchèrent sur le sable, main dans la main, admirant le soleil couchant et ses reflets dorés sur la mer bleue. Sous le ciel qui, peu à peu, devenait rose orangé, les palmiers se balançaient, comme s'ils dansaient au rythme de la légère brise qui soufflait.

Pour l'occasion, une paillote avait été transformée en bar, avec quelques tables çà et là. On servit du punch fruité et des coupelles de piña colada. Le chef cuisinier alluma le barbecue et, bientôt, l'appétissant fumet des viandes grillées imprégna l'air. Les gens faisaient la queue pour être servis, et Cade invita Rebecca à gagner le buffet.

Elle goûta de tout avec gourmandise : brochettes de fruits de mer, de volaille épicée, côtelettes…

— Succulent ! J'adore la nourriture antillaise… Je vais essayer les bouchées à la noix de coco en dessert !

Cade rit.

— Quel bonheur de te voir aussi enthousiaste…

— C'est grâce à toi !

A ce moment-là, les musiciens se lancèrent dans un solo de percussion sur leur steel-drums, et on commença à danser. Cade mena Rebecca vers une étendue de sable bien nivelée et, ensemble, l'un contre l'autre, ils se laissèrent porter par la musique reggae ou calypso.

Plus tard, quand le ciel s'obscurcit et que la lune se refléta sur la mer, il l'emmena au bord de l'eau, loin du monde. Il la prit dans ses bras et l'embrassa tendrement au coin des lèvres.

— Je t'aime tant, chuchota-t-il. Je ne veux plus te quitter. Tu veux bien m'épouser ?

Elle le dévisagea, en proie à un merveilleux sentiment d'irréalité. Comme si elle vivait un rêve…

— Oui…

— Oui ?

Il l'observa quelques secondes, une expression intense au fond des yeux, puis l'embrassa passionnément.

— Je t'aime, murmura-t-elle.

— Et moi donc. A la folie… Je t'aime à la folie.

— Justement, c'est peut-être une folie. Tu es sûr de toi ? Vraiment sûr ?

— Totalement… Tu es la femme de ma vie, Rebecca Flynn !

Ils marchèrent côte à côte en silence, et elle savoura la tiédeur du sable sous la plante de ses pieds. La main de Cade enveloppait la sienne, rassurante. Elle aurait voulu crier son bonheur… Le crier aux étoiles !

— On fondera une famille, toi et moi, dit-il. Soit tu nous donneras un bel enfant, ou plusieurs, soit on adoptera… On trouvera le moyen. Quand on veut, on peut.

— Tu as raison… Tu as tellement raison !

— Et en tant que médecin, tu as beaucoup à partager. Peut-être que travailler dans un service de pédiatrie à mi-temps serait une bonne idée ? Tu viens de passer une année difficile, mais aujourd'hui tu peux tourner la page… Tu le sais, n'est-ce pas ?

— Oui… C'est juste que je m'y attendais si peu ! Pas si vite, en tout cas.

— C'est ça qui est merveilleux, dans l'existence. On croit qu'on est face à un mur, que tout est noir, bloqué, mais soudain, quelque chose de miraculeux survient…

— Notre rencontre est presque un miracle.

— Ou un signe du destin ?

Il l'embrassa de nouveau, avec tendresse et désir aussi, et elle s'abandonna, ivre de joie. Une longue vie emplie d'amour les attendait, elle le savait…

Epilogue

Huit mois plus tard.

— Rebecca, le traiteur voudrait savoir où mettre le grand panier de fruits !

La nervosité de Cade la fit sourire. Pour un homme habitué à gérer des urgences dans des conditions parfois très précaires, il se montrait étonnamment peu doué pour organiser le mariage de son cousin !

Evidemment, à sa décharge, il venait d'accueillir les nombreux invités qui séjourneraient à la villa. La famille de Cade et William était là au grand complet, de même que celle d'Emma et Rebecca. La plupart des gens resteraient sur place pendant quelques semaines.

— En bout de table, celle qui se trouve au fond de la tonnelle.

— OK, je transmets le message.

Il s'approcha et, d'un geste doux, plaça une main sur le ventre arrondi de Rebecca.

— Alors, comment ça va, aujourd'hui ? Oh ! il vient de me donner un coup de pied !

Il sourit, attendri, et attendit que le bébé se manifeste de nouveau. Ce serait un garçon, ils le savaient déjà.

— Il a l'air en pleine forme, dit-elle en posant la main sur celle de son mari.

Son alliance en or capta les reflets du soleil qui s'infiltraient à travers les fenêtres.

— Il bouge sans arrêt, dit-elle. Il doit sentir l'excitation et l'agitation ambiantes… Et à mon avis, il se sent un peu à l'étroit, maintenant. Plus que quatre semaines avant sa venue au monde !

Elle soupira, contemplant son ventre imposant.

— Il fallait que William et Emma se marient pile au moment où je suis presque à terme… J'aurais voulu danser pour l'occasion !

Cade l'embrassa tendrement.

— Vois-le sous cet angle : notre fils participera, à sa manière, au mariage de sa tante !

Elle rit.

— Oui, bien sûr, on peut dire ça… Mais pour le prochain, prévoyons autrement, plaisanta-t-elle.

Il l'enlaça et lui déposa un baiser sur le front. Un baiser vibrant d'amour.

— Oui, promis. On s'organisera dans la mesure du possible… Mais de toute façon, quand nos enfants décideront d'arriver, ce sera toujours le bon moment, tu ne crois pas ?

SUE MACKAY

Des vacances
à haut risque

HARLEQUIN

Cet ouvrage a été publié en langue anglaise
sous le titre :
BREAKING ALL THEIR RULES

Traduction française de
BARBARA BRISTOL

Toute représentation ou reproduction, par quelque procédé que ce soit, constituerait
une contrefaçon sanctionnée par les articles 425 et suivants du Code pénal.
© 2016, Sue MacKay.
© 2016, Traduction française : Harlequin
83-85, boulevard Vincent-Auriol, 75646 PARIS CEDEX 13
Service Lectrices — Tél. : 01 45 82 47 47

www.harlequin.fr

1.

Gênée par la sueur qui perlait sur son visage, Olivia Coates-Clark se redressa et demanda à une infirmière de lui essuyer le front.

— C'est moi qui ai des vapeurs ou le bloc est plus chauffé que d'habitude ? demanda-t-elle.

— Tu es peut-être stressée pour ce soir, Olivia, répondit Kay, l'anesthésiste, sans quitter les moniteurs de contrôle des yeux.

— Stressée ? Moi ?

En réalité, le gala de levée de fonds dont elle était la grande organisatrice lui causait un stress abominable. Mais pour rien au monde elle ne l'aurait avoué.

— Plaçons le second implant, fit-elle comme si de rien n'était, et notre patiente pourra être emmenée en salle de réveil.

— Donc, tout se présente bien pour ce soir ? demanda Kay, insistant.

— Je croise les doigts, répondit Olivia comme pour elle-même.

Ce n'était pas le moment de penser à la myriade de problèmes qui pourraient surgir au dernier moment.

Elle avait rédigé des pense-bêtes, dressé la liste des choses à faire, répété son allocution… Les badges étaient prêts pour chaque participant, avec leur nom et leur profession, — il y en avait même un pour le chien d'aveugle qui accompagnerait l'un des convives, malvoyant… Mais on n'était jamais à l'abri d'une catastrophe.

— Hier, j'ai quasiment percuté Zac, fit Kay d'un air faussement détaché. On dirait qu'il cherche le contact.

— Je suppose que c'est le cas de tout le monde, répondit Olivia, agacée.

Kay avait mis un nom sur la cause des battements de cœur avec lesquels Olivia s'était levée : Zachary Wright. Savoir qu'il serait présent ce soir au gala lui donnait des frémissements dans tout le corps, du sommet du crâne jusqu'à la pointe des orteils.

— Zac…, soupira-t-elle à l'abri de son masque.

Le beau Zac ! L'homme qu'elle ne pouvait chasser de son esprit. Et ce n'était pas faute d'avoir essayé…

— Voulez-vous que je vous essuie encore le front ? demanda l'infirmière.

— Merci, non.

Son visage ne l'embêtait plus. Quant à l'autre sujet d'irritation — Zac ! — c'était une autre affaire. Elle se concentra sur les efforts de l'interne chargé de l'extension de la peau de la cage thoracique d'Anna Seddon, leur patiente. C'était une opération délicate qui permettrait d'insérer l'implant sous le muscle pectoral. Qu'il commette la moindre erreur, et Olivia ne ménagerait pas ses reproches ! Mais il faisait du bon travail, et elle le regardait avec satisfaction.

— Veillez à ce que ce second implant soit parfaitement symétrique au premier, rappela-t-elle pourtant. Aucune femme ne vous pardonnerait de lui avoir fait une poitrine bancale.

— Je sais qu'il s'agit de restaurer l'image de soi et la confiance de nos patientes autant que de prévenir le cancer, répondit le jeune interne sans lever la tête de sa tâche.

— Permettre à quelqu'un de se sentir bien dans sa peau est le cœur de notre métier de chirurgiens plastiques, dit Olivia d'une voix vibrante.

En ce qui la concernait, se présenter sous son meilleur jour était un impératif absolu. Son apparence physique était la carapace qui protégeait du monde extérieur l'adolescente perturbée et sans repères qu'elle avait été. Si elle l'entretenait aujourd'hui avec un soin jaloux, c'était moins pour attirer le regard des hommes que pour cacher la gosse de douze ans qui avait vu son père fuir un soir le foyer familial. Outre ses bagages et sa voiture, il avait emporté le cœur d'enfant d'Olivia, la laissant seule pour affronter les problèmes causés par sa mère…

— Ce n'est pas la première fois que je rencontre une femme en parfaite santé qui demande une mastectomie, dit Kay en contemplant la patiente endormie, mais j'ai du mal à m'y faire. Je ne sais pas si j'aurais le cran de recourir à une telle intervention alors qu'aucun cancer ne s'est déclaré.

Pensant aux nombreux cas qu'elle avait traités, Olivia soupira.

— Si, comme d'autres femmes, tu avais perdu ta grand-mère et une de tes sœurs d'un cancer du sein, et que ta mère en ait un elle-même, tu verrais les choses d'un autre œil.

— Moi, je ferais n'importe quoi pour être sûre de rester en vie et voir grandir mes gosses, dit une infirmière.

— Et vous auriez bien raison, répondit Olivia avec chaleur. C'est ce que je ferais moi-même. Mais c'est une décision très lourde. Pour l'assumer, il faut pouvoir compter sur le soutien de son mari, sur sa présence constante à ses côtés.

— Le mari d'Anna a été fantastique, dit Kay. Il s'est conduit en héros !

Un héros ?

Quelle niaiserie…

Sous son masque, Olivia eut un sourire amer. Les héros se cantonnaient aux romans, il n'y en avait pas dans la vraie vie ! Pas dans la sienne en tout cas.

Mais si, d'aventure, il s'en présentait un…

L'image de Zac lui apparut soudain avec une telle intensité que son bras frémit brièvement.

Elle se sermonna, mécontente.

Zac n'était certainement pas son héros ! D'ailleurs, il n'était rien pour elle. Sinon, pourquoi aurait-elle rompu avec lui dix-huit mois auparavant ?

Leur histoire aurait-elle tourné différemment si elle avait eu le courage d'en faire autre chose qu'une simple affaire de sexe ? Si elle avait fait l'effort de transformer leur aventure en une véritable relation, où la parole et la présence auraient eu leur place ?

Peut-être alors Zac aurait-il été à l'origine de la rupture... En prenant les devants, elle s'était préservée d'une souffrance. Quand elle avait appris qu'il viendrait au gala, elle avait bien dû l'appeler, pour savoir s'il ferait un don pour les enchères. Depuis, elle n'avait pu le chasser de son esprit.

Mais si elle était honnête, il avait toujours hanté ses pensées. Elle n'avait jamais oublié leurs moments de passion.

— Il y a tout de même des hommes qui sont des types bien, dit Kay.

Dubitative, Olivia fronça les sourcils.

Après tout, peut-être Zac était-il un type bien ? Elle n'était pas restée assez longtemps avec lui pour le savoir. Mettre fin à leur aventure lui était apparu comme la seule solution pour garder le contrôle de la situation et ne pas s'exposer à être quittée. Avoir été abandonnée à l'âge de douze ans lui avait suffi !

Mais, pour l'instant, mieux valait cesser de s'interroger : elle avait une intervention à terminer et un gala à lancer.

Dès sa sortie de la salle d'opération, Olivia consulta son portable. Elle avait reçu de nombreux messages ! C'était le premier signe que tout ne se passait pas pour le mieux dans le somptueux palace où le gala devait avoir lieu.

Autre signe de malchance, alors qu'elle courait vers sa voiture, un véritable déluge s'abattit sur elle, ruinant la coiffure qu'elle avait passé la soirée précédente à élaborer, à grand renfort de reflets dorés et de brushing. Ce soir, tout devait être parfait, et cela n'en prenait pas le chemin.

S'engouffrant dans sa voiture, elle scruta le ciel noir et bas à travers le pare-brise inondé.

Elle devait y aller avant que l'orage ne s'intensifie... Ce serait le bouquet si elle arrivait après le lancement de la soirée.

Impatiente de démarrer, elle voulut mettre le contact.

Alors, le dernier et pire signe annonciateur de désastre se

manifesta. Un clic désespérant se fit entendre. La batterie était à plat, il ne fallait plus penser à prendre la route.

Maudissant le sort, elle frappa rageusement le volant du plat de la main, avant de s'arrêter, pétrifiée… La batterie était à plat parce qu'elle avait laissé les phares allumés.

Il n'y avait qu'une coupable : elle.

Heureusement, les taxis existaient, même s'ils se faisaient rares en cas de déluge. Enfin arrivée au palace, Olivia se précipita vers la réceptionniste avec laquelle elle avait encore de nombreux points à régler.

Soudain, tout changea autour d'elle. Elle n'eut pas besoin de se retourner pour savoir que Zac venait d'entrer à sa suite dans le bâtiment. Et ce n'était pas à cause des portes qui s'ouvraient, de l'écho des klaxons et du bruit de la pluie faisant soudain irruption dans le hall somptueux de l'hôtel.

C'était parce que sa peau se hérissait, son cœur s'emballait, et l'air alentour se raréfiait. Quels sujets avait-elle voulu aborder avec la jeune femme souriante et un brin étonnée qui se tenait de l'autre côté du vaste comptoir de chêne ? Elle ne le savait même plus…

Tout était donc comme par le passé. Zac la tenait encore à sa merci, lui donnant des bouffées de chaleur et lui faisant perdre la tête par sa seule présence…

Et lui, que ressentait-il ?

Peut-être n'avait-il même pas reconnu sa silhouette ?…

Sur ce point, elle fut vite détrompée.

— Hello, Olivia ! Cela fait longtemps !

Oh, cette voix chaude, virile et sexy… Elle ne pouvait appartenir qu'à un seul homme.

— Longtemps depuis quoi, Zac ? demanda-t-elle en se retournant, luttant furieusement contre une montée d'adrénaline qui menaçait de la conduire droit au désastre.

C'était pour cela qu'elle l'avait quitté. Il lui faisait perdre tous ses moyens. Dès qu'il se tenait à quelques pas d'elle, elle sentait son sang valser dans ses veines et son cœur danser le tango dans sa poitrine.

— Depuis la dernière nuit que nous avons passée ensemble, répondit-il en la fixant de ses yeux d'un noir profond. Je crois même me rappeler que nous avions beaucoup apprécié la compagnie l'un de l'autre.

— Rappel très élégant, fit-elle, cinglante.

— Désolé, Olivia, je ne voulais pas te blesser.

— Rassure-toi, tu ne m'as pas blessée ! La chambre à coucher a toujours été le décor principal de notre relation.

Au cours de leur dernière nuit ensemble, elle avait quitté le lit à 3 heures du matin, déclaré qu'ils avaient assez fait l'amour, que tout était fini entre eux, et était partie sans plus d'explication. Avouer à Zac le traumatisme de son enfance et sa crainte d'être quittée l'aurait mise en position de faiblesse, ce qu'elle fuyait comme la peste.

— Comment va la vie pour toi ? demanda-t-elle d'un ton désinvolte. Toujours très occupé ?

C'était une question convenue et sans danger, alors que tant d'autres lui brûlaient les lèvres…

Avait-il une autre femme dans sa vie ? Lui avait-elle parfois manqué… même un tout petit peu ?

Elle avait l'impression que tout son corps se tendait vers lui, pour qu'il la touche, la caresse, pour qu'il la contraigne à demander davantage. Un doute l'envahit. Avait-elle bien fait de le quitter ? Mais la raison reprit le dessus. Oui, elle avait bien fait ! Règle numéro un : toujours garder le contrôle, et de soi-même, et de la situation. Auprès de Zac, elle le perdait. Beaucoup trop vite.

— Quoi ? fit Zac avec un éclat de rire qui la désorienta. Tu n'as pas cherché à savoir ce que je devenais ?

Il lui adressa un sourire charmeur et décontracté qui fit vibrer ses sens de façon dangereuse. Qu'y avait-il derrière ce sourire ? Que cachait le regard amusé qu'il posait sur elle ? Comment le savoir… Ce diable d'homme était aussi habile qu'elle à cacher ce qu'il ressentait ! Or, à part le sexe et le travail, elle ne connaissait pas grand-chose de lui.

Hochant la tête, elle se renversa légèrement en arrière, les mains négligemment posées sur le comptoir, un genou légèrement plié, une jambe croisée devant l'autre… Zac se rappelait-il lui avoir juré, à l'époque, que ses jambes — qui étaient pour l'heure étroitement moulées dans un jean élégant mais totalement détrempé par la pluie — étaient les plus superbes qu'il ait jamais vues ?…

— Excuse-moi, dit-elle, j'avais mieux à faire que courir après des potins sur ton compte.

— Ennuyeuse comme la pluie, voilà ma vie !

Il poussa un soupir à fendre l'âme, mais ses yeux eurent l'éclair de malice pour lequel elle avait si souvent craqué et qui démentait formellement son ton désolé.

— Je vois, fit-elle d'un ton sceptique.

Comment imaginer Zac sans vie sociale et surtout sans quelque affriolante compagnie féminine ? Soudain, un petit pincement de jalousie l'étreignit.

— Je te jure que c'est la vérité, répondit-il, sur la défensive.

L'observant, elle se sentit envahie d'une onde de satisfaction. Les yeux brillants, il suivait du regard la ligne de ses cuisses qui, moulées par le jean détrempé, dépassaient sous son court manteau trois-quarts. Qu'il cesse de sourire pour se passer nerveusement la langue sur les lèvres fut encore plus satisfaisant, et carrément excitant qu'il batte des paupières non pas une fois mais deux…

— Moi aussi, j'ai vécu plutôt à l'écart, ces temps-ci, dit-elle nonchalamment.

— Voilà qui m'étonne ! répondit-il, souriant de nouveau.

— Qu'est-ce qui t'étonne ? demanda-t-elle. Je n'ai jamais été une mondaine effrénée.

— Il n'y a jamais rien eu en toi de mondain ni de superficiel, Olivia, répondit-il d'un ton soudain plus grave.

Inquiète, elle le regarda.

Se lançait-il dans des travaux d'approche ? Cela n'augurait rien de bon pour la soirée où — cerise sur le gâteau ! — ils seraient assis à la même table. En tant qu'organisatrice elle avait tout fait pour le placer à une table à l'autre bout de la vaste salle, mais cela s'était avéré impossible : tous les autres participants étaient en couple, Zac et elle étaient les seuls à venir non accompagnés.

— En somme, tu ne me considères pas comme une femme légère ? Ouf ! Je suis rassurée…

Attention danger ! Depuis la première nuit qu'ils avaient passée ensemble, ils n'avaient cessé de se taquiner, de se provoquer. Mieux valait tenir Zac à distance et ne pas reprendre ce petit jeu qui réveillait trop de souvenirs en elle.

— Il faut que j'y aille, déclara-t-elle, j'ai encore mille choses à régler. A plus tard. Bonne soirée !

Dans les yeux de Zac passa une ombre de désappointement, suivie d'une expression presque douloureuse… Pourtant, elle ne lui avait rien dit de blessant, elle l'avait simplement aimablement et fermement remis à distance. Cela avait dû l'offenser dans son orgueil de mâle, lui qui avait une solide réputation de séducteur aussi prompt à abandonner qu'à séduire !

Il avait fallu la mort d'un très jeune enfant en salle d'opération pour les jeter pour la première fois dans les bras l'un de l'autre.

Traumatisée par le terrible spectacle des parents fous de douleur, c'était auprès de Zac qu'Olivia avait trouvé du réconfort.

Et aussi du sexe comme jamais auparavant.

Dire qu'ils avaient fait leurs études de médecine ensemble sans rien éprouver de plus l'un pour l'autre qu'une franche camaraderie ! Cela restait un mystère… Ce soir-là, il avait suffi d'un regard et ils s'étaient jetés l'un sur l'autre, s'arrachant leurs vêtements avant de s'étreindre furieusement sur la table, sur le lit, sur le canapé, sur le tapis…

La nuit durant, ils avaient peu parlé mais beaucoup agi !

Ce soir, elle se contenterait de parler…

— Je te laisse confirmer ta présence pour la nuit, dit-elle avant de s'éloigner du comptoir de la réception.

— Mais… je ne dors pas ici, répondit-il, l'air interloqué.

Où avait-elle la tête ? Elle avait pourtant vu la liste des invités qui, pour ne pas faire de route après une soirée tardive, passaient la nuit à l'hôtel.

— Tu habites près d'ici, je suppose ?

— En face, de l'autre côté de la rue.

— Dans ce magnifique immeuble, celui qui ressemble à un bateau de croisière et qui domine le port, les yachts, et les restaurants de luxe de la jetée ?

Waouh ! Il ne se refusait rien ! Certes, il venait d'une famille fortunée, mais, à l'époque, il lui avait dit avoir financé lui-même ses études de médecine.

Elle s'était bien gardée de lui dire que, chez elle aussi, il y avait de l'argent. Sa mère en avait usé, entre autres usages répréhensibles, pour la soudoyer… Jusqu'au jour où Olivia avait compris que cacher les bouteilles d'alcool de sa mère aux yeux de son père n'était pas un jeu…

— En effet, c'est là que j'ai acheté un penthouse, répondit-il. Et toi, tu dors à l'hôtel, ce soir ?

Il avait pris un ton tellement innocent ! N'avait-il pas, par hasard, une idée derrière la tête ?

— Oui, répondit-elle.

La maison qu'elle avait achetée l'été précédent était située à moins de vingt minutes, dans le quartier résidentiel de Parnell, mais elle aurait trop à faire avant et après la soirée pour rentrer chez elle.

— Aller me changer chez moi me ferait perdre trop de temps si des problèmes de dernière minute se présentent, dit-elle avant de se tourner vers la réceptionniste. Pouvez-vous me prévenir quand le Dr Andy Brookes et sa famille prendront leurs chambres ?

— Certainement, docteur Coates-Clark, répondit la jeune femme.

— Je peux te donner un coup de main, dit Zac en haussant les impressionnantes épaules qu'elle avait si souvent caressées et couvertes de baisers.

— Merci, ce ne sera pas nécessaire. En principe, tout est réglé.

Avoir quelqu'un pour l'aider n'aurait pourtant pas été un luxe. A condition que ce ne soit pas Zac ! En cas de problème, sa seule présence aurait accru le désarroi d'Olivia.

Tournant les talons, elle se dirigea vers l'ascenseur pour gagner le troisième étage et la salle où devaient se dérouler les enchères, le dîner et la soirée dansante.

Il n'y avait plus que trois petites heures avant le début de la soirée. Elle voulait tout vérifier, et en particulier que les fleurs prévues pour la décoration avaient été livrées, les arrivages ayant été prétendument retardés à cause du mauvais temps. En tout cas, la météo n'expliquait pas qu'elle ait trouvé les bristols portant le nom des convives à l'accueil : pourquoi n'étaient-ils pas encore à leur place devant les assiettes ?

Au moment où elle allait appuyer sur le bouton de l'ascenseur, une main ferme devança son geste.

— Il est évident que tu as besoin d'aide pour les derniers détails de ce gala. Solidarité de chirurgiens oblige ! A partir de maintenant, je suis ton homme !

Stupéfaite, elle leva les yeux. Zac inclinait vers elle son visage aux traits réguliers, au nez droit, à la bouche bien dessinée et au regard déterminé.

— Inutile de discuter, fit-il.

Ciel ! Cela signifiait passer plusieurs heures en sa compagnie. Les cinq minutes précédentes avaient déjà été de trop.

— Merci, mais c'est non, Zac. J'ai la situation en main.

Mensonge éhonté !

Pour ne plus le voir, elle ferma brièvement les yeux. Derrière ses paupières closes, son visage réapparut… S'il y avait un homme dont elle pourrait tomber vraiment amoureuse, c'était lui. Mais elle avait tout intérêt à ne compter sur personne, excepté sur elle-même, elle l'avait appris brutalement par le passé.

— Ça va, Olivia ? demanda-t-il en lui touchant le bras.

Malgré plusieurs couches de vêtements, elle fut électrisée par ce contact et envahie d'une douce chaleur.

— Be… be…, bien, répondit-elle péniblement, repoussant de toutes ses forces une envie dévorante de le toucher, de laisser courir sa main sur sa joue, de sentir sous ses doigts la rugosité de sa barbe naissante.

La prenant avec autorité par le coude, il la fit entrer dans l'ascenseur.

— Troisième étage ? demanda-t-il.

— Oui, fit-elle d'une voix rauque.

Va au diable... Eloigne de moi ce corps trop sexy, ces yeux trop sombres, jette-les du haut du plus haut building d'Auckland... Je n'ai pas besoin de cette fièvre qui court dans mes veines dès que je sens ta présence... Va-t'en...

— Tu peux faire de moi ce que tu veux, Olivia, je n'ai aucune obligation pour le reste de la journée.

Ciel ! Avait-elle parlé à haute voix ? Avait-il entendu qu'elle lui conseillait de se jeter dans le vide, avec son corps si excitant et ses yeux tellement sombres ?

Un coup d'œil la rassura. Non, il n'avait rien entendu de ses pensées secrètes. Mais elle ne pourrait se détendre vraiment que lorsque, la soirée finie, elle se retrouverait dans son lit.

Aïe ! Son subconscient lui jouait des tours. Penser à son lit quand elle se trouvait à côté de ce parangon de sex-appeal, seule avec lui dans un ascenseur, n'était pas innocent.

Trop d'images se bousculaient dans sa tête.

Des images qu'elle se refusait de voir ou de reconnaître.

C'était des images du passé. Pas du futur.

Et surtout pas du présent.

2.

Pourquoi diable étouffait-on dans cet ascenseur ?

Zac jeta un regard circulaire sur la cabine, cherchant la cause du manque d'air qui l'oppressait. Puis il posa les yeux sur Olivia et eut la réponse…

C'était elle la coupable. Olivia Coates-Clark. CC pour ses amis. Mais CC était un diminutif beaucoup trop court pour rendre compte de la personnalité complexe d'Olivia ! Malgré son allure délicate de figurine de verre filé, elle était solide comme un roc ! Sa silhouette fine et menue cachait — il était bien placé pour le savoir ! — des formes délicieusement rebondies. Et, si elle était féroce quand on la cherchait, elle savait se montrer douce comme un agneau quand tout allait à sa guise.

Ce petit bout de femme lui causait depuis toujours une véritable démangeaison de l'esprit et des sens, mais cette fois il ne commettrait pas l'erreur de gratter ! D'autant que c'était elle qui l'avait laissé tomber. Une sacrée gifle ! D'habitude, c'était lui qui rompait. Et quand cela lui chantait !

Mais avec Olivia il avait eu l'imprudence d'outrepasser les trois ou quatre rendez-vous galants au bout desquels il se lassait d'habitude, et à son propre étonnement, il avait commencé à s'intéresser à elle. Quand elle n'y prenait pas garde, une lueur de tristesse passait dans ses yeux qui lui avait donné l'envie de la protéger.

Quoi de plus stupide !

Il aurait été un danger pour elle ! Avec le passé tragique qui était le sien, il ne pourrait jamais protéger personne.

Etait-ce parce qu'elle avait deviné en lui un être nuisible qu'elle avait brutalement mis fin à leur aventure ?…

Respirer dans ce maudit ascenseur devenait carrément impossible. Olivia absorbait tout l'oxygène et emplissait l'espace de son délicieux parfum de fleur et de fruit, lui rappelant trop de moments d'extase.

Du calme, mon vieux… maîtrise-toi…

Facile à dire ! Olivia lui avait toujours fait un effet dévastateur. D'un regard elle lui enflammait les sens, d'une caresse elle le mettait hors d'état de penser, et il suffisait qu'ils respirent le même air pour qu'il sente sa libido atteindre des sommets vertigineux.

Et cela recommençait ! Dix-huit mois après leur rupture, il était de retour à la case départ, fou de désir pour elle, le souffle court… et l'entrejambe malencontreusement tendu.

Comment un adulte comme lui, couronné de succès dans sa carrière de chirurgien orthopédique, supposé intelligent et sain d'esprit, et globalement peu esclave des femmes, pouvait-il perdre tout contrôle face à cette femme-là… Quelques minutes à proximité de CC, coincé dans cette maudite cabine, et il se sentait plus chancelant que s'il avait descendu une bouteille entière de whisky.

La soirée promettait…

Le portable d'Olivia résonna. Au mépris de toute discrétion, il tendit l'oreille.

— Olivia Coates-Clark à l'appareil, j'écoute, dit-elle en portant l'appareil à son oreille. Merci… Merci beaucoup… Je vous suis très reconnaissante de vos efforts…

Ayant mis fin à la conversation, elle enfouit le portable dans sa poche et, se tournant vers lui, lui décocha l'un de ses sourires qui le mettaient dans tous ses états.

— Au moins un problème résolu, dit-elle.

— Il y a donc des problèmes ?

— Un événement aussi considérable ne peut aller sans quelques anicroches…

— Qui a eu l'idée d'organiser une levée de fonds pour aider Andy Brookes ? Toi ?

Elle acquiesça modestement de la tête, et le mouvement de ses cheveux blond cuivré autour de ses joues ne fit que le troubler davantage.

— Dès que j'en ai parlé à mes collègues chirurgiens de l'hôpital, l'enthousiasme s'est répandu comme un virus ! Je crois que nous allons toucher le jackpot, ce soir, dit-elle d'un air ravi. Tout le monde veut aider Andy. Les donateurs ont été d'une générosité incroyable. Ils ont offert des objets d'art pour les enchères et des séjours de vacances dans des endroits de luxe, des lots plus merveilleux les uns que les autres.

Elle sourit de nouveau, les lèvres délicatement incurvées. Cela lui donnait le même air doux que lorsqu'elle était allongée sur un lit auprès de lui, détendue après l'amour, bien différente alors de la véritable bête de sexe qu'elle était quelques instants auparavant...

— Merci d'ailleurs pour le don très généreux que tu as fait, Zac, dit-elle.

Il avait en effet offert un week-end pour une famille de quatre personnes sur son voilier de luxe, avec tous les à-côtés et les agréments imaginables, — et lui-même à la barre.

— C'est normal, répondit-il. Andy était le plus chic type de nos années d'internat, toujours là quand il le fallait.

— Tu oublies les tours qu'il nous jouait ! C'était aussi un joyeux luron.

Bon sang, pourquoi souriait-elle à nouveau ! Impossible de ne pas contempler ses lèvres, plus attirantes que jamais sous leur brillant rose vif. Il croyait les sentir encore sur sa peau, quand elle l'embrassait dans le cou, juste derrière l'oreille, avant de les promener langoureusement sur son torse, sur son ventre, sur...

Oh, là, mon vieux... du calme...

Avec un rugissement intérieur, il s'écarta d'elle. Elle était son ex-amante, qu'il se mette bien ça dans la tête, même si son cœur avait fait une terrible embardée quand il l'avait aperçue dans le hall de l'hôtel.

— J'ai en effet des souvenirs impérissables de certains canulars pendables d'Andy, dit-il, l'air aussi badin que possible.

Dans le disque dur de sa mémoire, bien d'autres souvenirs étaient stockés. Des souvenirs d'Olivia… Il aurait dû s'abstenir de venir ce soir, même si c'était pour une cause qui lui tenait à cœur. Il aurait pu raconter qu'il faisait sa lessive, ou qu'il lavait sa voiture, ou inventer n'importe quelle excuse fantaisiste, pourvu que cela lui évite d'être à deux pas de cette diablesse.

Mais voilà, il s'était — oh, très malhonnêtement ! — persuadé que la revoir lui permettrait une bonne fois pour toutes de la chasser de son esprit. A présent, il ne souhaitait plus qu'une chose : que cette fichue soirée soit terminée, qu'il puisse enfin traverser la rue et retrouver la quiétude et la solitude de son vaste appartement, et là, enfin, ne plus penser à Olivia…

— As-tu déjà rencontré la femme d'Andy ? demanda-t-elle.

— Oui. Kitty était avec Andy à la conférence à l'institut Christchurch l'an passé. Tu devais d'ailleurs intervenir, mais ta participation a été annulée à la dernière minute.

Cela rappelait-il un mauvais souvenir à Olivia ? Une ombre obscurcit ses beaux yeux, dont le bleu pervenche devint en un instant gris cendre.

— J'avais un problème urgent à régler, répondit-elle d'une voix pleine de réticence. A la maison.

— Mais… tu vivais seule !…

Elle n'avait pas d'enfants. Du moins pas qu'il sache !… Bon sang, il ne savait même pas si elle avait des frères et sœurs. A l'époque, hors du lit, ils ne cherchaient vraiment pas à en savoir plus l'un sur l'autre…

— Ma mère n'était pas bien.

Semblant se raidir, elle ajouta, changeant de sujet :

— Andy pouvait se déplacer, à l'époque. C'est terrible de penser qu'il se bat maintenant contre la leucémie pour rester en vie, et qu'il ne peut pas poursuivre son travail remarquable auprès de paraplégiques.

Dubitatif, Zac la regarda.

Quel pouvait bien être le problème avec sa mère ?

S'il lui posait la question, il était peu probable qu'elle réponde.

Et, si elle le faisait, il en serait bien embarrassé. Peut-être se sentirait-il investi d'une responsabilité à son égard ? C'était la dernière chose qu'il voulait susciter.

Mieux valait continuer à parler d'Andy.

— Andy a une chance de s'en sortir si les fonds récoltés ce soir lui permettent de suivre le traitement de choc qu'on lui propose en Californie, dit-il.

— C'est vrai… Pour Kitty aussi tout ça doit être terrible…

Elle semblait soudain accablée de tristesse. Pourquoi ou pour qui ? Pour Andy et sa femme ? Pour sa mère ? Avait-elle elle aussi dû soutenir quelqu'un de gravement malade ?

Il en avait hélas fait l'expérience et savait à quel point certaines situations pouvaient détruire un être humain…

Il avait dix-huit ans quand un accident avait laissé son frère paraplégique. Plus âgé que Mark de deux ans, il était censé être le plus raisonnable des deux. Mais comment garder son sang-froid face à un jeune frère agressif, provocateur et turbulent, qui cherchait par tous les moyens à le faire sortir de ses gonds ?

Vingt ans plus tard, la culpabilité le terrassait toujours. Pourtant Mark avait réussi à construire sa vie, même si ce n'était pas celle dont il rêvait avant l'accident.

Zac, lui, restait prisonnier de sa culpabilité qui l'empêchait d'avancer. C'était lui qui conduisait la voiture qui avait franchi un parapet et piqué du nez dans la mer. Avoir, suite à cela, été rejeté par sa famille était pour lui aussi douloureux que si on l'avait éventré pour lui arracher les entrailles.

Aussi protégeait-il son cœur sous une solide carapace…

Si ses parents ne l'aimaient pas, qui l'aimerait ? Et, puisqu'il était indigne de confiance, quelle femme serait en sécurité avec lui ? Sans parler des enfants, si jamais il en avait ! Son destin était de rester célibataire, et son devoir de fuir toute femme qui pourrait l'en détourner.

— Nous allons lever une fortune ce soir, reprit Olivia d'un ton déterminé alors que l'ascenseur arrivait enfin au troisième étage du palace.

Il la regarda. Dès qu'il avait franchi la porte de l'hôtel, elle l'avait désiré avec la même énergie dévorante qu'il avait eu envie d'elle, il en aurait mis sa main au feu.

Dans le temps, leur complicité érotique avait été sans pareille. Pour dire crûment les choses, ils baisaient comme des fous, et leur relation n'allait pas plus loin… C'était superficiel, sans doute, mais cela leur convenait parfaitement. Le travail remplissait leurs vies, leurs carrières respectives décollaient, le temps leur manquait pour le reste.

La porte de l'ascenseur glissa silencieusement. Il s'effaça pour laisser passer Olivia.

— Après toi, fit-il avec un geste de la main.

Il la suivit, hypnotisé par ses jambes, bien prises dans les étroites bottines qui en soulignaient le galbe jusqu'au genou. Etrangement, autant que du désir, il éprouvait pour elle comme une bouffée de tendresse…

— Eh bien, Zac, tu viens ? demanda-t-elle en se retournant.

— Je te suis, CC.

Il l'avait appelée par son diminutif dans l'espoir de faire redescendre la tension érotique, mais elle répondit par un sourire radieux qui le mit sur des charbons ardents.

— Voilà une éternité qu'on ne m'a pas appelé CC. A la fac, j'adorais ce surnom. Cela me donnait l'impression de faire vraiment partie de la bande.

— Tu en doutais ? demanda-t-il, surpris. Pourtant, Olivia, sans toi, il n'y aurait pas eu toutes ces excursions, ces balades et ces fêtes dont nous raffolions ! Tu consacrais des heures à les organiser. Ensuite, tu bûchais dur pour rattraper le temps passé. Tu as été le ciment du groupe !

— C'est vrai, dit-elle avec un petit rire amer, j'aime prendre les choses en main. Ainsi, je suis sûre de ne pas être laissée de côté.

Il sentit son cœur faire une nouvelle embardée. Cette fois, à cause de la petite fille qu'il devinait dans les yeux pervenche qui fixaient un point invisible, loin derrière lui.

Lui-même, rejeté par sa famille, savait comme il était dur d'être exclu. A la fac, il avait déployé tous ses efforts pour se faire des amis, donnant le change afin que personne ne devine combien, au fond de son cœur, il se sentait perdu et isolé.

Comme Olivia, finalement…

Quelle drôle de fille ! Un peu fofolle, à la limite, mais toujours maîtresse d'elle-même. Comme si elle marchait sur une corde raide, hésitant entre se lâcher complètement et brider impitoyablement ses sentiments.

Il n'y avait qu'un endroit où elle ne balançait plus.

Au lit, avec lui.

Crénom ! Comme il aurait voulu se retrouver dans un lit avec elle ! Mais le regard d'Olivia lui avait soudain fait comprendre qu'elle était plus fragile qu'il ne le pensait.

Un sentiment nouveau naissait en lui.

L'envie de la protéger.

Etonnant !

Furieuse d'avoir laissé deviner sa fragilité, Olivia franchit l'imposante double porte qui donnait sur la salle de réception, agrandie par la suppression d'une cloison amovible.

Elle n'avait jamais permis à personne — et surtout pas à Zac — de deviner qu'elle vivait dans la peur d'être méprisée, rejetée. Elle se fixait des défis de taille, l'organisation de ce gala par exemple, pour mieux se dépasser. Tout ce qu'elle entreprenait devait être parfait.

Ce soir plus que jamais…

S'arrêtant au milieu de la salle, elle jeta un coup d'œil autour d'elle. Le lieu était décoré de rubans bleus et blancs. Le bleu ciel, couleur de l'équipe de rugby d'Auckland chère à Andy, dominait. Les tables rondes étaient parfaitement nappées. Au premier coup d'œil, tout semblait impeccable, mais son œil exercé vit tout ce qui n'était pas prêt.

Les brassées d'iris bleus et blancs, enfin livrées, attendaient dans un coin d'être disposées dans des vases sur chaque table.

Ses craintes se révélaient fondées, les problèmes se multipliaient, la soirée allait tourner au fiasco.

— Tu as l'air contrariée. Dis-moi pourquoi, demanda Zac calmement.

Agacée, elle s'éloigna. Les quelques minutes où, dans

l'ascenseur, elle avait inspiré à pleins poumons le parfum épicé de son after-shave, avaient été une torture.

— Les fleurs ont été livrées en retard, les tables ne sont pas totalement dressées, je ne vois pas les verres à vin, l'open bar n'est pas prêt, le groupe chargé de l'animation musicale m'a assuré qu'ils seraient là avant 16 heures pour faire les balances et…

Elle jeta un coup d'œil à sa montre.

— … il est déjà 15 h 35…

Et tu me fais perdre la tête… je te veux… dans un lit, comme autrefois… Et si tu veux me serrer tout de suite dans tes bras, n'hésite pas… j'en rêve…

— On peut arranger ça, déclara Zac, une lueur d'amusement dans les yeux. Par quoi veux-tu que nous commencions ?

Stupéfaite, elle resta un instant bouche bée. Avait-il lu dans ses pensées ? A quoi répondait-il exactement ? Aux dysfonctionnements de la soirée ou à ses désirs secrets ?

— Commençons par les musiciens, répondit-elle d'un ton de défi en lui tendant son portable. Leur numéro est en mémoire. Ce sont les Eziboys.

— Quoi ? Tu as décroché les Eziboys ? Alors là, chapeau !

Il semblait cloué sur place d'admiration…

— Qu'est-ce que tu as fait pour ça ? Tu leur as promis des opérations de chirurgie plastique gratuites pour le restant de leurs jours ?

— Un des membres du groupe est allé à l'école avec le plus jeune frère d'Andy. Le groupe a eu envie d'apporter son soutien à la famille, c'est tout.

— Ah ! ah ! Ton charme irrésistible n'y est donc pour rien ? fit-il avec le sourire provocant qui mettait à ses pieds n'importe quelle femme, elle comprise.

— Appelle-les, je t'en prie !

Il fit défiler la liste de ses contacts et demanda négligemment :

— Tu n'as pas rentré ton carnet de bal en mémoire ? Je retiens ta première danse. Ainsi que la seconde, la troisième et la quatrième.

Un carnet de bal, et quoi encore ? Il était bien désuet, tout à coup !

— Mais si tu n'as pas envie de danser, dit-il, imperturbable, pas besoin des Eziboys. Quelques petits vieux arrachés pour un soir à leur maison de retraite avec leurs flûtiaux irlandais feront très bien l'affaire.

— J'adore danser ! se récria-t-elle.

Qu'il ne s'imagine pas pour autant qu'elle avait l'intention de danser avec lui…

— Je l'ignorais, Olivia. Je suis impatient de voir ça. Tiens… voilà ta fleuriste qui arrive…

Il indiqua la double porte d'un mouvement de la tête puis, après un sourire, reprit le téléphone.

— Ah, c'est toi, Jake ? Qu'est-ce que tu fabriques, mon vieux ? La charmante personne qui vous a engagés pour la soirée s'impatiente. Grouillez-vous !

Eberluée, elle le regarda. Quoi ? Il connaissait Jake Hamblin, star mondialement célèbre, guitariste et leader des Eziboys ? Et il lui parlait sur ce ton ! Mais… n'avait-il pas aussi évoqué une fleuriste ?… Se tournant vers la porte, elle se trouva face à une femme à l'allure décidée, élégamment vêtue d'un tailleur-pantalon noir et d'un joli pull angora. Rien à voir avec l'air timide et le petit tablier à fleurs de la fleuriste lambda.

— Vous êtes la fleuriste ? demanda-t-elle, étonnée. Bonjour. Je suis Olivia Coates-Clark.

— Je suis aussi décoratrice florale, répondit la nouvelle venue sans la regarder mais adressant un large sourire à Zac.

— Comment ça va, Fleur ? demanda-t-il.

Il connaissait donc tout le monde, y compris les fleuristes ?… Et en plus, celle-ci s'appelait Fleur… Olivia en resta bouche bée.

— Comment va votre hanche ? demanda Zac.

— De mieux en mieux, puisque c'est vous qui m'avez opérée, répondit Fleur d'un air malicieux.

— Excellente réponse ! fit-il en éclatant d'un rire franc et sonore.

Olivia en ressentit l'écho jusqu'au fond de sa poitrine.

Etait-ce à cette femme qu'il s'adressait pour envoyer des fleurs à ses nombreuses conquêtes ? D'ailleurs, il lui en avait fait porter quand elle l'avait quitté… Un magnifique bouquet de pivoines, éclatant de couleurs, plutôt que des roses hérissées d'épines, comme il aurait été en droit de le faire !

— Avons-nous une chance de voir arriver les musiciens ? demanda-t-elle, légèrement dépassée par les événements mais fidèle à son attitude « traitons calmement les problèmes l'un après l'autre ».

— Au moment où je te parle, les Eziboys chargent leur matériel dans l'ascenseur. Quoi d'autre ?… Où souhaites-tu que Fleur dispose les bouquets ?…

Les musiciens arrivaient, les bouquets allaient être composés. Cela faisait deux problèmes résolus. Comme s'il suffisait que Zac soit dans les parages pour que tout s'arrange… Mais tout n'était pas réglé pour autant…

— Il faut installer deux longues tables le long du mur pour exposer les lots et procéder aux enchères. Un employé de l'hôtel est parti les chercher il y a plus d'une heure, et toujours pas de tables, dit-elle, anxieuse.

— Pas de problème, je m'en occupe, répondit Zac d'un air tellement décontracté que cela en devenait agaçant.

L'heure tournait… Aurait-elle le temps d'aller se reposer dans la suite qu'elle avait réservée dans l'hôtel ? Elle aurait eu bien besoin de se détendre dans un bain chaud et moussant, juste avant d'enfiler sa nouvelle robe du soir — peut-être un peu osée pour la circonstance, mais, bah, tant pis ! — et d'affronter le déroulement de la soirée.

— Pas de problème, dit-elle en lui jetant un regard dubitatif, facile à dire !

Riant toujours, il lui prit le bras et l'entraîna vers le coin de la salle où Fleur arrangeait d'exquises compositions avec iris et feuillages.

— Dis-nous où tu veux les bouquets, donne tes instructions, et relaxe-toi. Tout sera prêt à l'heure, je m'y engage.

— Mais je suis très détendue, répondit-elle, se regimbant.

— Aussi détendue qu'une souris face à un matou ! Un gros matou, même ! fit-il en riant.

Et il s'éloigna avant qu'elle ait pu trouver une repartie.

Vexée, elle suivit du regard son pas nonchalant tandis qu'il s'isolait dans un coin de la salle pour parler avec animation dans son téléphone.

Laisser le dernier mot à Zac ne lui faisait pas plaisir. Mais, sous sa veste de cuir, elle devinait la carrure familière, les épaules puissantes sur lesquelles elle avait si souvent posé la tête…

Pas étonnant qu'elle n'ait plus les idées claires.

Les sujets de perturbation ne manquaient pas et ils n'avaient qu'un seul et même nom :

Zachary Wright !

3.

Une heure plus tard, les problèmes semblaient en voie d'être résolus. Zac tendit à Olivia une coupe de champagne pétillant de mille bulles.

— Bois ça. Cela t'aidera à te détendre.

— Je ne peux pas boire maintenant, dit-elle, refusant à regret sa boisson favorite. J'ai encore beaucoup à faire avant d'aller me préparer.

— Juste un verre, Olivia, répondit-il, un air de défi dans les yeux.

Ah, le monstre !

Il savait qu'elle était incapable de résister à un défi. Mais le succès de la soirée reposait sur ses épaules, et l'exemple de sa mère lui avait appris à se méfier de l'alcool. Cependant, quand Zac porta sa propre coupe à ses lèvres, elle craqua. Le verre heurta légèrement ses dents, le divin liquide se répandit sur sa langue. Ses épaules se dénouèrent, et les tensions qui l'oppressaient s'envolèrent comme par enchantement.

— Délicieux, murmura-t-elle malgré elle.

— N'est-ce pas ? fit-il de son air le plus charmeur. Maintenant, Olivia, emporte ta coupe dans ta chambre, prends un bon bain et fais-toi belle. Je m'occupe de tout.

Saisissant un iris noué d'un léger ruban de gaze bleue, il le lui tendit.

— Tiens, c'est pour toi.

— C'est ma fleur préférée, dit-elle, songeuse.

— Sa couleur va parfaitement avec tes yeux.

— Des wedgwood, dit-elle pensivement, l'esprit tourné vers le passé. C'est le nom de cette variété d'iris.

— Cela te rappelle quelque chose ? demanda-t-il d'une voix douce en lui enserrant le poignet dans sa grande main ferme.

Comme il savait être intuitif quand il le voulait !

— Mon père faisait pousser des iris…

C'était avant que tu ne fuies le foyer familial, papa, incapable que tu étais de faire face à l'alcoolisme de maman… Parce que tu croyais que j'en étais capable, moi ? Je n'avais que douze ans…

Se dégageant de l'étreinte de Zac, elle fit un pas en arrière.

— Pourquoi m'aides-tu, Zac ?

D'habitude, il ne se donnait pas tant de mal pour séduire. Alors, que voulait-il d'elle, si ce n'était pas du sexe ? Quel besoin avait-elle d'aide ou de sympathie ?

— Je t'aide parce que j'ai senti que tu en avais besoin, répondit-il d'un ton chaleureux. Je pensais que cela te ferait plaisir, pas que tu essaierais de te débarrasser de moi.

Il y avait longtemps qu'elle s'était débarrassée de lui… Oubliait-il qu'elle l'avait quitté ?

— Désolée de me montrer ingrate, dit-elle en avalant une gorgée de champagne, honteuse de ses pensées. C'est très chic de ta part de m'aider. Je serais encore en train d'essayer d'imposer mes vues à la fleuriste si tu ne l'avais pas amadouée par magie. Tes dons de persuasion font merveille.

Elle fit un geste en direction du bar.

— La pyramide de coupes de champagne que tu as suggérée au barman est beaucoup plus spectaculaire que ce qu'il voulait faire… Et tu as même persuadé la gouvernante de l'étage de prévoir une corbeille pour le chien d'aveugle, ce qui contrevient aux règles de l'établissement !

— Un non-voyant a le droit d'emmener son chien partout.

— Mais pas forcément de lui faire installer un lit pour la nuit dans une salle de banquet !

Pour toute réponse, il lui sourit de plus belle, la laissant pantelante.

Il était temps qu'elle se sauve, ou elle allait lui suggérer quelque chose de stupide. La masser avant qu'elle n'enfile sa robe de soirée, par exemple.

Les mains de Zac étaient de la dynamite quand elles agissaient sur ses muscles. Il avait suivi une formation en marge de son cursus de chirurgien, et était toujours prêt à faire profiter son entourage de ses talents d'expert en massage. Bien qu'il y ait eu entre eux des massages d'une autre sorte, ce soir un massage en bonne et due forme lui aurait suffi pour se détendre.

Hum… N'était-elle pas en train de se mentir ?

Honteuse, elle avala quelques bulles de champagne, sans penser à les savourer. Mais il remplit à nouveau sa coupe.

— Emporte donc ça dans ta chambre !

La saisissant par le bras, il la guida vers les ascenseurs.

— A ce soir, 18 heures, pour le verre d'avant dîner, dit-il en pressant le bouton.

— Je serai là bien avant 18 heures pour un dernier coup d'œil, répondit-elle tandis que les portes de l'ascenseur se refermaient sur elle.

Mais l'odeur épicée et boisée de Zac était entrée avec elle dans l'ascenseur, entraînant son lot de souvenirs. La soirée serait redoutable ! Heureusement, elle avait une heure devant elle pour s'y préparer.

Une fois dans sa chambre, elle commença à se déshabiller, éparpillant ses vêtements sur le chemin de la salle de bains. Un bon bain, brûlant et débordant de mousse, voilà ce qu'il lui fallait.

Ayant ouvert les robinets à fond, elle versa dans la baignoire une dose massive de bain moussant, et se défit de ses derniers vêtements. Pendant qu'elle se démaquillait, le miroir lui renvoya l'image des yeux les plus brillants qu'elle se soit vu depuis longtemps.

Hé… Elle devait se reprendre…

Pourquoi était-elle aussi excitée ? Elle n'avait aucune envie d'avoir de nouveau une aventure avec Zac. Leur relation n'avait eu aucune base solide, à part le sexe, et c'était elle qui l'avait quitté, pourtant, elle avait mis des semaines à s'en remettre. Que serait-ce si c'était lui qui l'abandonnait, qu'il disparaissait dans la nature sans un regard en arrière, comme son père l'avait fait ?

Se laissant glisser dans l'eau chaude, elle sentit avec soulagement son corps se détendre.

Cela l'aiderait à affronter Zac…

Ce soir, elle avait intérêt à être maîtresse d'elle-même. Tous leurs amis présents allaient les épier, guettant le moindre signe d'animosité entre eux ou, pire encore, les indices de possibles retrouvailles.

Renversant la tête, elle ferma les yeux.

Comment résister au film qui se déclencha aussitôt derrière ses paupières closes ?

Zac, tellement beau qu'il lui donnait envie de n'en faire qu'une bouchée… Son corps viril et adroit, d'une souplesse de félin, plein de sauvagerie et cependant de douceur…

Lui avait-elle manqué, même un tout petit peu ? L'admettrait-il, si par miracle c'était vrai ?

Et elle, admettrait-elle qu'il lui avait manqué, s'il le lui demandait ?

Pourtant !…

Pour la dixième fois, Zac consulta sa montre. Il était 18 heures passé de vingt minutes et pas trace d'Olivia. Etre en retard ne lui ressemblait pas. Inquiet, il observa les invités qui commençaient à se presser dans la vaste salle.

Une voix le fit sursauter.

— Bonsoir, Zac. Je suis ravi de vous voir. Comment allez-vous ?

La personne qui se tenait face à lui n'était autre que Paul Entwhistle.

— Paul ! s'exclama Zac, serrant avec effusion la main de son vieux professeur. Je vais bien, merci. Et vous ? Etes-vous content de votre vie de bagne dans le Waikato ?

Deux ans auparavant, Paul Entwhistle avait abandonné sa florissante pratique privée à Auckland pour prendre la direction du département d'orthopédie d'un hôpital universitaire dans la région du Waikato, au nord de la Nouvelle-Zélande.

Il adressa à Zac un sourire chaleureux.

— J'ai pris cette semi-retraite pour passer plus de temps avec ma famille et j'en suis très heureux. Mais vous Zac, quoi de neuf ? J'ai été étonné d'apprendre qu'Olivia et vous étiez séparés depuis plus d'un an. J'aurais juré que vous seriez incapables de tenir longtemps loin l'un de l'autre.

Contrarié, Zac se rembrunit. Combien de fois au cours de la soirée allait-il entendre des commentaires sur sa rupture avec Olivia ?

— Eh bien, cela prouve que nous sommes l'un comme l'autre des personnes imprévisibles, voilà tout, répliqua-t-il d'un ton acerbe.

A peine avait-il fini sa phrase qu'il fut saisi de remords. L'éminent professeur s'était toujours conduit avec lui en ami autant qu'en maître. Il ne méritait pas de faire les frais de sa mauvaise humeur.

— A l'époque, nous avions tellement de travail qu'une rupture était inévitable, reprit-il d'un ton radouci.

— Je savais que vous étiez très occupés, mais je n'aurais jamais cru que vous renonceriez à votre relation. D'ailleurs, où est-elle ? demanda Paul en parcourant la vaste salle du regard.

C'était exactement la question que Zac se posait. Bientôt 18 h 30…

— Aucune idée, répondit-il. Je vais lui passer un coup de fil.

Gagnant un coin plus calme, il sortit son portable et appela Olivia. Même dans les moments où il lui en avait le plus voulu de l'avoir plaqué de façon aussi cavalière, il avait été incapable d'effacer son numéro.

— Oh ! Zac, je me suis endormie, répondit-elle instantanément.

Tiens, tiens… elle avait donc elle aussi gardé son numéro en mémoire… Intéressant…

— Tout se passe bien ? demanda-t-elle d'une voix où l'affolement était perceptible. J'arrive tout de suite…

— Respire profondément et compte jusqu'à dix. Et rassure-toi. Tout se passe selon tes instructions.

— Oui, mais je devrais être là, accueillir les invités… Oh ! mon Dieu…

Il entendit une sorte de claquement en bruit de fond.

— Ah, zut, zut, zut, trois fois zut…

— Olivia, s'écria-t-il, inquiet, que se passe-t-il ?

— Ma coupe de champagne a heurté le rebord de la baignoire. Il y a des débris de verre partout.

— Appelle la femme de chambre.

— Pas le temps ! J'étais censée être là avant l'arrivée des invités, pas après. C'est affreux ! Tout le monde va croire que je me moque de ce qui se passe…

La panique et l'angoisse étaient monté de plusieurs crans dans sa voix.

— Oh ! mon Dieu, comment ai-je pu être assez bête pour m'endormir dans mon bain ?

— Ecoute-moi…, fit-il en fixant désespérément le plafond.

Comment ne pas se représenter Olivia dans son bain, ses joues roses et la pointe de ses seins émergeant d'un nuage de mousse odorante ? Il aurait voulu la rassurer, mais, montée en boucle, elle n'écoutait rien et se lamentait sans qu'il puisse l'interrompre.

— J'ai travaillé des jours et des jours à la réussite de ce gala. Cela m'a épuisée. Je n'avais plus que quelques heures à tenir. Pourquoi n'en ai-je pas été capable, pourquoi, pourquoi… Oh ! je suis lamentable…

— Veux-tu que je vienne t'aider à te préparer ? demanda-t-il dès qu'il put placer un mot, pourtant persuadé qu'il se ferait vertement remettre à sa place.

En effet, au bout du fil, elle explosa…

— Venir dans ma chambre ? Tu n'y penses pas. Je n'ai rien sur moi.

Plus attendri que troublé, il ne put se retenir de sourire.

— Prends ton temps pour te faire belle, je te garantis que ton entrée sera spectaculaire. Il y aura des oh ! et des ah !

d'admiration quand tu monteras sur le podium pour déclarer le gala ouvert.

Il y eut un silence au bout du fil. Olivia semblait avoir cessé de respirer, mais il fut certain d'entendre son cerveau fonctionner à plein régime.

— Pourquoi pas…, dit-elle enfin avant de raccrocher.

Elle avait dit cela d'un drôle de ton… Cessant de s'interroger, il glissa son portable dans la poche de son smoking et se dirigea vers la salle de réception.

Soudain, la porte de l'ascenseur s'ouvrit devant lui, et un homme très pâle en sortit, se mouvant péniblement.

Andy ! Celui pour qui tant d'efforts étaient déployés ce soir…

— Hello, Andy ! s'écria Zac en allant à lui, la main tendue. Heureux de te voir !

Pourrait-il dissimuler son émotion ? La leucémie exerçait ses ravages sur Andy, qui avait une mine à faire peur.

— Quelle soirée extraordinaire ! fit celui-ci avec un sourire ému. Quand Olivia m'a dit que tant de monde s'était mobilisé pour moi, je n'en ai pas cru mes oreilles.

Il s'essuya furtivement les yeux.

— De quoi faire pleurer les pierres !

— Retiens tes larmes, mon vieux ! répliqua Zac, s'efforçant de combattre la boule qui se formait dans sa gorge, ou toutes les femmes de l'assistance vont se transformer en fontaine !

A sa grande surprise, Andy parvint à rire.

— J'imagine l'ambiance, si les Kleenex circulent davantage que le champagne ! dit-il, semblant retrouver son humour d'antan.

Jetant un coup d'œil derrière Andy, Zac vit qu'il avait été rejoint par sa femme, Kitty, et leurs trois petits garçons.

— Quel plaisir de te voir, Kitty, fit-il en l'étreignant.

— Quel réconfort de vous savoir tous mobilisés, répondit-elle. Je ne remercierai jamais assez CC. Elle a tout organisé, jusqu'à s'assurer que nous étions confortablement logés à l'hôtel.

— Que veux-tu, Kitty, notre CC est comme ça répondit-il avec enthousiasme.

Mais il s'aperçut qu'Andy chancelait sur ses jambes.

— Venez par ici, dit-il aussitôt en poussant la petite famille devant lui, je vais vous conduire à votre table.

Traverser la vaste salle prit un certain temps, chacun voulant saluer Andy et sa famille, et leur adresser des paroles d'encouragement. De nombreux convives, tout en essayant de le cacher, éprouvaient un choc à la vue d'Andy, et celui-ci donnait des signes de fatigue, aussi Zac fit-il de son mieux pour presser le mouvement.

Comme il avançait une chaise pour Kitty, un frémissement parcourut la salle. Il n'eut pas besoin de se retourner pour en connaître la cause.

Olivia venait de faire son entrée…

Elle produisait toujours cet effet, et pas seulement sur lui ! Quand elle arrivait quelque part, elle irradiait un charme irrésistible, et, comme par un coup de baguette magique, mettait chacun à sa merci.

Pourtant, quand il se tourna vers le podium, il en eut le souffle coupé.

Jamais il n'avait vu Olivia ainsi !

Etonnante ? Eblouissante ?

Les mots étaient faibles. Et cette robe ! Un vêtement pareil — si l'on pouvait appeler cela un vêtement ! — aurait dû être illégal, frappé d'interdiction pour atteinte aux bonnes mœurs…

Elle semblait peinte à même la peau, excepté là où l'étoffe aérienne, presque immatérielle, flottait légèrement à partir du haut des jambes. Le corps entier d'Olivia était comme illuminé par les paillettes d'or qui scintillaient sur ses courbes adorables.

Dire qu'il s'était cru capable de passer la soirée près d'elle sans flancher…

Quel pauvre naïf il faisait !

4.

— Chers amis, bienvenue à cette soirée qui s'annonce exceptionnelle !

Sur le podium, micro en main, Olivia s'interrompit une minute, le temps d'évacuer la tension.

Son but était atteint ! Andy et sa famille étaient là, les collègues et amis qui avaient promis de venir aussi, et, d'après le brouhaha chaleureux qui régnait dans la salle, tous étaient heureux de se retrouver. Ils appréciaient la soirée.

Un seul hic : Zac aussi était là.

Debout au milieu de la salle à côté de la table d'Andy, il l'observait, les yeux ronds, la bouche ouverte, l'air ahuri.

Tiens, tiens… C'était intéressant qu'elle lui fasse cet effet… Et si elle tentait une petite provocation… Oh ! juste pour voir…

Avançant vers l'avant du podium, elle se plaça dans la lumière d'un projecteur, faisant négligemment virevolter les pans aériens de sa robe autour de ses jambes, et fixa Zac droit dans les yeux.

Il y avait de quoi se réjouir ! Un bataillon de pom-pom girls entièrement nues aurait pu défiler devant lui sans qu'il s'en aperçoive. Il semblait sous hypnose…

Elle qui jamais auparavant n'avait osé porter ce genre de tenue, elle avait craqué pour cette robe. Elle avait bien fait ! Comme dans les contes, le vêtement devait être doté de vertus magiques. Voilà qu'il ensorcelait Zac et réveillait l'étincelle qui pétillait autrefois entre eux, ardente et vive, toujours prête à s'enflammer…

Le silence étonné qui se faisait autour d'elle la rappela à

l'ordre. Elle était censée prononcer des mots de bienvenue, pas fantasmer sur Zac et sur leurs folies passées !

— Pardon de ce moment de distraction, chers amis, fit-elle avec un geste d'excuse. Je me croyais de retour à la fac de médecine, en pleine démo sur la façon de boire une bière en faisant les pieds au mur.

Un éclat de rire général retentit. Rassurée, elle adressa son sourire le plus éblouissant à l'assistance.

— J'espère que vous avez tous sous la main le numéro de téléphone de votre banquier, parce que nous allons nous livrer à des enchères historiques ! Ça va être grisant ! Et pour vous faire perdre tout à fait la tête, des coupes du meilleur champagne vont circuler parmi vous.

Aussitôt, les serveurs s'élancèrent dans la salle, leurs plateaux chargés de coupes où mille bulles pétillaient.

— Les petits-fours vont suivre, gardez patience. Les enchères auront lieu avant le dîner. Je vous conseille de prendre connaissance des lots et des cadeaux exposés sur les tables près de l'entrée.

Avec fierté, elle parcourut l'assistance des yeux. C'était elle qui avait rassemblé tous ces gens dignes d'estime et d'amitié !

— Passez une bonne soirée ! dit-elle. Si quelque chose vous manque, n'hésitez pas à vous adresser à…

A ce moment, son regard croisa celui de Zac.

— … à Zachary Wright, fit-elle en lui adressant un sourire malicieux. Il s'est porté volontaire pour résoudre tous les problèmes, et prendrait comme une offense personnelle qu'on le laisse passer la soirée assis, les bras croisés !

Des rires fusèrent à nouveau, et elle quitta le podium dans un brouhaha joyeux. Comment allait-elle éviter Zac ? Soudain, Paul Entwhistle se dressa devant elle.

— Olivia, ma chère enfant, vous faites des miracles, dit-il en l'étreignant. Il y a ici autant de monde qu'à Eden Park pour un match de rugby international. Bravo !

— Vous avez une petite tendance à l'exagération, répondit-elle, touchée des compliments du digne professeur.

Allez-vous faire monter les enchères ? Il y a quelques lots extraordinaires.

— J'en ai repéré un, répondit-il avec une curieuse étincelle dans le regard.

— Lequel ? demanda-t-elle, piquée par la curiosité.

Mais Paul, comme s'il n'avait pas entendu, changea de sujet.

— Je vois que vous aimez toujours provoquer Zac, dit-il d'un air amusé. Votre rupture m'a désolé. J'ai toujours pensé que cela durerait entre vous...

Dans une autre vie, peut-être... ne retournez pas le couteau dans la plaie, mon cher Paul...

— Désolée de vous décevoir, Paul, fit-elle d'un ton aussi léger que possible, mais ni Zac ni moi ne sommes du genre à nous installer.

— A mon avis, vous vous trompez, répondit-il.

Il avait toujours dans le regard cette curieuse étincelle qui finissait par la mettre mal à l'aise.

— Excusez-moi, Paul, je dois circuler parmi les invités...

Et surtout m'éloigner avant que Zac ne nous rejoigne...

— ... mais je suis sûre que Zac sera ravi de bavarder avec vous...

— Trop aimable, Olivia, fit une voix à son oreille.

Trop tard pour s'enfuir ! Zac se tenait à côté d'elle. Elle se força à sourire.

— Je pensais que cela te ferait plaisir, de profiter de la compagnie de Paul. Tu es seul, ce soir, Zac, je te le rappelle.

— Touché ! Un point pour toi ! fit Zac en riant.

L'air prodigieusement amusé, Paul n'avait pas perdu une miette de leur passe d'armes, puis était parti se mêler aux autres convives.

— J'ai quelques détails à régler avec le commissaire-priseur, dit-elle à la hâte, gênée de se retrouver seule avec Zac.

— Devrons-nous brandir les lots, comme dans une tombola de jeux télévisés ? demanda-t-il de son air le plus caustique.

— C'est moi qui le ferai, répondit-elle sèchement.

Elle commençait à regretter d'avoir accepté son aide.

171

La saisissant par le bras, il la força à se retourner. Tout à coup, il avait perdu son air moqueur.

— Cette soirée est ta soirée, Olivia. Mais j'ai vraiment envie d'y contribuer en apportant mon aide. Et je ne suis pas le seul dans ce cas, ici. Andy s'est montré tellement chic pour beaucoup d'entre nous !

— Un point pour toi…, répondit-elle de mauvaise grâce.

Quand elle entreprenait quelque chose, elle voulait l'assumer de A à Z. Cela lui donnait le sentiment d'accomplissement qu'elle n'atteignait jamais quand elle essayait de maintenir sa mère dans le droit chemin.

— Buvons un verre et allons nous occuper de ces enchères, dit-il avec le sourire irrésistible dont il avait le secret.

— D'accord, mais je ne bois plus que de l'eau jusqu'à la fin de la soirée…

Zac avait-il un pouvoir secret sur les gens et les choses ? A peine eut-il levé la main qu'un serveur se matérialisa devant eux, un plateau supportant des flûtes d'eau pétillante à la main.

Zac en prit deux, en tendit une à Olivia, et leva la sienne :

— Aux sommes folles que nous allons lever pour aider notre cher Andy !

Troublée, elle sentit qu'il lui posait sa main chaude et ferme entre les épaules, là où sa robe arachnéenne laissait nu un grand triangle de peau, tandis qu'il la fixait avec amusement de ses yeux sombres, irradiant de gaieté et de bonne humeur.

Dans un passé pas si lointain, un seul regard de ces yeux suffisait à la mettre au bord de l'extase.

Ce soir, curieusement, ils lui inspiraient moins des fantasmes érotiques que l'envie de partager des choses douces avec lui. Bavarder paisiblement sur le canapé de son salon, par exemple, ou grignoter un repas sans façons sur la table de la cuisine, ou encore flâner sur la plage en écoutant le clapotis des vagues…

— Tu n'as jamais pensé à t'établir ? demanda-t-elle étourdiment.

Aussitôt, il se renfrogna.

— Si jamais j'y pensais, je me garderais bien de le faire !

Une onde de déception la parcourut. Pourtant, elle-même n'avait pas l'intention de prendre racine auprès d'un homme…

— Je suis très heureux comme je suis ! fit-il d'un ton sans réplique.

Ah bon ?… alors pourquoi cet éclair de tristesse dans son regard…

— Eh bien, moi, dit-elle d'un ton aussi désinvolte que possible, je me suis en quelque sorte installée. J'ai acheté une jolie petite maison des années 1920 dans le quartier de Parnell. Je l'aime beaucoup, je la refais peu à peu.

En pensant à sa maison, elle ne put réprimer un sourire de fierté.

— J'ai fait moi-même la peinture et la pose du papier peint. Je crois avoir quelques talents de décoratrice…

Une bouffée d'orgueil l'envahit à la pensée de sa cuisine toute neuve et du coin salle à manger, tellement accueillant, mais elle s'interrompit. Gary, le commissaire-priseur, venait à elle la main tendue.

— Hello, Olivia ! Vous avez réussi un exploit en réunissant tant de lots admirables, dit-il avec un sourire admiratif. Les enchères vont exploser, ce soir !

— C'est le but ! répondit-elle en lui rendant sa chaleureuse poignée de main. Pouvons-nous faire quelque chose pour vous ? demanda-t-elle après lui avoir présenté Zac.

— Veillez à ce que nos verres soient pleins, et nous serons comblés, répondit Gary en riant. Je m'occupe de tout avec mon assistant.

De la main, il désigna un jeune homme qui s'activait à disposer et numéroter les lots sur les grandes tables réservées à cet effet.

— Dans ce cas, viens, allons plutôt nous occuper des invités, dit Zac avec autorité.

Comme si elle avait besoin de lui pour le faire !

Néanmoins, elle le suivit.

Comme s'il était naturel qu'il veille avec elle au bon déroulement de la soirée…

Zac poussa un rugissement intérieur.

Il aurait dû gagner la sortie au pas de course et fuir sans un regard en arrière !

Etre dans le sillage d'Olivia, qui tenait tout le monde sous son charme, le rendait fou. Les effluves de son parfum se dégageaient de façon entêtante dès qu'elle faisait un mouvement, et Dieu savait que la diablesse était toujours en mouvement ! Même quand elle restait immobile, elle semblait bouger ! Son visage expressif, son sourire, l'éclat de son regard, créaient une incroyable impression de vivacité, ses mains voletaient dans l'air avec grâce. Parfois, pire encore, elles reposaient le long de son corps, attirant l'attention sur ses courbes parfaites.

Serrant son verre d'eau gazeuse d'une main, il enfouit rageusement l'autre dans sa poche pour ne pas être tenté de la passer autour de la taille d'Olivia, libre sous l'arachnéenne mousseline de la robe.

Laisser quiconque — et surtout elle ! — deviner ce qu'il éprouvait aurait été une catastrophe.

D'ailleurs, que pensait donc Paul Entwhistle ? L'éminent professeur se tenait à nouveau auprès d'eux, sa haute silhouette distinguée impassible, mais le regard courant de l'un à l'autre avec une lueur malicieuse qui commençait à l'inquiéter.

Comme un serveur passait à proximité avec un plateau, il en profita pour échanger prestement son verre d'eau contre une coupe de champagne. Au diable la sobriété ! Il avait besoin d'un nectar plus costaud que de l'H2O, même si c'était de l'H2O avec bulles !

Plus raisonnable que lui, Olivia reprit un verre d'eau pétillante et, le portant à ses lèvres, jeta un regard anxieux autour d'elle. Perfectionniste comme elle l'était, pas étonnant qu'elle n'arrive pas à se détendre.

— C'est le moment de lancer les enchères, dit-elle nerveusement. Tout le monde est arrivé à présent.

— Bonne idée, répondit Paul qui semblait toujours en proie

à un amusement inexplicable. L'ambiance est à l'euphorie, il faut en profiter.

Ayant reposé son verre, Olivia gagna le podium et saisit le micro.

— Mes amis, je vous demande votre attention.

Mais elle eut beau tapoter le micro et répéter son appel, les conversations ne cessèrent pas. Le bruit semblait au contraire s'amplifier. Voyant qu'elle ne parvenait pas à se faire entendre, Zac bondit sur le podium et posa sa main sur la sienne, crispée sur le micro. Une main à la peau douce et tendre qui trahissait la fragilité secrète de l'indomptable CC…

— Silence, je vous prie ! fit-il d'une voix si forte que les conversations cessèrent aussitôt.

Tout le monde se tourna vers lui.

— Nous allons lancer les enchères, dit-il. Prenez un siège et installez-vous de façon à ce que Gary, notre commissaire-priseur, puisse voir chacun de vous. Attention à vos moindres gestes ! Si vous vous grattez le genou, il pourrait croire que vous enchérissez…

Ouf ! Malgré la proximité troublante d'Olivia, il avait réussi à être léger ! Après un éclat de rire général, tous s'installèrent. Le silence religieux qui se fit augmenta d'un cran la nervosité de CC.

— Et si nous récoltons à peine de quoi payer un aller simple vers la Californie pour Andy ? souffla-t-elle à mi-voix.

— Du calme, lui répondit-il à l'oreille. Les enchères vont s'envoler, tu vas voir.

— Comment peux-tu en être si sûr ?

— Parce que je crois en toi, dit-il en lui prenant la main.

— Tu sais dire de gentilles choses quand tu veux, murmura-t-elle en dégageant sa main et en tournant son attention vers la salle à présent silencieuse.

Elle avait dit cela d'un ton narquois, mais il n'en prit pas ombrage. Elle était experte à cacher ses sentiments. Autrefois déjà, quand il s'aventurait à poser des questions personnelles, elle savait le faire taire d'un baiser. Que cela signifiait-il ?

Avait-elle quelque chose à cacher ? Qui était vraiment Olivia Coates-Clark ? Qui était la véritable CC ?

Troublé, il saisit l'enveloppe qui allait être mise aux enchères et la brandit. C'était un lot magnifique ! Cinq jours de vacances pour deux personnes dans un endroit de rêve des îles Fidji.

Les enchères démarrèrent au quart de tour et grimpèrent dans une ambiance survoltée. Beaucoup voulaient avoir l'honneur de remporter la première offre. Mais Paul coiffa tout le monde au poteau, mettant au pot une somme assez considérable pour envoyer une bonne douzaine de personnes aux îles Fidji plutôt que deux !

— Quel succès pour toi, fit Zac à mi-voix en se tournant vers Olivia.

Ils avaient donné le micro à Gary, qui s'acquittait de sa tâche avec fougue.

— Ce n'est pas moi qui suis la cause du succès, c'est lui, répondit-elle avec un regard vers Andy.

Malgré sa fatigue, le héros de la fête faisait bonne figure avec son élégance habituelle. Il semblait sous le choc des sommes colossales que ses amis étaient prêts à dépenser pour lui.

— Quelle est la prochaine enchère ? demanda discrètement Zac à Olivia.

— Le week-end sur ton voilier, avec toi à la barre ! Les femmes de l'assistance vont surenchérir ! Elles sont toutes folles de toi…

Sauf toi…, pensa-t-il amèrement.

Il se rembrunit encore davantage quand le financeur de l'une des cliniques où il exerçait remporta l'enchère. C'était un raseur de première ! Passer deux jours en mer avec lui ne serait pas une partie de plaisir. Tant pis ! Il ferait quand même tout pour que sa famille et lui gardent un souvenir impérissable de leur virée en mer…

A présent, la vente battait son plein. Gary menait l'affaire de main de maître, et le montant des enchères crevait le plafond, quels que soient les lots proposés, aquarelle d'amateur ou bibelot de prix, dîner au restaurant multi-étoilé Viaduct Harbour, week-ends dans des endroits de rêve, minicroisières…

Au fur et à mesure que le marteau de Gary retombait sur la table, les yeux d'Olivia devenaient plus brillants.

— Gagné ! s'exclama-t-elle après la dernière adjudication, l'air radieux. Grâce à nous, Andy ira se faire soigner en Californie !

— Tu vois, ce n'était pas la peine de t'en faire, lui dit Zac, amusé.

— Comment voulais-tu que je ne m'en fasse pas ! répondit-elle avec une vivacité qui le désarçonna. Je pouvais tout contrôler, sauf le déroulement des enchères !

Etait-ce pour cela qu'elle l'avait quitté ? Pour ne pas risquer de perdre le contrôle de la situation ?

— Mesdames et messieurs, les enchères sont closes, annonça Gary. Tous les lots ont trouvé acquéreurs !

Les yeux embués, Olivia le rejoignit derrière la table, un papier à la main.

— Vous êtes tous merveilleux, dit-elle d'une voix émue dans le micro. Le résultat des enchères dépasse nos rêves les plus fous.

Quand elle eut proclamé le montant obtenu, une salve d'applaudissements éclata, la contraignant à attendre un bon moment avant de pouvoir continuer.

— Votre générosité est une magnifique leçon d'humilité et de solidarité, dit-elle.

Gagné par l'émotion, Zac porta son regard vers la table d'Andy. Kitty était en larmes et Andy, après s'être essuyé les yeux d'un revers de main, s'extirpa de son siège. Il se créa avec peine un chemin jusqu'à Olivia, qu'il serra longuement dans ses bras avant de saisir le micro.

— Que dire de plus, chers amis ? Olivia a raison, vous êtes tous merveilleux.

Sa voix se brisa, mais il continua.

— Ce soir, vous nous avez rendu l'espoir, à moi, à Kitty et à nos enfants.

Dans un silence religieux, il marqua une pause afin de reprendre son souffle.

— CC, dit-il enfin en se tournant vers Olivia, je ne te

remercierai jamais assez. Tous nos amis se sont mobilisés ce soir, mais, sans toi, rien n'aurait eu lieu.

Incapable de maîtriser son enthousiasme, Zac applaudit, et aussitôt tous se levèrent pour une vibrante *standing ovation*.

— Mesdames et messieurs, s'exclama-t-il en saisissant la main d'Olivia et en la brandissant, notre CC…

— Arrête, murmura-t-elle, des larmes ruisselant sur ses joues, tu m'embarrasses…

— Chers amis, clama-t-il de plus belle, CC prétend qu'elle est embarrassée. Qui de vous a déjà vu cette indomptable créature embarrassée ?

Des rires fusèrent, et les applaudissements redoublèrent.

— Tu es insupportable, Zac, murmura-t-elle.

Insupportable, lui ? Non !

Juste enchanté de la taquiner.

Comme ils aimaient le faire autrefois…

5.

— Fatiguée, Olivia ? demanda Zac d'un ton plein de sollicitude tandis qu'ils se déhanchaient sur la piste de danse.

Hélas, oui, fatiguée elle l'était, même si la musique endiablée des Eziboy lui donnait un coup de fouet. Pour un peu, elle se serait laissée aller contre ce torse solide et ces hanches souples qui suivaient le rythme face à elle.

— Tu veux faire une pause ? Boire un verre ?

— Bonne idée, répondit-elle avec empressement.

Elle se dirigea aussitôt vers leur table, trop contente de mettre un peu d'espace entre elle et ce corps qu'elle avait si souvent couvert de baisers.

Ah, si elle avait pu se faufiler hors de la salle à l'insu de tous et aller se glisser dans son lit ! En désespoir de cause, elle porta à ses lèvres la coupe de champagne que Zac lui tendait. Le champagne était frais, délicieux, détendant…

— Tu peux continuer à danser, si tu en as envie, je n'ai pas besoin d'un baby-sitter, dit-elle en se laissant aller contre le dossier de sa chaise.

— Danser n'est pas mon passe-temps favori.

— Dommage. Tu as le rythme dans la peau…

— Pourtant, répondit-il, moqueur, tu dormais debout pendant que je m'évertuais à me déhancher !

— Tu n'imagines pas à quel point je suis fatiguée, se défendit-elle. Mes muscles sont tous noués, je vais mettre des heures à m'endormir !

— Tu sais ce qu'il te faut ? Quelques jours de repos dans un endroit où personne ne te parlera boulot ou levée de fonds, et où ta seule préoccupation sera de décider ce que tu vas te faire servir pour le dîner !

La dévisageant, il but lentement une gorgée de champagne.

— Tu te rappelles tes dernières vacances ? demanda-t-il, la voix soudain très sourde.

Elle savait à quoi il faisait allusion…

Peu de temps avant leur rupture, il avait réservé trois nuits dans un complexe de luxe de l'île Waiheke, véritable petit paradis à trente minutes de bateau d'Auckland.

Pour la première fois, ils auraient pu passer du temps ensemble. Mais, le lendemain de leur arrivée, Zac avait été réveillé à l'aube par un coup de fil. Son frère venait d'être hospitalisé avec un collapsus pulmonaire gravissime, il fallait qu'il rentre de toute urgence à Auckland.

Les deux jours suivants, elle avait attendu son retour. Mais il n'était pas revenu… Elle s'était souvent demandé si ce séjour leur aurait permis de se connaître un peu mieux que le huis clos d'une chambre à coucher, où ils se conduisaient comme deux enragés de la libido.

— J'aurais dû rester avec toi à Waiheke, murmura Zac, comme s'il avait lu ses pensées.

— Ta famille avait besoin de toi !

— Besoin de moi ? Ma famille ? fit-il avec un ricanement amer. Penses-tu ! Pas du tout !

— Ils t'ont pourtant téléphoné aux aurores.

— C'est mon grand-père qui m'a appelé au sujet de Mark. Pas mes parents, répondit-il d'un ton tellement agressif que, gênée, elle resta la bouche ouverte.

— Puis-je me joindre à vous ? fit une voix cordiale derrière eux, créant une heureuse diversion.

Sans attendre de réponse, Paul Entwhistle tira une chaise à lui et s'installa à leur table.

— Je ne veux pas vous importuner longtemps, dit-il.

Pourtant, il s'adossa confortablement et, sans un mot, tira lentement de la poche intérieure de son smoking une longue enveloppe qu'il posa sur la table en la tapotant négligemment du bout des doigts.

Prise d'une appréhension soudaine, Olivia reconnut la première enveloppe mise aux enchères. Celle qui avait été disputée avec acharnement et que Paul avait arrachée grâce à une enchère mirobolante. Celle qui contenait une invitation pour des vacances de rêve…

— C'est pour vous deux, annonça enfin Paul. Cinq nuits au club de vacances de l'île de Tokoriki, dans l'archipel des Fidji.

Oh Paul, vous ne pouvez pas me faire ça… pas question que j'aille où que ce soit avec Zac… surtout dans un endroit propice à l'intimité comme un complexe de rêve aux îles Fidji…

— C'est très aimable à vous, Paul, dit-elle fermement, mais ma réponse est non.

— Et vous, Zac, qu'en pensez-vous ? demanda Paul qui semblait rire sous cape.

Qu'importait ce qu'en pensait Zac ! Elle n'irait pas, un point c'est tout !

Pourtant, quelques jours loin de tout… Des plages de sable blanc, une mer transparente et chaude, des palmiers se balançant dans la brise tropicale… et… et Zac…

La voix de Zac résonna, et les plages des Fidji se fondirent dans un brouillard.

— Ma réponse est également non, fit-il d'un ton sans réplique. Néanmoins, merci, Paul.

— Réfléchissez tous les deux avant de rejeter mon offre, répondit Paul.

Sans se départir d'un petit sourire en coin, il les dévisagea.

— Regardez vos mines de papier mâché ! Vous ne prenez jamais de vacances, vous êtes aussi épuisés l'un que l'autre. Une semaine sur une île paradisiaque vous fera le plus grand bien, dans un hôtel de luxe, avec des huttes sur la plage dotées de tout le confort, la mer à vos pieds et un spa et un personnel stylé à disposition… Le calme est garanti, il n'y a que peu de huttes, et elles sont faites pour accueillir uniquement des couples, pas de familles avec enfants…

— Vous brossez là un tableau enchanteur, dit vivement Olivia, redoutant de se laisser séduire. Mais comment pouvez-vous imaginer que Zac et moi partagions une hutte sur une plage ?

— Vous avez le choix entre la première ou la seconde semaine de juillet, répondit Paul sans se laisser démonter. Il est donc nécessaire que vous vous concertiez pour choisir la période qui vous convient à tous les deux.

— Juillet, c'est dans quinze jours, Paul ! Comme si je pouvais boucler mes bagages et laisser tomber mes patients ! dit-elle.

— De même pour moi, dit Zac en grommelant, faisant chorus.

— Je vous remplacerai, Zac, répondit Paul, imperturbable. Quant à vous, CC, pour cinq jours seulement, je suis sûr que vous trouverez quelqu'un pour prendre le relais.

Soudain songeur, Zac but une longue gorgée de champagne.

— Tout cela ne nous dit pas pourquoi vous faites cela, Paul, dit-il enfin. Nous avons besoin de vacances, d'accord, mais cela ne justifie pas une telle générosité !

— Qu'importe ! dit Olivia, pressée de couper court à toute spéculation. Paul, votre offre est très généreuse, et je vous remercie du fond du cœur, mais je la refuse.

Pourtant, d'aussi fabuleuses vacances tombaient à pic. Organiser la soirée et la levée de fonds en faveur d'Andy sans rien abandonner du suivi de ses patients avait eu raison de sa légendaire résistance. Elle était à bout.

Se faire dorloter dans un endroit de luxe était tentant. En outre, cela lui permettrait d'échapper à la prochaine crise de sa mère, qui n'allait pas tarder ! Un regard furtif vers le visage bien dessiné et les épaules athlétiques de Zac lui confirma qu'une escapade en sa compagnie ne manquerait pas de charme…

Une toux discrète se fit entendre de l'autre côté de la table.

— Je peux te remplacer si tu t'absentes, Olivia. Cela fait un moment que tu as visiblement besoin de repos.

Une jeune consœur de l'hôpital chirurgical d'Auckland la regardait en souriant. Olivia la dévisagea. Sa volonté commençait à vaciller dangereusement. Un coup d'œil à Zac lui apprit que lui aussi semblait en proie à un débat cornélien.

— Qu'en penses-tu, CC ? demanda-t-il d'une voix mal assurée. Cela serait peut-être agréable…

Consternée, elle constata que chacun, autour de la table, semblait guetter sa réponse avec autant de curiosité que s'il s'était agi d'un défi à relever.

S'était-elle jamais dérobée face à un défi ?…

Mais elle n'en avait jamais affronté de ce type ! Pouvait-on décemment partir en vacances, sur une île quasi déserte, avec l'homme que l'on avait quitté avec pertes et fracas quelques mois auparavant ? Surtout s'il vous faisait tourner la tête comme c'était le cas depuis le début de l'après-midi. Comment tiendrait-elle cinq jours et cinq nuits seule avec Zac dans une hutte, aussi luxueuse soit-elle, où elle n'aurait aucun espace pour elle ?

Pas d'espace… mais peut-être du sexe comme jamais…

Mais pourquoi penser au sexe ? Après tout, partir ensemble en vacances ne signifie pas être ensemble !

Petite malhonnête… Elle devait cesser de se mentir sur ce qu'elle voulait…

Au comble du désarroi, elle regarda Paul et, comme si une voix étrangère sortait de sa bouche, elle s'entendit répondre :

— La première semaine de juillet me convient davantage.

Etait-ce elle qui avait dit cela ?

Ou bien cette réponse lui avait-elle été soufflée par le lutin facétieux qui avait mis sa batterie à plat, l'avait poussée à s'endormir dans son bain, et, d'une façon générale, s'ingéniait aujourd'hui à lui compliquer l'existence ?

Zac, qui marchait avec Olivia sur le port, le long du viaduc, enfonça profondément ses mains dans ses poches. En juin, à Auckland, l'hiver austral, froid et humide, battait son plein. A 1 h 30 du matin, ils étaient les deux seuls fous à se promener ainsi, mais il aurait été incapable de trouver le sommeil.

Pourquoi avait-il fini par accepter cette fichue invitation

pour les îles Fidji ? Passer la soirée à proximité d'Olivia avait dû lui brouiller sérieusement les idées. Se retrouver en tête à tête avec elle dans un endroit paradisiaque était exactement le contraire de ce qu'il voulait.

Que se passerait-il si, à la fin du séjour, il était plus entiché d'elle que jamais ? Sa beauté, son charme, sa drôlerie étaient irrésistibles. Et voilà qu'il allait se trouver seul avec elle, pris au piège d'un endroit fait pour la romance et les lunes de miel !

Olivia aussi devait regretter d'avoir accepté l'offre de Paul. Mais maintenant qu'elle avait donné son accord devant témoins, elle ne ferait pas machine arrière. Trop orgueilleuse pour cela !

Il soupira.

Paul les avait bien eus, tous les deux !

Une rafale de vent annonciatrice de pluie les frappa de plein fouet. Olivia resserra son manteau et croisa frileusement ses bras sur sa poitrine. La prenant par le coude, il lui fit faire demi-tour. Elle grelottait.

— Viens. Montons chez moi. La pluie ne va pas tarder, nous allons être trempés.

— Je préfère retourner à l'hôtel, fit-elle d'un ton boudeur.

— Bien sûr, tout à l'heure… Mais il faut que nous parlions de la situation dans laquelle nous sommes embarqués… J'ai du vin au frais. Ou du thé, si tu préfères.

Il avait aussi un grand lit, mais ce n'était pas la peine de le mentionner.

— Pourquoi n'as-tu pas dit non à Paul ? demanda-t-elle quand ils furent dans l'ascenseur.

— Peut-être parce que j'avais envie de dire oui…

— Oh ! s'exclama-t-elle, l'air interloqué. Vraiment ?

L'ascenseur s'arrêta, les portes glissèrent silencieusement. Il lui reprit le coude.

— La perspective de ce séjour aux îles Fidji me sourit d'ailleurs de plus en plus, dit-il.

Il avait une raison secrète à cela. Mais pourquoi la révéler à Olivia ? Ses parents allaient fêter leur quarantième anniversaire de mariage lors de la première semaine de juillet. Il aurait de tout son cœur souhaité être associé à cette célébration, qui réunirait la famille et les amis proches, mais il n'avait pas été invité. Mieux valait se trouver loin…

— Quitter Auckland ne sera pas un mal pour moi, fit-il.

Ignorant l'air de surprise d'Olivia, il s'effaça pour la laisser sortir de l'ascenseur, puis la guida jusqu'à son appartement.

— Après toi…, dit-il en ouvrant la porte.

Passant devant lui, elle traversa le vaste salon et se dirigea, comme sous l'effet d'un charme, vers la paroi vitrée du sol au plafond qui réservait une vue époustouflante sur le port d'Auckland, le pont, les yachts et, tout près, la multitude de voiliers et de petits bateaux à moteur qui se balançaient à leur appontement.

— Je ne suis jamais allée dans les îles juste en face, dit-elle, songeuse. D'ailleurs je ne suis jamais allée nulle part, sauf une fois en Australie, avec mes parents, quand j'avais dix ans.

Comme pour s'excuser, elle ajouta :

— Ma mère a peur en avion.

— Tu as hérité de cette peur ? demanda-t-il, surpris.

— Au contraire, fit-elle en secouant la tête, le regard perdu au loin. Mon rêve serait d'apprendre à piloter.

— Qu'est-ce qui t'en empêche ?

— Entre le travail à l'hôpital et la maison à aménager, je n'ai pas de temps à y consacrer.

Elle lui tournait le dos, mais il voyait son reflet dans la vitre. Elle se mordait la lèvre, signe de désarroi chez elle.

— Tu n'as jamais essayé de te ménager quelques heures pour faire les choses qui te plaisent ?

— J'ai passé tellement de temps à étudier et à travailler pour réussir ! répondit-elle avec un soupir en se retournant enfin vers lui. J'en ai oublié que le monde existe, que l'on peut voyager ou faire des choses aussi excitantes qu'apprendre à piloter.

— Je vois ce que tu veux dire…, répondit-il, songeur.

A part les rares week-ends où il s'adonnait à la voile, que faisait-il lui-même de sa vie, sinon travailler ?

— Tu me dis que tu adores rénover ta maison, t'occuper

de la déco. Moi, j'ai acheté cet appartement ultramoderne parce que peindre, décorer, toutes ces choses qui font d'un lieu anonyme un chez-soi, me semblent insurmontables. Ce n'est pas quelque chose que l'on fait en un week-end, j'imagine ?

— Ah, non ! C'est un projet de longue haleine ! Il faut s'organiser. Ainsi, le mois prochain sera le mois de la salle de bains. Le mois dernier était celui de ma chambre.

Sa voix baissa, comme en proie à un profond ravissement.

— Elle est blanc crème et rose vif. Ce sont les couleurs que j'aurais voulues pour ma chambre quand j'étais petite. Mais on ne m'a pas demandé mon avis, alors je me rattrape.

Tiens, cela faisait deux fois qu'elle évoquait son enfance... Des souvenirs peu heureux, semblait-il...

— Je ne t'ai jamais vue en rose, dit-il.

— Que penseraient mes patients si leur chirurgien était en rose des pieds à la tête ! Du rose vif, ma couleur préférée, dit-elle avec un sourire aussi timide que si elle proférait quelque chose d'incroyablement audacieux.

— Je pense qu'ils adoreraient.

Ah, ce sourire... Il était urgent de revenir à son rôle de maître de maison.

— Thé ou champagne ? demanda-t-il.

— Tu as de la camomille ? demanda-t-elle, reprenant un air de gamine effrontée.

— Tu croyais me coincer, mais j'en ai ! répondit-il en éclatant de rire. C'est ce que boit ma mère quand elle vient.

C'est-à-dire, lors des très rares fois où elle était venue...

— Je ne sais pas pourquoi, j'avais l'impression que vous n'étiez pas très proches, ta mère et toi, dit-elle en le suivant à la cuisine.

Elle se percha sur un tabouret, les jambes croisées si haut que l'arachnéenne étoffe dorée censée lui servir de robe ne cachait plus rien de ses jambes ni de ses cuisses. Par prudence, il détourna le regard.

— Nous ne sommes pas très proches, en effet, ma mère et moi, répondit-il,

Pourtant, sa mère le considérait encore comme son fils, tandis que son père... Bah, autant penser à autre chose...

— Tu m'as parlé d'un frère ?

— Oui. Mark. Il est marié, avec deux enfants. Je ne le vois guère qu'à Noël et aux anniversaires, et encore...

— Mais c'est affreusement triste ! dit-elle.

— Oui, dit-il comme pour lui-même.

Il s'affaira pour sortir des mugs et des sachets de tisane d'un placard, à la fois contrarié d'avoir dû évoquer sa famille et amusé à l'idée de siroter une tisane en compagnie de cette sirène d'Olivia.

Mais, à son grand désarroi, quand il se retourna pour placer les mugs sur le comptoir, elle avait abandonné son air enjoué et semblait de nouveau terriblement maîtresse d'elle-même.

— Je n'ai plus envie de tisane. Ni d'autre chose. Je vais rentrer à l'hôtel. Bonne nuit, Zac, fit-elle en se laissant glisser du tabouret et en se dirigeant vers la porte.

Avant d'avoir compris ce qu'il faisait, il l'avait rattrapée, lui avait saisi le poignet et l'avait attirée à lui. D'un geste impérieux, il lui releva le menton et plongea son regard dans le sien.

Les yeux d'Olivia s'agrandirent, sa tête se renversa en arrière, ses lèvres s'entrouvrirent...

Il se sentait perdu, sans défense. Inutile de se raisonner, d'invoquer la logique, la bienséance... N'éprouvant plus qu'un désir fou, il posa ses lèvres sur les siennes, goûtant avec avidité leur saveur sucrée. Le besoin d'elle qu'il avait refoulé toute la soirée explosait soudain en lui, comme un vibrant arc-en-ciel de couleurs et de sensations.

Comment lutter...

Tout cela était tellement incroyable ! Olivia était dans ses bras, leurs langues dansaient l'une contre l'autre, elle nouait ses bras autour de son cou, l'attirant contre son corps tiède et parfumé. Les seins ronds et fermes qui l'avaient fait fantasmer toute la soirée se pressaient contre son torse.

Dressée sur la pointe des pieds, elle se serrait plus étroitement contre lui. Bientôt, elle ne pourrait plus ignorer l'intensité du désir qu'il éprouvait. La saisissant par la taille, il la souleva et la déposa sur le tabouret, la laissant avec délices enrouler ses deux longues jambes autour de lui.

Entre eux, c'était du feu, de la lave en fusion… Ah, comme ce feu lui avait manqué…

Des souvenirs érotiques envahissaient son cœur et son esprit, des images prenaient corps avec fureur…

Couvrant de baisers le visage qu'elle tendait vers lui, il laissa lentement ses lèvres glisser sur son cou puis sur le creux profond entre ses seins. Elle haletait doucement, et, se renversant en arrière, elle tendit la poitrine vers lui pour mieux s'offrir à ses baisers. Sous la robe mordorée qui semblait moulée à même sa peau, elle ne portait rien. La pointe durcie de ses seins se tendait vers lui, appelant ses caresses, ses baisers. Brûlant d'impatience, il s'en empara, les emprisonnant de sa main, les goûtant avidement. Le long gémissement de plaisir qu'elle poussa le fit tressaillir jusqu'au plus profond. Levant les yeux, il la contempla, cabrée en arrière, ses cheveux blonds répandus derrière elle comme une cascade ensoleillée, belle comme jamais.

— Il y a si longtemps, dit-elle d'une voix rauque qui trahissait son excitation.

D'une main qui tremblait de hâte, elle cherchait les boutons de sa chemise, les défaisait avec une telle précipitation qu'elle manqua en arracher un. Alors, enfin, il retrouva la sensation enivrante de ses mains sur son torse, et des caresses qu'elle seule savait lui prodiguer…

Les souvenirs auxquels il s'était désespérément raccroché durant des mois redevenaient réalité, la tornade de sensations et de désir qui les avait toujours emportés était bien là, intacte, enivrante…

Elle lui avait arraché sa ceinture, avait fait glisser le zip de son pantalon et… *oh ! ciel… oh ! ciel… attends un peu, Olivia…* d'une main aussi experte que douce, elle s'était emparée de son membre durci, et… *oh ! oui !*… encore et encore, elle faisait aller et venir sa caresse…

Olivia !

Comme elle le connaissait bien ! Comme elle savait lui

donner du plaisir ! Faire l'amour avec elle était incomparable, même si, avec la fougue qu'elle déployait, le sexe entre eux menaçait d'être rapide. La prenant dans ses bras, il traversa rapidement l'appartement et l'emporta jusqu'à sa chambre. Le lit géant qui y trônait allait enfin être dignement utilisé.

Se débarrassant de ses chaussures d'un coup de pied, il la déposa sur le lit et l'y rejoignit.

— A mon tour de te mettre dans tous tes états, dit-il.

— C'est déjà fait, répondit-elle d'une voix étranglée.

— Mais… je ne t'ai pas encore touchée…

— N'en fais rien, si tu veux que cela dure davantage que les trois prochaines secondes !

Ah, ah, elle le mettait au défi… Décidément, il la retrouvait toute ! Relevant la mousseline aérienne sur ses cuisses, il se laissa glisser le long de son corps jusqu'à pouvoir l'atteindre de sa langue au plus intime d'elle-même. A peine l'eut-il effleuré qu'elle se raidit dans un spasme violent, lui agrippant la tête comme si elle avait peur qu'il cesse sa caresse.

— Zac ! Oh ! Zachary ! cria-t-elle à pleine voix.

Cambrée, les hanches soulevées, les doigts convulsivement agrippés à ses cheveux, elle criait son nom encore et encore, le corps convulsé sous lui.

Parvenant à atteindre le tiroir de la table de nuit, il saisit un préservatif. Au moment où il en déchirait l'enveloppe de ses dents, elle le lui arracha des mains.

— Laisse-moi faire…

Sans comprendre comment, il se retrouva sur le dos, tandis que, à califourchon sur lui, elle faisait glisser le préservatif avec une lenteur qui était un délicieux supplice.

N'y tenant plus, il la saisit par la taille, la souleva brièvement et l'abaissa sur lui…

— Zac ! cria-t-elle.

Comment aurait-il pu oublier que, pendant l'amour, elle était capable de crier son nom à gorge déployée ? Un frisson le parcourut tandis que, tout à leur hâte, ils ne faisaient rien pour retarder le plaisir. Criant encore son nom, Olivia se laissa retomber sur sa poitrine, haletante et tremblante.

Lui caressant doucement le dos, il laissa son regard errer sur le plafond faiblement éclairé par les lumières venues du port et ne put retenir un sourire de béatitude.

Le monde tournait rond à nouveau. Olivia était dans son lit. Ils avaient partagé un de ces moments de sexe hallucinant qu'elle était seule à lui procurer.

Tout était parfait… La sensation d'inconfort qui avait accablé son esprit et son corps s'estompait et aurait bientôt complètement disparu.

C'est-à-dire, dès qu'ils auraient réédité ce qu'ils venaient de faire…

Le temps de reprendre haleine, et ce serait chose faite.

6.

Sans avoir idée de l'heure, Zac étendit le bras en travers du lit, cherchant Olivia, et ne rencontra que le vide.

— Olivia ? fit-il, alarmé.

— Je suis ici, répondit sa voix en provenance de la salle de bains.

Un silence tellement long s'ensuivit qu'il s'assit sur le lit, pour le coup bien réveillé.

— Tout va bien, Olivia ? Qu'est-ce que tu fabriques ?

— J'essaie de me rendre présentable avant de rentrer à l'hôtel. Je n'ai pas envie de passer pour une gourgandine aux yeux de la réceptionniste.

— Mais le jour n'est même pas levé ! Finis la nuit ici, répondit-il en sortant carrément du lit. Nous n'avons pas l'habitude de nous contenter de si peu, non ?

— Cela suffit, Zac, dit-elle d'un ton sec en sortant de la salle de bains. Arrêtons-nous avant d'aller trop loin.

— Mais enfin, pourquoi ? Nous sommes adultes, bon sang, pas des gamins qui ont peur de se faire attraper par papa maman s'ils rentrent à l'aube !

— Je suis désolée, Zac, dit-elle, des larmes perlant à ses yeux. Je n'aurais pas dû céder à mon élan.

— Nous avons été deux à le faire, dit-il en se passant nerveusement la main dans les cheveux.

Il avait cru apaiser l'envie qu'il avait d'elle, et voilà que, au contraire, la démangeaison qu'il croyait disparue devenait une plaie béante.

— C'est bien parce que ni toi ni moi ne savons nous

maîtriser que je ne peux pas aller aux îles Fidji avec toi, dit-elle d'un ton ferme.

Pourtant, son menton tremblait.

— Dois-je comprendre que tu renonces à ce séjour ?

Anxieux, il guettait sa réponse. Mais, sans rien dire, elle traversa la chambre jusqu'à la porte. Au moment de la franchir, elle sembla hésiter et se retourna.

— Oui, Zac. Partir en vacances ensemble ne ferait que brouiller les cartes. Je ne veux pas d'une nouvelle liaison avec toi. Si ce n'était qu'une aventure, cela me ferait souffrir, et pourtant je ne peux pas donner davantage.

Quelle force de caractère !

Debout, nu au milieu de la chambre, il se sentait ridicule mais il était incapable de bouger, comme s'il avait pris racine dans le sol.

La porte d'entrée s'ouvrit et se referma.

Cette nuit, il avait cru que ses rêves se réalisaient. Il s'était senti proche d'Olivia comme il ne l'avait jamais été d'aucun être humain. Certes, ils s'étaient jetés l'un sur l'autre et avaient fait sauvagement l'amour, sans préliminaires, comme ils l'avaient toujours fait. Pourtant, pour la première fois, il avait senti un courant plus profond passer entre eux.

Cette nuit, c'était littéralement à la femme de ses rêves qu'il avait fait l'amour...

La vibration du téléphone sur la table de nuit le fit sursauter. Retrouvant sa vivacité, il bondit vers l'appareil.

Olivia, peut-être...

— Allô ? dit-il, plein d'espoir.

— Ici le service des urgences du North Shore Unit, docteur Wright, fit une voix inconnue. Il y a eu un accident.

— Je vous écoute, répondit-il, déçu mais attentif.

— Un car qui ramenait des rameurs à Whangarei a fait une embardée et est sorti de la route. Il y a de nombreux blessés, et nous essayons de trouver des chirurgiens orthopédistes immédiatement disponibles. Pouvez-vous venir ?

— J'arrive...

Il tombait de fatigue. Heureusement, une sirène aux yeux

pervenche occupait sans relâche son esprit. Cela l'aiderait à tenir le coup et l'empêcherait de sombrer dans le sommeil…

« Kelly Devlin, dix-neuf ans, rameuse, fracture du tibia », lut Zac dans le registre des urgences.

Pleinement concentré malgré l'ambiance fiévreuse qui régnait dans le service, il étudia la radiographie sur la boîte lumineuse. La pose d'une plaque métallique s'avérait inévitable. Hochant la tête, il se rendit auprès de la jeune patiente qui l'attendait.

— Je suis championne d'aviron au niveau national, docteur, s'écria Kelly en le fixant d'un air suppliant. Je ne peux pas avoir une jambe cassée !

La détresse de la malheureuse lui allait droit au cœur. Mais il ne pouvait lui cacher la vérité.

— C'est pourtant le cas, Kelly, je suis désolé…

— Alors, c'est la fin de ma carrière ?

— Laissez-moi d'abord vous expliquer comment je peux vous aider, répondit-il en s'asseyant au bord du lit. Votre tibia gauche est fracturé en deux endroits. Pour permettre à l'os de tenir, je vais le consolider en posant une plaque de titanium.

— Pourrai-je à nouveau faire de la compétition ?

— Pourquoi pas… Mais cela vous demandera beaucoup d'efforts.

Voyant le désespoir pointer dans les yeux de la jeune fille, il ajouta :

— Vous êtes une championne de haut niveau, Kelly, vous savez qu'il faut se surpasser pour atteindre son but. Ce ne sera pas facile, vos muscles vont s'affaiblir, et votre os aura besoin de temps pour se ressouder mais, avec de la volonté, vous pourrez sans doute y arriver…

Décourager Kelly aurait été déplorable, mais pas autant que lui mentir, aussi poursuivit-il :

— Il est impossible de dire combien de temps cela prendra. En attendant, il faudra trouver le moyen de compenser la déficience de votre tibia.

Des larmes roulèrent sur les joues de la jeune championne.

— Merci de votre franchise, docteur, mais c'est dur à entendre. Je suppose que je vais souffrir un bon moment ?

Hélas oui, elle allait souffrir. Quand les os étaient atteints, c'était toujours douloureux. Mais il fallait l'encourager.

— Vous prendrez des analgésiques, et un kiné vous aidera.

— Quand allez-vous m'opérer ?

— Maintenant, dit-il en se levant. Une infirmière va venir vous préparer, je vous reverrai au bloc. Votre famille a-t-elle été prévenue ?

— Oui. Papa et maman vont arriver de Whangarei.

Elle bougea sur son lit et des larmes de douleur perlèrent à ses yeux.

— Essayez de bouger le moins possible. On va vous administrer un pré-anesthésique qui va vous engourdir et atténuer la douleur.

Cette jeune sportive était confrontée à une dure épreuve… Avant de quitter la chambre, il lui pressa l'épaule en signe d'encouragement, et, dès qu'il fut dans le couloir, il se massa la nuque en soupirant.

Quelle nuit !

— Bonjour tout le monde, désolée d'arriver si tard. J'ai oublié de mettre mon réveil…

Confuse, Olivia se glissa sur la chaise libre à la table de la salle du petit déjeuner, au rez-de-chaussée du palace. Andy et sa famille, ainsi que Maxine et Brent Sutherland, un couple de médecins amis intimes d'Andy, et Zac étaient déjà réunis autour d'un brunch plus que copieux.

— Tu t'es couchée tard ? demanda Zac, l'air innocent.

— Quelque chose comme ça, répondit-elle en lui jetant un regard noir.

— Moi, j'ai opéré, dit-il.

— Déjà ? demanda-t-elle, surprise. Tu étais de garde ?

— Non, mais un car s'est renversé près de Waivera.

L'hôpital a rameuté en urgence tous les chirurgiens orthopédiques disponibles.

— Bizarre qu'un car ait circulé par là en pleine nuit, dit-elle, suspicieuse.

— Il ramenait une équipe de rameurs chez eux après un championnat d'aviron.

Que croire ? Elle scrutait Zac quand une serveuse s'approcha d'elle, le menu du brunch à la main.

— Thé ou café, madame ? lui demanda-t-elle.

— Une grande théière, s'il vous plaît, avec des pancakes au bacon et à la banane et des litres de sirop d'érable !

— Tiens, tiens, tu as besoin de reprendre des forces ? demanda Zac avec un petit sourire entendu qu'elle trouva particulièrement agaçant. Moi qui pensais que tu étais du genre un demi-pamplemousse et un bol de müesli…

C'était en effet son habitude. Mais ce matin elle avait une faim de loup. Son appétit de bonnes choses était aussi fort que celui qu'elle avait eu de Zac au cours de la nuit.

— Vous vous êtes bien amusés hier soir ? demanda-t-elle pour détourner la conversation, en faisant le tour de la tablée du regard.

— Les Eziboys étaient fantastiques, dit Maxine avec un sourire radieux, j'aurais pu danser jusqu'à l'aube !

— Et le dîner était succulent, dit Bent, son mari.

— Et vous, les enfants, vous avez aimé la soirée ? demanda-t-elle en s'adressant aux trois fils d'Andy.

— Oh oui, fit l'aîné, mais maman nous a envoyés nous coucher beaucoup trop tôt. J'aurais adoré danser…

— Votre mère est d'une férocité incroyable, mes pauvres enfants, déclara Andy.

Il restait fidèle à son sens de l'humour, mais son sourire las disait clairement que, la fête finie, il lui restait peu d'énergie.

— La férocité est en effet un attribut maternel de base, dit Zac.

Au grand étonnement d'Olivia, personne à part elle ne semblait frappé par cette réflexion désabusée.

— C'est magnifique de la part de Paul de vous offrir ce

séjour aux îles Fidji ! reprit Maxine. Vous devez être fous de joie.

Olivia sursauta.

— Je n'ai pas l'intention d'y aller, dit-elle sèchement, mais la conversation était tellement animée autour de la table que personne, Zac excepté, ne sembla l'avoir entendue.

Malgré elle, l'image d'une plage de sable blond, d'une mer d'un bleu étincelant et de palmiers ondulant sous la brise s'imposa à son esprit. Et si Zac y allait quand même, mais avec une autre ? Une onde de jalousie la parcourut… Zac était à elle, à elle seule !

Elle devait se ressaisir, mettre fin à cette valse hésitation. Décidément, elle ne savait pas ce qu'elle voulait avec Zac…

Oh si, elle savait ce qu'elle voulait !

Elle voulait Zac dans sa vie…

Mais combien de temps cela durerait-il ? Supporterait-il de la voir se consacrer à sa mère quand celle-ci était en crise ? Accepterait-il qu'elle vive pratiquement à l'hôpital quand les patients avaient besoin d'elle ? Lui reprocherait-il de le négliger et, pire que tout, en profiterait-il pour prendre un beau jour ses cliques et ses claques, franchir la porte et ne jamais revenir ?

Son thé arriva, offrant une diversion bienvenue. Mais Zac se pencha pour n'être entendu que d'elle.

— C'est à cause de ce qui s'est passé chez moi cette nuit que tu refuses l'offre de Paul ? demanda-t-il, presque à son oreille.

— Nous ne pourrons jamais partager cette hutte sans avoir envie de nous toucher, répondit-elle dans un souffle.

— Tu es bien consciente que ce sont des vacances de rêve qui s'offrent à nous ? Quand Paul l'a souligné, je me suis rendu compte à quel point j'avais besoin de repos.

— Alors, vas-y, toi.

— Seul, ce ne serait pas amusant, dit-il avec une moue.

Sans répondre, elle attaqua le petit déjeuner délicieux qu'on venait de lui servir. Mais, dans un coin de sa tête, flottait avec insistance l'image de la mer et des cocotiers, Zac campé au milieu…

Il ne faudrait pas qu'elle flanche !

Au moment où tous se séparaient, son téléphone vibra dans sa poche.

— Olivia ? Ici Hugo, dit un de ses collègues de l'hôpital. Désolé de te déranger pendant le week-end alors que je m'étais engagé à te remplacer, mais je me fais du souci au sujet de ta patiente, Anna Seddon.

Hugo n'était pas du genre à s'affoler facilement, le problème devait être sérieux.

— Que se passe-t-il ? demanda-t-elle.

— Médicalement, tout va bien. Mais Anna est en pleine déprime. A présent, elle a des doutes sur le bien-fondé de l'opération. J'ai essayé de lui parler. Mais que veux-tu, je ne suis qu'un mec. Je n'ai aucune idée de ce que ressent une femme qui s'est fait enlever les seins.

— J'ai effectué des mastectomies sur de nombreuses patientes. Anna est la dernière dont j'attendais qu'elle craque. Son mari est-il auprès d'elle ?

— Oui. Mais le malheureux semble dépassé par les événements. Elle est très agressive avec lui, elle le chasse de sa chambre, lui intime de la laisser seule. Lui non plus ne sait pas quoi faire pour l'aider.

— J'arrive tout de suite, Hugo, tu as bien fait de m'appeler.

Rangeant le portable dans son sac, elle se tourna vers le petit groupe.

— Ne m'en veuillez pas, mes amis, je dois vous quitter.

— J'ai hâte d'entendre le récit de ton séjour aux îles Fidji, dit Maxine en l'embrassant chaleureusement.

— Il n'y aura ni récit ni séjour, je n'y vais pas !

— Tu as tort ! s'écria Maxine, l'air sidéré. Cela te ferait le plus grand bien.

De nouveau, le doute l'envahit… Incapable de résister, elle chercha Zac du regard. Comme s'il l'avait senti, il se tourna vers elle et lui adressa un clin d'œil. Pour une fois, ce n'était pas une œillade empreinte de sous-entendus sensuels ou de complicité érotique. Non. C'était… comment dire… un signe plein de gentillesse et d'affection… de tendresse, peut-être ?…

Se tournant vers Maxine, elle l'embrassa une dernière fois.

— Il faut vraiment que je me sauve, une patiente m'attend.

Tandis qu'elle courait vers les ascenseurs, un pas retentit derrière elle.

— Tu es pressée ? Une urgence ? demanda Zac en la rejoignant.

— Oui. J'ai effectué hier matin une double mastectomie avec pose d'implants, et apparemment la patiente craque.

— C'est une sacrée épreuve pour une femme !

— Oui, mais cette patiente a été d'un tel courage depuis le début que je ne m'y attendais pas.

— Tu veux que je sorte ta voiture du parking pendant que tu prends tes affaires dans ta chambre ? demanda-t-il en pressant le bouton pour appeler l'ascenseur.

— Oh ! mon Dieu, j'avais oublié ! dit-elle en se frappant le front. Ma voiture est sur le parking de l'hôpital avec la batterie à plat. Il faut que j'appelle un taxi.

— Inutile. Je t'accompagne.

Ah non… Pas question qu'elle s'asseye à côté de lui dans sa voiture, pour respirer son odeur, sentir sa chaleur… regretter de ne pas partir aux îles Fidji avec lui.

— Un taxi fera l'affaire, répondit-elle, mais elle parlait aux portes de l'ascenseur qui se fermaient sous son nez tandis que Zac avait déjà traversé la moitié du hall.

S'adossant à la paroi de la cabine, elle ne put s'empêcher de sourire.

Elle allait devoir trouver d'autres mots pour définir l'attitude de Zac. Impatient, fougueux, moqueur, c'est ainsi qu'elle avait l'habitude de le qualifier. Et voilà qu'il se révélait prévenant, attentif, gentil… et même doux, ce qui semblait à première vue à l'opposé de son caractère !

Ce Zac-là l'intéressait…

7.

— Je suis désolée…

En reniflant, Anna Seddon attrapa une poignée de Kleenex.

— J'ai gâché votre week-end de congé. Hugo n'aurait pas dû vous appeler.

Assise sur le bord du lit, Olivia secoua la tête.

— J'aurais été contrariée qu'il ne le fasse pas, Anna. Dites-moi plutôt ce qui ne va pas.

— Ce matin, je n'ai pas pu m'empêcher de regarder sous ma chemise. C'est horrible à voir…

Consciente qu'il fallait la laisser parler, Olivia attendit qu'elle eût séché ses larmes.

— Rien ne semble normal, dit Anna d'une voix tremblante. Ma poitrine est de travers, les cicatrices sont écarlates et boursouflées. Oh ! je n'aurais jamais dû faire ça ! J'aurais dû courir le risque d'avoir un cancer, j'avais autant de chances d'y échapper que d'en développer un…

De nouveau, les larmes ruisselèrent sur ses joues. Quand elles se furent un peu taries, Olivia lui prit la main.

— Vous êtes sous le choc de la découverte de votre nouveau corps. Aucune explication au monde n'aurait pu vous y préparer.

C'était la raison pour laquelle elle conseillait à ses patientes d'attendre qu'elle soit là pour regarder le résultat…

— Rappelez-vous, Anna, je vous ai dit que vos implants vous sembleraient étranges au début. C'est normal, ce ne sont pas vos véritables seins, nous devons maintenant leur donner leur forme et leur taille. Mais, auparavant, votre peau doit se détendre et s'habituer à leur présence.

— Je sais, mais quand j'ai vu ma poitrine, j'ai paniqué. Oh mon Dieu, vous devez me prendre pour une folle…

— Pas du tout, Anna. Au contraire, vous avez devancé le risque de cancer avec beaucoup de sagesse et de sang-froid.

— Je croyais que la pensée d'avoir fait cela pour mes enfants et pour Duncan me rendrait plus forte, mais je me trompais, s'écria Anna, saisie d'une nouvelle crise de larmes.

— Vous êtes une femme, Anna ! Pour chacune de nous, notre poitrine fait partie de notre identité.

S'interrompant, elle adressa un sourire d'encouragement à Anna.

— Vous avez fait quelque chose de très courageux, Anna, et n'allez pas croire que votre féminité y perdra. Vous êtes ravissante, vous avez un cœur d'or et une famille qui vous adore, avec une mention spéciale pour votre mari.

Derrière les larmes, le visage d'Anna s'éclaira enfin.

— Duncan est extraordinaire, n'est-ce pas ? dit-elle avec fierté.

— Un véritable héros ! s'exclama Olivia.

Qu'est-ce qui lui prenait… Comme si elle croyait aux héros… A moins que son inconscient n'en espère un… un héros… pour elle toute seule…

— Ah, vous trouvez, vous aussi ? dit Anna avec un timide sourire.

— Absolument, répondit Olivia en se levant. D'ailleurs, votre héros se languit dans la salle d'attente. Je vais lui dire que vous êtes impatiente de le recevoir !

— Mais que va-t-il dire quand il verra mes faux seins ?

— Je vous parie tout ce que vous voudrez qu'il vous dira simplement : « Je t'aime »…

Et à elle, qui les lui dirait jamais, ces précieux petits mots ? Rencontrerait-elle un jour, comme Anna, un amour durable et inconditionnel ?

En soupirant, elle gagna la salle d'attente.

A sa grande surprise, Zac y discutait rugby avec le mari

d'Anna Seddon comme si c'était son plus vieil ami. Etonnant !
Zac le tombeur, toujours moqueur, se mettant en frais pour
distraire un parfait inconnu parce que celui-ci se sentait perdu
face au drame que vivait sa femme... Avait-elle par hasard
devant les yeux le héros qu'elle attendait ?

Elle devait se sortir ces sottises de ta tête. Où allait-elle
chercher des idées pareilles...

Zac, un héros ?

Qu'avait-il fait pour mériter ce titre ?

Quand elle l'avait quitté, il lui avait envoyé un magnifique
bouquet de fleurs... Ce matin, il l'avait accompagnée à l'hôpital
et pris les clés de sa voiture pour s'occuper de la batterie à
plat... La veille, il l'avait aidée quand l'organisation de la
soirée tournait au fiasco...

Cela suffisait-il à faire de lui un héros ?

Les héros terrassent des dragons et chassent les démons,
non ? Certes, elle avait ses démons, mais elle les gardait bien
enfouis au fond d'elle-même. Comment aurait-il pu l'aider à
les chasser puisqu'il ne savait rien d'elle ?

— Es-tu dans les nuages, CC ? demanda-t-il en souriant.

— Pas du tout, se défendit-elle.

Duncan, qui la regardait d'un air anxieux, demanda :

— Comment va Anna ?

— Elle est très impatiente de voir son mari ! Mais elle
redoute votre réaction, Duncan. Votre attitude sera décisive.
Elle a peur que vous ne supportiez pas son nouvel aspect.

— Je me moque bien qu'elle ait un nouvel aspect, répondit-il
en s'essuyant furtivement le coin de l'œil. J'aime ma femme !
Elle a un courage extraordinaire.

— Elle a aussi beaucoup de chance d'avoir un mari comme
vous, répondit Olivia, refoulant la boule qui lui nouait la
gorge. Allez vite la voir !

— Elle ne va pas me jeter sa bouteille d'eau à la figure ou
m'envoyer au diable ? demanda-t-il craintivement.

— Je ne crois pas, sauf si vous tardez encore ! Allez,
Duncan, sauvez-vous vite ! fit-elle en riant.

Dès qu'il fut parti, la fatigue l'emporta. Les paupières lourdes, elle se laissa tomber dans un fauteuil, oubliant Zac.

— Viens, dit-il, un café te fera du bien.

— Le jus de chaussettes de l'hôpital après le brunch somptueux de ce matin ? Pouah ! Quelle déchéance !

— Que veux-tu, c'est le retour aux dures réalités de l'existence, dit-il en riant, l'obligeant d'un bras ferme à s'extirper du fauteuil.

Incapable de résister, elle se laissa entraîner jusqu'à la cafétéria où, d'autorité, il plaça deux cafés longs sur un plateau et se dirigea vers la table la plus isolée.

— J'ai parlé au responsable du planning de l'hôpital, dit-il en s'asseyant face à elle. Aucun problème pour les rotations durant notre séjour aux îles Fidji. Quant à ma clientèle privée, Paul assurera l'intérim

Agacée, elle soupira.

— Je t'ai déjà dit que je refusais ce séjour. Pour moi, c'est non, non et non, martela-t-elle.

Se penchant par-dessus de la table, il la fixa de ses yeux plus noirs que le café qui fumait dans leurs tasses.

— Est-ce à moi que tu dis non, Olivia ? Ou bien à toi-même ?

— Nous finirions par nous haïr, dans cette fichue hutte ! répondit-elle, bottant en touche.

— Comment savoir si nous n'essayons pas ? répondit-il, une lueur d'amusement dans son regard sombre,

Etait-ce au sexe qu'il pensait ? Avait-il envisagé ce séjour dans une île paradisiaque comme une formidable partie de jambes en l'air ? Elle lui jeta un regard perplexe, mais, se renversant contre le dossier de sa chaise, il changea soudain d'expression.

— Au cours des dernières vingt-quatre heures, Olivia, dit-il d'un ton grave, j'en ai appris davantage sur toi que pendant les longs mois de notre liaison.

— Il n'y a rien à découvrir sur moi, répondit-elle, sur la défensive.

— Tu te sous-estimes, Olivia.

Quelle mouche l'avait piquée d'accepter ce café, qui de

surcroît était infect ? Furieuse contre elle-même, elle repoussa sa chaise et se leva.

— Et pour les Fidji, n'imagine pas que je me laisserai influencer. Je n'irai pas…

Et pourtant, s'il avait su comme elle en avait envie …

— Réfléchis bien, Olivia, s'écria Zac en la rattrapant par la manche. Là-bas, nous n'aurons pas besoin d'être en permanence aux basques l'un de l'autre. Mais ce serait merveilleux de simplement bronzer ensemble au soleil ou de partager de temps en temps un dîner sous les étoiles.

Bien sûr ! Mais s'ils s'adonnaient au bain de soleil sur la plage, elle en bikini, lui en short de bain minimaliste, comment cela finirait-il, sinon par du sexe ? Et, hélas, cette perspective ne manquait pas d'attrait…

Le portable de Zac sonna, lui évitant de répondre.

— Le mécanicien que j'ai appelé pour réparer ta batterie arrive dans vingt minutes, dit-il après avoir lu le message.

— Parfait. Merci de t'en être occupé, murmura-t-elle.

En proie à un malaise grandissant, elle se sentait indécise. Partir avec lui sur cette île de rêve était tentant. Mais résister était impératif. Elle devait se protéger, comme elle l'avait toujours fait. Ce n'est certes pas sa mère, égoïste et capricieuse, qui s'en était chargée !

Mais alors, était-elle semblable à cette dernière, qui se coupait des autres pour ne penser qu'à elle ? Frissonnant d'effroi, elle sentit sa plus terrible crainte renaître : lui ressembler un jour.

Papa a quitté maman parce qu'elle avait détruit l'amour qu'il avait pour elle… Je ne veux pas courir le risque de tomber amoureuse d'un homme, d'être incapable de conserver son amour et d'être abandonnée…

Perdue dans ses pensées, elle ne s'était pas rendu compte que la main ferme de Zac la guidait vers l'ascenseur qui descendait au parking, au rez-de-chaussée de l'hôpital.

Décidément, depuis la veille, il ne cessait de l'entraîner dans des ascenseurs qui montaient, descendaient, les obligeant à d'éprouvants tête-à-tête ! Etait-ce le symbole de leur relation, pleine de hauts et de bas, de oui et de non ? Tous ces ascenseurs ne devaient pas lui réussir, car à peine la porte de la cabine fut-elle refermée sur eux qu'elle se surprit à penser :

Cinq jours au soleil... pourquoi pas, finalement...

Coup de chance, elle n'avait pas pensé à haute voix !

Au moment où Zac et Olivia sortaient de l'ascenseur, un violent crissement de pneus déchira le parking, accompagné de l'odeur de brûlé caractéristique de pneus surchauffés.

— Attention ! dit Zac, tandis qu'une voiture passait à grande vitesse devant eux, les frôlant.

Poursuivant son bruyant rodéo à l'intérieur du parking, le véhicule fit une brutale embardée, échappant visiblement au contrôle du conducteur, qui redressa in extremis sa trajectoire au moment où il allait percuter les voitures parquées dans les box.

— Le conducteur a l'air d'un gosse, dit Zac. Comment a-t-il pu entrer ?

C'était étrange, car le parking du rez-de-chaussée comme celui à l'extérieur étaient réservés au personnel de l'hôpital, et accessibles uniquement avec une carte magnétique personnalisée.

De nouveau, la voiture les frôla à une vitesse folle et, sortant en zigzaguant, gagna le parking extérieur. Le bruit d'un choc mou puis d'un fracas métallique retentit aussitôt, suivi d'un silence de mauvais augure.

— Il a heurté quelqu'un et percuté une voiture ! cria Olivia en s'élançant dans la direction de la collision.

Sans perdre une minute, Zac la rattrapa.

Un gamin, qui ne paraissait pas âgé de plus de quinze ans, s'extirpa en titubant du siège du conducteur.

— D'où est-elle sortie ? Je ne l'ai pas vue venir, fit-il en se prenant la tête à deux mains.

Une jeune femme en blouse bleue d'infirmière gisait sur le sol de béton, inanimée, une flaque de sang autour de la tête.

— Crénom, tu vois ce que tu as fait ? hurla Zac au gamin.

— Calme-toi, dit Olivia d'un ton ferme. Nous devons nous occuper de cette femme.

— Tu as raison, répondit-il entre ses dents en s'agenouillant auprès de la malheureuse. Et toi, le gosse, ajouta-t-il à l'adresse du gamin qui le regardait d'un air hébété, au lieu de rester planté là, appelle de l'aide avec le téléphone du parking.

Laissant détaler le gosse, il prit le pouls de la blessée, tandis qu'Olivia, avec précaution, essayait d'évaluer la blessure crânienne.

— Vous m'entendez, Amelia ? demanda-t-elle.

Un vague grognement fut la seule réponse de l'accidentée.

— Vous avez eu un accident, Amelia, reprit Olivia. Mais deux médecins s'occupent de vous.

— Tu la connais ? demanda Zac.

— Non, mais je sais lire, répondit-elle en indiquant le badge accroché à la blouse de la jeune femme.

Qu'importait. Il devait se concentrer sur l'examen de la jambe qui présentait une distorsion inquiétante, et sur la recherche de symptômes pouvant indiquer une hémorragie interne.

— A première vue, pas de vaisseau sanguin éclaté, dit-il, rassuré. Par contre, un fémur fracturé et un genou mal en point. La rotule semble broyée.

A nouveau, la blessée émit un grognement et souleva légèrement un bras.

— Ne bougez pas, Amelia, dit-il en immobilisant le bras de la blessée, qui entrouvrit brièvement un œil.

— Au moins, elle est réactive, dit Olivia en continuant ses investigations. Je constate un léger traumatisme crânien, dû au choc contre le béton de la chaussée. Quant à l'oreille droite, elle est déchiquetée.

— Apparemment, rien à la cage thoracique, dit Zac qui faisait courir avec précaution ses doigts sur les côtes d'Amelia. La voiture a heurté la partie inférieure du corps…

Une exclamation retentit au-dessus de leurs têtes. Un homme contemplait la scène avec effarement.

— Diantre, que s'est-il passé ?

— Cette jeune femme a été heurtée par une voiture hors de contrôle, répondit Zac d'une voix brève.

— Je travaille à l'administration de l'hôpital, dit le nouveau venu, puis-je vous aider ?

— Vous tombez à pic. Faites-nous apporter le matériel de première urgence et un brancard. J'ai envoyé le conducteur appeler les secours, mais vous serez plus efficace.

Le gamin inconscient avait sans doute filé, prenant ses jambes à son cou par crainte des représailles…

Zac bouillait d'indignation. Bon sang, qu'est-ce que ce gosse avait dans la tête pour faire un pareil rodéo ? Un môme, même pas en âge d'avoir le permis !

Comment osait-il se poser des questions pareilles ? Il avait dix-huit ans quand il avait commis l'irréparable…

— C'est la voiture qui a perdu le contrôle ?

De nouveau, leur auxiliaire imprévu poussait une exclamation stupéfaite.

— Bon sang, mais c'est la voiture de Maxine Sutherland ! fit-il avant de partir au pas de course chercher les secours demandés.

— Maxine a dû oublier de verrouiller la portière de sa voiture, dit Zac en hochant la tête, et un petit voyou en aura profité…

Il s'interrompit, parcouru par une véritable onde de choc.

Et si le conducteur était le fils de Maxine et de Brent…

Quelle horreur pour les parents !

N'était-ce pas ce que lui-même avait infligé aux siens ?

En un éclair, leur rejet, sa culpabilité, tout lui sauta au visage, le laissant plus étourdi que s'il revivait le drame qui avait bouleversé sa vie.

— Zac ? Ça va, Zac ?

De la main, Olivia lui touchait la joue, l'air inquiet.

— Oui, oui, ça va…

Non, ça n'allait pas…

— Penses-tu que ce gosse puisse être le fils de Maxine et Brent ? demanda-t-il comme malgré lui.

— Oh non ! s'écria-t-elle d'un air horrifié. Quel drame pour Maxine et Brent si c'était le cas… Pourtant, c'est possible, puisqu'on ne peut accéder au parking qu'avec une carte magnétique personnalisée…

Le bruit d'un chariot résonna sur le bitume. Des infirmiers urgentistes se frayaient à toute allure un passage entre les voitures avec le matériel nécessaire. Etait-ce le gosse qui les avait appelés ? Ou bien avait-il fallu l'intervention du membre de l'administration ? Zac sentit sa colère contre le gamin inconscient renaître avec une force qui le submergeait.

— Ce gosse a gâché la vie de cette malheureuse, dit-il, bouillant de rage et d'indignation. Et sa propre vie avec ! D'ailleurs, où est-il passé ?

— Cela ne sert à rien de t'énerver, Zac. Occupons-nous de la blessée et laissons le reste à d'autres.

Pensait-elle vraiment pouvoir le calmer ainsi ? Heureusement, il avait une excuse pour s'éloigner, maintenant que la blessée était prise en charge.

— Je vais à l'entrée du parking faire entrer le type qui vient recharger ta batterie, dit-il.

Il était urgent qu'il mette de la distance entre lui et ce qui venait de se passer, ou il allait s'énerver davantage.

Fuyant le regard de réprobation d'Olivia, il s'éloigna à grandes enjambées. Oui, il avait ses secrets, comme il la soupçonnait d'avoir les siens. Des secrets qu'ils n'avaient jamais su partager et qui expliquaient peut-être bien des choses.

Par exemple, leur difficulté à construire une véritable relation entre eux.

Une évidence le frappa soudain…

Ils devaient accepter le séjour aux îles Fidji !

Passer du temps ensemble, apprendre à se connaître, voilà qui était urgent !

Même si cela menaçait de ne pas être simple.

8.

Olivia versa l'eau bouillante sur les feuilles de thé.

De l'earl grey blue star, son préféré, un thé raffiné qui la réconforterait peut-être.

Etait-il possible d'être aussi fatiguée ? Une longue douche brûlante n'avait pas suffi à lui rendre son légendaire tonus et, à 19 heures, un samedi, elle ne rêvait que d'une chose : s'enfouir sous la couette et dormir. Une loque humaine, voilà ce qu'elle était devenue ! En outre, son estomac criait famine.

Depuis le brunch du matin, elle n'avait rien avalé. Le terrible accident sur le parking de l'hôpital et l'enquête de la police qui avait suivi avaient pris une bonne partie de la journée. Heureusement, dans une heure, la pizza qu'elle avait commandée serait livrée. En savourant son thé à petites gorgées, elle s'en pourléchait d'avance les babines.

Le salon de sa nouvelle maison était vraiment confortable. C'était un délice de se laisser aller, affublée d'un vieux pyjama et d'un sweat-shirt informe, devant la cheminée où un bon feu crépitait gaiement. Si quiconque la surprenait dans une tenue aussi peu seyante, elle en mourrait de honte, mais, heureusement, seul le livreur de pizza serait gratifié de ce spectacle consternant.

Elle soupira. Cela aurait été le moment ou jamais de prendre enfin des vacances reposantes.

Elle se traita de tous les noms. On lui en offrait précisément de somptueuses…

Olivia soupira. Avait-elle eu tort d'opposer un refus catégorique à cette offre inespérée ?

Elle ne devait plus y penser, c'était dangereux…

Attrapant la télécommande, elle zappa entre plusieurs programmes mais rien ne retint son attention, pas même le beau gosse qui expliquait avec moult contorsions avantageuses la façon de manier un club de golf. Le sport demandait des efforts, et le seul effort qu'elle se sentait capable de fournir était d'aller s'allonger sur une plage ensoleillée.

Aux îles Fidji, par exemple…

Avec Zac, éventuellement…

Dire qu'il lui aurait suffi pour cela de tendre la main pour saisir le billet qu'on lui offrait et de boucler son sac !

La sonnette de l'entrée résonna dans le calme de la maison. La pizza était en avance ! Parfait ! Impatiente d'accueillir son dîner, elle s'extirpa du canapé pour aller ouvrir en grand au livreur.

— Bonsoir, Olivia. Je ne te dérange pas ?

Ciel ! Ce n'était pas le livreur de pizza !

— Zac…, dit-elle en plein désarroi.

Le pire était-il son estomac qui gargouillait trop fort, son cœur qui battait trop vite, ou la honte d'être aussi mal fagotée ?

— Cela veut-il dire : « Bienvenue Zac ! », ou : « Va au diable Zac ! » ? demanda-t-il, l'air perplexe.

— A toi de choisir, répondit-elle, trop troublée pour réfléchir.

Proposition imprudente, car il entra aussitôt.

— Par ici, dit-elle, de plus en plus désemparée, en le guidant au salon.

Il n'avait pas l'air dans son assiette. Se laissant tomber sur le canapé, il fixa le feu d'un œil vague, puis, avisant le thé posé sur la table basse, il demanda :

— Tu n'as rien de plus fort ? Du scotch, par exemple ?

Elle en avait. C'était le seul alcool qui se trouvait chez elle. Elle le réservait à son charmant voisin octogénaire qui passait parfois chez elle le soir, las d'une longue journée de solitude, et aimait bien boire un verre à l'occasion.

Ayant posé la bouteille de scotch, un verre et des glaçons sur la table basse qu'elle avait passé des heures à décaper, elle reprit sa tasse de thé et alla s'installer à l'autre bout du canapé. Les jambes repliées sous elle, elle observa son visiteur avec inquiétude.

Qu'arrivait-il à Zac ?…

Tout l'après-midi, son comportement avait été plus qu'étrange.

Il y avait eu son explosion de fureur à l'égard du gamin qui avait renversé Amelia, si peu en adéquation avec son sang-froid de médecin. Ensuite, quand ils avaient pensé que ce gosse pouvait être le fils de leurs amis, il était devenu pâle comme la mort et avait filé sous le premier prétexte. Puis elle l'avait aperçu, les mains sur les hanches, le regard perdu vers les nuages gonflés de pluie, indifférent à tout ce qui se passait autour de lui.

C'était seulement quand ils avaient témoigné devant la police qu'il avait semblé reprendre ses esprits, mais il s'était ensuite esquivé comme s'il la fuyait. Et à présent il était là, effondré sur son canapé, l'air d'un enfant perdu qui a besoin d'un gros câlin.

Le réconforter, d'accord… mais un câlin, pas question…

Perplexe, elle le regarda saisir la bouteille, se servir une bonne rasade de scotch, puis se laisser aller en arrière sur les coussins du canapé, les yeux clos.

Après tout, un câlin, si c'était pour la bonne cause…

Se penchant vers lui, elle l'entoura de ses bras. Pour toute réaction, il se blottit étroitement contre elle, la tête sur sa poitrine. Autant chercher tout de suite à savoir ce qui le mettait dans cet état…

— La pauvre Amelia va être dans le pétrin pour un bon bout de temps, dit-elle pour amorcer la conversation.

— Et le gosse y sera pour le reste de ses jours, dit-il en grommelant.

— Non ! Cela lui prendra du temps mais il s'en sortira. Et ses parents seront là pour l'aider et le conseiller.

Se dégageant brutalement de son étreinte, il se pencha en avant, les coudes sur les genoux, faisant tourner nerveusement son verre entre ses mains.

— Tu ne sais pas de quoi tu parles, dit-il d'un ton agressif. Moi, si.

— Alors parle-m'en, dit-elle doucement en venant s'asseoir tout contre lui.

— Je suis dans le même pétrin que ce gosse, répondit-il d'une voix sourde. Aujourd'hui, mon frère est en fauteuil roulant. Par ma faute.

— Oh ! Zac, murmura-t-elle, dévastée par la tristesse et le désespoir qu'elle voyait sur son visage. Je suis désolée…

Soudain, elle comprenait tout. Zac était un homme rongé par la culpabilité. Les événements de la journée avaient dû réveiller de terribles souvenirs en lui.

— Je t'en prie, CC, pas de platitudes, dit-il, l'air excédé. Je ne les supporte plus, j'en ai trop entendu.

Il s'abîma dans la contemplation de son verre où se reflétaient les flammes de la cheminée. Elle aurait tellement voulu l'aider ! Mais Zac était-il du genre à accepter qu'on l'aide ?

La sonnette de l'entrée retentit, faisant diversion. Enfin, la pizza arrivait ! Elle alla aussitôt la chercher, mais quand elle revint dans le salon, Zac était debout, prêt à partir.

— J'y vais, Olivia, je t'ai assez dérangée.

— Tu ne veux pas partager cette appétissante pizza avec moi ? Elle est énorme. Je n'en mange jamais que la moitié.

Ce soir, elle était assez affamée pour la dévorer sans en laisser une miette, mais il semblait tellement désemparé qu'elle était prête à tout pour le retenir, même à tomber d'inanition.

— Assieds-toi, dit-elle fermement, j'installe des serviettes et des couverts.

L'air soudain plus détendu, il se rassit sur le canapé.

— Boiras-tu quelque chose de plus costaud que du thé ? demanda-t-il. Je te trouve bien prudente avec la boisson. Tu as peur de te ridiculiser si tu es un peu paf ?

— Tu sais, répondit-elle avec un soupir en s'installant à côté de lui, j'ai grandi dans une ambiance difficile. J'ai dû apprendre très tôt à me méfier de beaucoup de choses. Mais je suis parfois excessive dans le self-control, je le reconnais.

— Pas quand il s'agit de sexe, en tout cas, dit-il en lui prenant la main et en la regardant au fond des yeux. Mais je ne m'en plains pas…

— Le sexe est peut-être mon seul exutoire, répondit-elle avec vivacité.

Inutile de révéler qu'elle n'avait pas connu la même frénésie avec les quelques autres hommes dont elle avait partagé le lit…

Pendant un moment, il resta étrangement silencieux, les yeux baissés. Elle commençait à s'en inquiéter quand il releva brusquement la tête.

— Olivia, acceptes-tu de venir aux îles Fidji avec moi si nous nous engageons à n'avoir aucune relation sexuelle pendant la durée du séjour ?

Quoi ?…

C'était le stratagème qu'il avait trouvé, sachant qu'elle ne voulait pas de ce voyage mais qu'elle ne savait pas se refuser un défi ?

Il était vraiment très fort…

Zac se mordit la lèvre. Il avait parlé sur un coup de tête ! L'envie de partir avec Olivia pour ces îles enchanteresses avait été la plus forte. Pourvu qu'elle dise oui, même au prix de ce marché stupide ! Comme dans un film au ralenti, elle resta un instant muette d'étonnement, puis prononça enfin les mots qu'il n'espérait plus :

— Oui, Zac, je viendrai avec toi aux îles Fidji, je suis désolée d'avoir joué les girouettes comme je l'ai fait…

— Vraiment ? s'écria-t-il, pris d'une excitation soudaine. Tu sais quoi, Olivia ? Ce sera grandiose ! Juste toi et moi, au soleil…

Elle lui adressa un sourire d'une telle douceur qu'il sentit s'effondrer les dernières défenses qui l'avaient empêché de se confier totalement à elle.

— Olivia, le jour de l'accident de Mark, c'était moi qui

conduisais la voiture de mon père. Il était tard. Nous avions passé la journée au rugby…

L'estomac noué à l'évocation du drame, il dut s'interrompre un instant.

— Mark était insupportable, à l'époque. Un adolescent en plein âge ingrat ! Il adorait me faire sortir de mes gonds et il s'y prenait avec une adresse diabolique. Sur le chemin du retour, j'ai perdu mon sang-froid et j'ai écrasé mon pied sur l'accélérateur. La voiture a fait une terrible embardée, défoncé le parapet du front de mer et chuté dans les vagues. Et Mark a eu la colonne vertébrale brisée…

Inquiet, il observa Olivia. Allait-elle le regarder avec horreur ? Le condamner impitoyablement ?

— Cela dû être terrible pour ta famille et surtout pour toi, lui dit-elle d'un ton qui dégageait au contraire une sincère compassion. Je devine que, depuis, tu te sens coupable ?

— Evidemment. C'était ma faute. Je me suis emporté.

— Et ton frère ? T'en veut-il encore ?

Incapable de parler, il ne put qu'acquiescer de la tête.

— Par contre, ce ne doit plus être le cas de tes parents.

Elle se faisait des idées ! Mieux valait la détromper.

— Mes parents m'ont confié très tôt la responsabilité de mon frère. Ils étaient tous les deux très occupés par leurs brillantes carrières dans les affaires. Enfants, on nous exhibait lors de réceptions ou sur des photos flatteuses, c'est tout. Ils ne voulaient pas de problèmes. Manque de chance, j'ai créé des problèmes, fit-il avec un ricanement de dérision. Alors, ils ne m'ont pas pardonné ! A leurs yeux, c'est moi qui étais responsable de Mark ce soir-là. Pas eux.

Cette fois, il avait tout dit à Olivia…

Maintenant, elle comprendrait pourquoi il n'était pas digne d'aimer une femme et pourquoi il voulait rester seul.

A l'exception toutefois d'un court séjour aux îles Fidji…

Olivia était sur le point d'éclater en sanglots. Comment des parents pouvaient-ils se conduire ainsi ? Cela lui rappelait douloureusement l'attitude de son propre père.

— Comment t'entends-tu avec ton frère ?

— Je le vois peu. Il est devenu architecte, un architecte de renom.

— Cela prouve qu'il a surmonté son handicap.

Mais lui, Zac, n'avait pas surmonté le handicap de la culpabilité… Si seulement elle avait pu l'aider…

— Mes parents m'ont pratiquement renié après l'accident, dit-il. A la maison, ils me traitaient en étranger. Alors, à la fin de l'année scolaire, je suis parti. J'ai pris un petit boulot dans un supermarché et je suis allé m'installer chez mon grand-père. Mon père m'a quand même fait parvenir de généreux subsides, mais je les lui ai renvoyés. J'ai tenu à payer moi-même mes études de médecine.

Il eut le petit rire amer qu'elle trouvait déchirant.

— Je ne suis jamais retourné à la maison.

Quelle tristesse sur son visage ! Elle seule avait le pouvoir de l'en libérer. Elle avait une recette infaillible pour cela… et ils n'étaient pas encore aux îles Fidji…

— Viens, dit-elle.

Leurs doigts s'enlacèrent, et il ne dit rien lorsqu'elle l'entraîna jusqu'à sa chambre, ni quand elle commença à lui déboutonner sa chemise.

Lentement, elle laissa courir ses mains sur son torse dénudé. Lorsqu'il se pencha vers elle, elle renversa la tête, heureuse de s'abandonner à son baiser. Un long et doux baiser à travers lequel ils semblaient chacun vouloir aller à la rencontre de l'autre. Rien à voir avec les baisers fiévreux qu'ils avaient l'habitude d'échanger en hâte avant de s'arracher leurs vêtements et de s'abandonner à l'urgence de leur désir…

— Olivia…, gémit Zac tout contre sa bouche.

Sans interrompre leur baiser, elle le débarrassa de sa chemise et chercha le zip de son jean, qu'elle fit lentement glisser. Quand il n'eut plus rien sur lui, il voulut à son tour lui enlever son sweat-shirt. Mais, avec un sourire, elle repoussa les mains qu'il posait sur elle et le conduisit jusqu'au lit, où elle le fit étendre.

Reculant d'un pas et sans le quitter des yeux, elle fit passer son sweat-shirt puis son top par-dessus sa tête. Glissant ses mains sous la taille de son informe pantalon de pyjama, elle le fit lentement — oh, très lentement ! — glisser le long de ses hanches… de ses cuisses… de ses genoux…

D'accord, elle n'était pas une strip-teaseuse chevronnée, et sa tenue d'intérieur n'avait rien de glamour ! Mais elle pouvait quand même essayer de se dévêtir avec art et de façon inventive ! La façon dont Zac, les mains derrière la nuque, suivait du regard le moindre de ses mouvements, lui sembla tellement encourageante qu'elle posa hardiment un pied sur le lit.

A présent, elle ne portait plus que ses légers sous-vêtements de dentelle, heureusement plus flatteurs ! Dégrafant son soutien-gorge, elle le fit tournoyer entre ses doigts puis le lança à travers la chambre.

Le regard de Zac devint fixe…

Enhardie, elle commença à abaisser son panty sur ses hanches, guettant Zac, dont la poitrine se soulevait de plus en plus vite… et dont le désir prenait une forme de plus en plus évidente…

N'y tenant plus, elle se débarrassa du panty et se jeta dans ses bras. Oh ! ces mains fermes et douces qui savaient si bien la caresser… Ces pouces habiles qui savaient comment taquiner la pointe de ses seins pour qu'ils durcissent et se dressent…

Une douce chaleur s'empara de son corps, irradiant tous ses membres d'un violent désir. Haletant d'impatience, elle se pressa contre Zac.

— Pas encore, murmura-t-il d'une voix très basse.

Bouleversée, elle comprit que, cette nuit, ils n'allaient pas seulement se repaître de sexe.

Pour la première fois, ils allaient faire l'amour.

Olivia n'avait jamais eu un réveil aussi agréable. Le bras de Zac reposait autour de sa taille. Elle sentait son corps contre le sien, son souffle tiède sur sa nuque.

— Bonjour, ma beauté, murmura-t-il à son oreille.

Quelle merveilleuse sensation, de se réveiller dans ses bras !

— C'est la première fois que je dors avec un homme, dit-elle avec un soupir de béatitude en enlaçant ses doigts aux siens.

— Ravi d'être l'heureux élu, répondit-il en lui déposant un baiser sur l'épaule. Pour moi aussi, c'est une première…

Elle sourit, avec l'impression que son corps entier souriait. Après l'amour, ils s'étaient endormis dans les bras l'un de l'autre avec autant de naturel que s'ils le faisaient chaque soir. Dire qu'elle avait toujours trouvé d'une sentimentalité ridicule de dormir dans les bras de son partenaire ! C'était la chose la plus douce du monde…

Mais une sourde inquiétude vint troubler son bien-être.

Si leur relation n'était plus seulement une joyeuse fête des sens, mais évoluait vers un lien plus stable, fondé sur la tendresse et la confiance, une rupture serait encore plus douloureuse. Et si c'était lui qui la quittait, elle n'y survivrait pas.

Soudain angoissée, elle tenta de se dégager de l'étreinte de Zac.

— Je vais prendre une douche.

— Reste blottie encore un peu, protesta-t-il d'une voix pleine de sommeil en la serrant plus étroitement contre lui.

Capitulant, elle ferma les yeux. Au diable les pensées négatives, se laisser aller à la douceur de l'instant était trop bon.

Quoi qu'il advienne par la suite, ce serait un merveilleux souvenir…

— Plus que deux semaines, et nous lézarderons à l'ombre des palmiers ! dit Olivia à Zac un soir, au téléphone, deux jours après avoir passé la nuit avec lui. Des vacances ! Quelle merveille !

Consciente d'être excitée comme une gamine, elle ne pouvait retenir son enthousiasme.

Le rire de Zac résonna au bout du fil.

— C'est la femme qui était assez folle pour refuser de partir qui me dit ça ! Je n'y crois pas ! répondit-il.

— J'ai retrouvé le sens commun, dit-elle, riant aussi. Et

j'ai vraiment besoin de vacances. Comment as-tu organisé les chirurgies prévues pendant ton absence ?

— Bien, grâce à Paul. Il se chargera des interventions pour ma clientèle privée. Les patients auxquels j'en ai parlé se sont montrés très compréhensifs.

— Les miens beaucoup moins ! Il y a eu des pleurs et des grincements de dents. Je vais devoir travailler quasiment jour et nuit d'ici notre départ.

— Du coup, tu dormiras pendant tout notre séjour pour récupérer. Charmant !

— Jamais de la vie ! Je veux profiter des Fidji !

En fait, elle serait sans doute incapable de trouver le sommeil, avec Zac dans la même pièce et de surcroît intouchable. Pourquoi lui avait-il lancé ce défi stupide de rester chastes et sages comme des images ? Pas de sexe du tout ? Plutôt tristounet, pour des vacances…

— Ce week-end, je m'achète une collection de bikinis, dit-elle.

— Je t'accompagne ? demanda-t-il d'un ton empressé.

— Certainement pas !

A la perspective des achats qu'elle allait faire, elle sentit son excitation redoubler.

— Voilà des années que je n'ai pas porté de bikinis ! Et que je ne suis pas partie en vacances !

— Il est temps que tu commences à vivre, CC. Toujours travailler et ne jamais se distraire est mauvais pour la santé.

— Tu peux parler ! Que fais-tu toi-même, à part travailler ?

— Mais nous allons nous rattraper dans les îles ! Je meurs d'impatience maintenant que la date se rapproche, Olivia ! Nous allons vraiment nous éclater !

A présent, il semblait encore plus excité qu'elle. Un vrai gamin !

— J'en suis sûre, répondit-elle, radieuse.

Mais une présence particulièrement agaçante vint troubler son ravissement.

— Olivia, ma chérie, demanda sa mère d'une voix implorante en se plantant à côté d'elle, où as-tu fourré la bouteille de tonic ? J'en ai besoin pour préparer mon gin-tonic, tu sais bien.

— Zac, je dois te quitter fit-elle précipitamment en essayant d'isoler le récepteur de sa main. Je te rappelle plus tard.

— Un problème ? A cause de ta mère ? Elle est avec toi ?

Zut, il avait tout entendu !

Agacée, elle soupira. Quand sa mère avait envie de quelque chose, surtout si c'était en relation avec son vice, la boisson, elle harcelait impitoyablement le monde entier tant qu'elle n'était pas arrivée à ses fins.

— Oui, ma mère est chez moi, répondit-elle brièvement. Il faut que j'y aille, Zac.

— N'oublie pas que je suis là en cas de besoin, Olivia.

Dans la voix de Zac, l'excitation avait fait place à l'inquiétude.

— Ne t'en fais pas, Zac, tout va bien.

Etait-elle parvenue à donner le change ? Sa mère se tenait devant elle, les yeux injectés de sang et le rouge à lèvres débordant de sa lèvre supérieure.

— Tu en es sûre, CC ?

— Oui, oui, Zac, à plus tard, dit-elle avant d'interrompre en hâte la communication.

Consternée, elle regarda sa mère et sentit sa patience s'envoler.

— Il n'y a pas de tonic dans cette maison, maman, tu m'ennuies.

Il n'y avait pas de gin non plus, jusqu'à ce que sa mère débarque, une heure plus tôt, une bouteille dans son sac.

— Ma chérie, ce n'est pas une façon de traiter ta mère, fit celle-ci d'une voix geignarde.

— Fournir ma mère en gin et en tonic serait une façon pire encore de la traiter, répondit-elle, au comble du ressentiment.

Essayant de retrouver son calme, elle se passa la main sur le front.

— Bien, maman… Tu m'as dit que tu étais venue me parler de quelque chose. De quoi s'agit-il ?

— Je veux vendre ma maison. J'ai envie de bouger. Mais, bien sûr, tu vas dire non à tout ce que je suggère.

Olivia soupira. Etre la gestionnaire des biens et des comptes bancaires de sa mère n'était pas le moindre de ses soucis. Mais la seule chose à faire était de se montrer patiente.

— Quel est ton projet si tu vends ta maison, maman ? Une autre maison ? Un appartement ?

— Je pourrais emménager ici avec toi. Tu as de la place à ne savoir qu'en faire.

Alors, ça, jamais…

Autant se jeter dans le vide depuis le pont qui surplombait le port.

9.

— L'île de Tokoriki, annonça le pilote de l'hélicoptère en pointant un îlot du doigt.

— Oh ! elle est minuscule ! dit Olivia, étonnée.

— Tant mieux ! Tu ne pourras pas échapper à ma vigilance, fit Zac en riant.

— Si tu continues sur ce ton, tu iras dormir dans un hamac, seul avec les moustiques, répondit-elle, riant aussi.

— Il y a des hamacs à deux places…

Mais comment plaisanter avec l'admiration qui leur coupait le souffle ? Eblouis, ils se turent, contemplant le paysage.

— Superbe, dit Zac quand le pilote mit l'appareil à l'aplomb de l'aire d'atterrissage aménagée sur la pelouse du complexe.

— On dirait une carte postale, murmura Olivia en se penchant contre lui dans l'étroit habitacle pour mieux voir.

Geste fatal. La chaleur de Zac, son odeur, l'envahirent aussitôt, faisant courir une excitation irrépressible dans ses veines.

Comment tiendrait-elle le coup dans leur hutte ? D'après les photos sur internet, il y avait de quoi redouter le pire ! Une unique pièce, dont l'élément central, à l'exception d'un coin lounge coquettement aménagé, était un lit de taille gigantesque. A l'évidence, les couples ne venaient pas ici pour faire lit à part ! Zac et elle étaient les seuls fous furieux à se risquer dans ce paradis avec des idées d'abstinence.

Avec un léger choc, l'hélicoptère se posa au sol. Elle défit aussitôt sa ceinture de sécurité. Un Fidjien à la carrure impressionnante, en costume local, ouvrit la porte et lui tendit la main pour l'aider à descendre. Deux jeunes filles souriantes s'avancèrent.

— *Bula,* dirent-elles à l'unisson en lui passant, comme à Zac, une guirlande de fleurs d'hibiscus roses et jaunes au cou.

— *Bula...* , répondirent-ils avant d'emboîter le pas aux deux ravissantes créatures.

Elles les conduisirent à travers des allées de palmiers et de cocotiers jusqu'à une hutte donnant sur une plage de sable blond.

— Bienvenue au paradis, CC, dit Zac à Olivia en lui prenant la main sur le seuil.

La hutte était superbe, faite de bois sombre, couverte de chaume. Il y régnait une fraîcheur exquise, grâce aux larges ouvertures laissant entrer la brise marine et à un grand ventilateur tournant sans bruit au plafond. Le lieu idéal pour un couple désireux de jouir de la présence l'un de l'autre...

Inquiète, elle ne put s'empêcher de jeter un coup d'œil au grand lit, mais Zac la prit par la main.

— Allons regarder la mer, dit-il en l'entraînant.

Les pieds dans le sable, éblouis, ils contemplèrent un long moment les couleurs changeantes du couchant.

— La nuit va bientôt tomber, dit-elle enfin.

— Viens, CC. Rentrons dans notre hutte. Elle est trop belle ! Et j'ai très envie de déboucher la bouteille de champagne qui nous attend dans un seau à glace.

— Tu as l'air aussi excité qu'un gamin qui part en vacances pour la première fois de sa vie !

— C'est vrai ! On dirait des premières vacances, mais en mille fois mieux ! répondit-il d'une voix enthousiaste.

— Qu'en sais-tu ? Nous arrivons à peine ! fit-elle, attendrie.

Se hissant sur la pointe des pieds, elle lui posa un baiser léger sur la bouche. Mais lorsqu'il lui entoura la taille de ses mains pour l'attirer à lui, elle le repoussa résolument.

— Désolée, Zac, je n'aurais pas dû faire ça.

— Pourquoi ? fit-il avec son sourire irrésistible. Notre pacte interdit-il les baisers ?

— Tu as oublié de le préciser...

Personnellement, elle aurait exclu les baisers du pacte. Sait-on à quoi un baiser peut conduire… Cherchant un sujet de diversion, elle aperçut devant la hutte deux hamacs qui se balançaient dans la brise du soir.

— Tiens, fit-elle, mutine, voilà où tu vas dormir ce soir. Regarde, tu as même le choix entre deux hamacs…

— Trop aimable. Je n'ai pas l'intention de passer la nuit à batailler avec les moustiques, répondit-il en lui enlaçant les doigts et en portant sa main à ses lèvres.

Elle devait rester sur ses gardes, et ne pas attiser un feu impossible à éteindre… Elle avait un défi à relever.

— Où est-il, ce champagne ? demanda-t-elle, retirant sa main.

Sans insister, Zac pénétra dans la hutte et ouvrit l'enveloppe qui accompagnait le seau à champagne.

— C'est de la part d'Andy et Kitty ! Ils remercient pour le gala et nous souhaitent de bonnes vacances. Comme c'est gentil !

— Cela prouve que la soirée leur a vraiment fait plaisir, dit-elle, aux anges.

Sa boisson favorite ne lui en parut que meilleure. Assis sur la terrasse dans de confortables rocking-chairs, ils contemplaient le ciel qui se parait au couchant de couleurs rouges et jaunes.

— Ce matin, nous étions dans la bruine et la grisaille de l'hiver austral, ce soir dans la lumière des tropiques, dit-elle. Je n'arrive pas à y croire.

— Quelles sont tes saisons favorites ? demanda Zac.

— D'abord l'été, et ensuite l'été ! Je déteste le froid.

— Pourtant, tu as acheté une vieille demeure où on doit geler en hiver. Encore que, comme tu l'as remarqué, je n'y ai pas souffert du froid…

— J'ai renforcé l'isolation du toit et des murs, répondit-elle sans relever sa remarque, et j'ai remis en état les cheminées dans toutes les pièces, pour faire des flambées.

— Tu t'es installée dans de l'ancien et moi dans de l'ultra-moderne, dit-il en riant. Tout l'opposé !

— J'adore les vieilles demeures. Elles ont quelque chose

de magique. Quand on les aime, elles vous le rendent bien, et on peut y faire son nid comme nulle part ailleurs.

S'interrompant, elle savoura une gorgée de champagne.

— Au printemps, je planterai des salades et des légumes dans le jardin.

— Si je peux me permettre, tu as des progrès à faire pour le soin des plantes. Celles qui sont en pot dans ton salon m'ont semblé mourir de soif.

— Bien vu ! J'oublie toujours de les arroser !

— Où as-tu passé ton enfance ? A Auckland ?

— A Remuera.

La banlieue huppée d'Auckland ! N'y vivaient que des gens fortunés et des familles respectables, du moins en apparence. Les hauts murs des belles demeures cachaient parfois d'inavouables secrets, et cela, elle ne pouvait en souffler mot…

— J'allais à une école privée pour filles. J'ai aussi appris à jouer du violoncelle.

En somme, son enfance aurait pu être heureuse, si sa mère ne la lui avait pas gâchée. Le plus terrible était la façon dont elle l'accoutrait, l'empêchant de choisir elle-même ses vêtements et s'ingéniant ensuite à s'habiller comme elle, obsédée de jeunisme qu'elle était. Les camarades de classe d'Olivia ne lui avaient pas épargné les moqueries et les quolibets, et elle s'était sentie affreusement à part…

— La maison de ton enfance était-elle aussi une vieille demeure ?

— Oui, répondit-elle de mauvaise grâce. Une demeure imposante, avec six chambres, quelques hectares de jardin, un court de tennis et une piscine.

Et maintenant, assez ! C'était très gentil à lui de s'intéresser à ses goûts et à son passé, mais remuer ces souvenirs allaient lui gâcher ses vacances.

— Oublions le tennis et les piscines, Zac. Je préférerais plonger dans cette mer bleue et nager au milieu des poissons.

— Si cela te fait plaisir, faisons un de ces jours une excursion en bateau jusqu'à Treasure Island et sa réserve marine, dit-il aussitôt. Il y a là, paraît-il, les poissons les plus rares et les plus étonnants.

Il s'était manifestement documenté avant de quitter Auckland !

Pas elle…

Elle préférait voir sur place quelles surprises les Fidji allaient lui réserver.

Des surprises de tout ordre, si possible…

Allongeant les jambes dans son rocking-chair, Zac essaya de se détendre. Ce cadre enchanteur avait un effet dévastateur sur sa libido. Son corps tout entier se consumait de désir pour Olivia, et elle lui était aussi interdite qu'une nonne cloîtrée dans un couvent.

Quelle mouche l'avait piqué de lancer un défi aussi stupide ?…

— Si nous allions dîner ? dit-il, en posant sa coupe de champagne.

— Si tu veux, répondit-elle distraitement.

L'esprit manifestement ailleurs, elle se leva d'un pas vacillant.

— Tu es sûre que tu vas bien, CC ? demanda-t-il, inquiet.

— Oui, je suis en pleine forme, répondit-elle.

Il la regarda. Elle lui semblait tout sauf en forme. La fatigue ? Le regret d'avoir accepté de relever le défi ?

— J'ai peur, murmura-t-elle si bas qu'il crut avoir mal entendu.

— Toi, peur de quelque chose ? demanda-t-il, incrédule. Explique-toi…

— Non. Allons plutôt dîner, dit-elle d'une voix ferme, semblant avoir surmonté ce moment de faiblesse.

Il détestait la voir se fermer ainsi comme une huître. Cela lui donnait envie de la secouer, et de lui faire cracher une bonne fois les événements de son passé qui la bloquaient pour avancer dans la vie.

Mais comment faire ? Olivia avait fait du contrôle une science et un art…

Aussi avait-ce été une découverte de la surprendre chez elle en tenue d'intérieur décontractée, presque négligée.

Enfin, il la voyait autrement que sanglée dans un tailleur impeccable ! Les fichus tailleurs que, du temps de leur liaison, elle s'empressait d'enfiler pour se sauver dès leurs fantaisies érotiques terminées.

Ce soir-là, elle avait été différente. Douce, tendre… Se réveiller le matin auprès d'elle, dans son lit, le bras autour de sa taille, avait été une véritable révélation. Il était prêt à lui faire de chastes câlins toute la nuit pour connaître à nouveau un réveil aussi merveilleux.

Mais il ne devait pas se leurrer, le réveil serait dur… Et dur était le mot juste…

En soupirant, il lui emboîta le pas sur l'allée illuminée de lanternes qui les conduisait vers le lieu d'un dîner substantiel.

Avait-il tort de s'entêter à vivre en solitaire ? De se priver d'un avenir riant auprès d'une femme belle et aimante, et, éventuellement, de quelques beaux enfants ?

Il fallait croire que non.

Sinon, pourquoi avait-il une telle appréhension à l'idée d'une vraie relation avec Olivia ?…

Réconfortés par un délicieux dîner sous les étoiles, Zac et Olivia regagnèrent leur hutte.

Le plus difficile était à venir ! S'installer pour la nuit, sans enfreindre leur pacte, dans un lit de lune de miel, n'allait pas de soi. En proie à un fou rire inextinguible, Zac observa Olivia qui, plus pudibonde qu'une pensionnaire de couvent, se glissa prestement dans le lit et remonta les draps jusqu'à son menton.

— Je ne vois pas ce qu'il y a de si drôle, dit-elle de son ton le plus digne.

Mais elle ne put retenir la crise de fou rire qui s'empara d'elle, lui mettant les larmes aux yeux.

— Ce qu'il y a de drôle, c'est que tu fais ta mijaurée, et que je pense à ce que nous avons l'habitude de faire dans un lit.

Elle sentit son hilarité se calmer.

— Tu veux changer les règles de notre pacte ? demanda-t-elle, d'une voix pleine d'espoir.

— Je mentirais si je disais le contraire. Mais j'aime

aussi être simplement en ta compagnie, répondit-il d'un ton devenu grave

Ne riant plus, il vint s'asseoir au bord du lit.

— Je veux tout savoir de toi, Olivia. Tes craintes, tes espoirs, tes secrets. Jusqu'à la soirée de gala, tu étais restée une étrangère pour moi, malgré notre intimité passée.

— Nous avons pourtant partagé de nombreuses choses pendant nos études de médecine, répondit-elle, esquivant lâchement la question. La façon de se conduire avec les patients par exemple.

Elle eut un petit rire.

— J'ai vite compris que tu étais hyper-doué, mais aussi que tu avais à tes heures un caractère de cochon.

— Trop aimable. Et maintenant, une question au hasard, si tu permets. Joues-tu encore du violoncelle ? demanda-t-il en s'adossant à la tête de lit et en étendant ses jambes devant lui.

— J'ai vendu mon violoncelle quand j'étais encore lycéenne, pour m'acheter une magnifique paire de bottes en cuir qui a fait bisquer toutes les filles de la classe !

— Dommage, je suis sûr que tu étais douée pour la musique.

— Je crois surtout que mon professeur me gardait parce qu'il avait besoin d'un violoncelle dans l'orchestre de l'école, et qu'aucune fille ne voulait se charger d'un instrument aussi encombrant !

— Pourquoi te rabaisses-tu toujours, Olivia ? Tu es brillante, pourtant tu sembles parfois n'avoir aucune confiance en toi.

— Je suis bourrée de défauts. Tu vois bien, j'oublie même d'arroser mes plantes.

En riant, il lui prit la main et la serra entre les siennes.

A ce contact chaud et ferme, elle sentit des étincelles lui courir dans le corps, et la frustration l'envahit. Il aurait été si facile de poser sa tête sur le torse de Zac, comme un vrai couple. Un couple avec son histoire, ses projets et un avenir qui dépasserait quelques exploits au lit. Un couple qui se réveillerait chaque matin dans les bras l'un de l'autre.

Libérant sa main, elle se glissa à l'autre bout du lit.

— Il est temps de dormir, dit-elle, édifiant une barrière d'oreillers et de coussins au milieu du lit. Le jour se lève tôt ici.

Il fallait espérer que la protection d'oreillers serait efficace, et, surtout, que la barrière mentale serait forte.

— Bonne nuit, Olivia, dit-il sans protester en lui posant sur le front le plus doux des baisers. Je vais rester un moment sur la terrasse.

— Zac, dit-elle au moment où il franchissait le seuil, merci…

— Merci de quoi ? fit-il en se retournant, le sourcil froncé.

— De tout comprendre aussi bien…

Tout comprendre, lui ?

Le regard perdu dans les étoiles, Zac poussa un grognement.

Il y avait une chose qu'il ne comprenait pas… Ce qui se passait entre eux était un mystère pour lui. C'était comme s'il cheminait tantôt sur un chemin radieux tantôt dans une ornière…

Se laissant choir dans le hamac, il lui imprima un balancement et s'étendit, les mains derrière la nuque.

Il était manifestement condamné à passer la nuit ici. Par chance, le hamac était confortable. Le ciel scintillait comme si un magicien y faisait crépiter des milliers d'étincelles. Restait à espérer que les moustiques se tiennent tranquilles.

Il s'y serait presque senti bien, si son cœur n'était resté dans la hutte, auprès d'Olivia… Pourquoi une expression de désespoir traversait-elle parfois le beau regard bleu qui le faisait penser à des fleurs ? L'envie de la protéger devenait de plus en plus forte en lui.

Etrange pour un type que répugnait l'idée de s'établir !…

Autour de lui, tout était calme, les lumières s'éteignaient doucement. Les autres hôtes du complexe, invisibles sauf au restaurant, avaient dû se retirer dans leurs huttes pour goûter sans contrainte aux délices de leurs grands lits…

De nouveau, il donna une impulsion au hamac.

Au bout de la pelouse s'étendait la plage de sable blond, doucement éclairée par les rayons de la lune. Les vagues faisaient entendre leur doux ressac. Le hamac se balançait de plus en plus lentement… Il se sentit bercé… Peu à peu, ses paupières se fermaient…

— Zac, réveille-toi, chuchota une voix tandis qu'on lui secouait doucement le bras. Viens dans la hutte, il fait humide, tu vas prendre froid.

— Olivia, c'est toi ? demanda-t-il, entrouvrant péniblement les yeux.

— Qui veux-tu que ce soit, murmura-t-elle d'une voix étonnamment tendre.

Elle était penchée sur lui, ses longs cheveux lui balayaient le visage.

— Quelle heure est-il ? demanda-t-il en faisant passer avec effort ses jambes hors du hamac.

— Une heure du matin…

Le prenant par la main, elle le fit entrer dans la hutte et le conduisit vers le lit géant et sa barrière de coussins. Sans un mot, il enleva sa chemise, son pantalon, jeta les coussins sur le sol, et se glissa entre les draps.

— Ne crains rien et viens dans mes bras, dit-il, l'enlaçant. Je veux dormir blotti contre toi, rien d'autre.

Il était sincère. Mais arriverait-il à s'en contenter ? Là était la question !

10.

Le lendemain soir arriva trop vite au gré de Zac.

Il avait tenu le coup la première nuit. Qu'en serait-il de la seconde ? Mieux valait ne pas penser aux tentations dont il serait assailli dès qu'il se retrouverait couché dans ce fichu grand lit à côté d'Olivia.

Pour l'instant, la diablesse se prélassait dans un transat, encore vêtue de son seul bikini après une journée de plage. Se laissant choir dans le hamac, il étira ses jambes et noua ses doigts derrière sa nuque. S'en tenir avec elle au ton de la plaisanterie l'aiderait peut-être à apaiser sa tension...

— Oh, là, femme ! rugit-il, une bière bien fraîche ! Et plus vite que ça !

— Si ton esclave n'obtempère pas, que fais-tu ? Tu la vires ? demanda-t-elle en riant.

— Ah non ! Elle est trop talentueuse au lit !

— Pour ça, mon cher, il faudra attendre. Pour ta bière aussi, d'ailleurs. Si tu allais la chercher toi-même ?

Elle eut un petit rire mutin.

— Moi, il faut que j'aille enlever mon bikini.

Ça, ce ne serait pas un mal ! Il avait eu la tête — et pas que la tête ! — en ébullition toute la journée à cause de ces diaboliques petits bouts de tissu rouge dans lesquels elle évoluait avec une décontraction scandaleuse.

Espérant se calmer, il avait nagé, pagayé, pris une douche froide. Peine perdue. Une brûlante excitation courait dans ses veines. Cette cure de chasteté allait lui ruiner la santé et Dieu savait dans quel état il allait rentrer à Auckland...

— Regarde un peu ce que t'apporte ton esclave !

Une bouteille de bière bien fraîche dansait devant ses yeux. En la saisissant, il commit l'erreur de regarder Olivia.

Diable ! Le bikini était encore préférable…

— Tu en fais des yeux ! Tu n'aimes pas ma robe ? demanda-t-elle en se laissant choir dans le transat.

Certes, ce morceau d'étoffe fleurie aux proportions minimalistes couvrait davantage ses formes exquises que ne l'avait fait l'infernal bikini. Mais la façon dont il était coupé, révélant ce qu'il était censé cacher, était positivement diabolique.

— Parce que tu appelles ça une robe ?

— A l'évidence, ce n'est pas un T-shirt, répondit-elle avec un rire bas et sexy.

— Tu es un danger ambulant pour la population mâle de la planète, CC…

La bière était fraîche mais une seule bouteille ne lui suffirait pas pour calmer la sécheresse de sa bouche et de sa gorge. Il brandit la bouteille vide.

— Une autre bouteille, et que ça saute, esclave, rugit-il.

Comment chasser de son esprit des images où le corps ensorcelant d'Olivia et ce bout de chiffon, qui prétendait être une robe mais n'était pas plus grand qu'un mouchoir de poche, dansaient ensemble une gigue infernale ?

— Monsieur est servi, fit une voix amusée tandis que de longs doigts effilés faisaient tournoyer une bouteille devant son visage.

Saisissant la bouteille, il en avala précipitamment une longue gorgée au goulot.

Il devait dire n'importe quoi, simplement pour empêcher son cerveau de s'égarer… Cherchant en vain l'inspiration autour de lui, il sauta sur la première idée qui lui vint à l'esprit.

— Et les araignées ? Plus de problèmes avec les araignées, Olivia ?

— Non, par chance, dit-elle avec un mouvement d'effroi. Je ne savais pas qu'il en existait d'aussi monstrueuses jusqu'à ce que je voie ces horribles bêtes se balancer sur le sentier au-dessus de nos têtes. Tu te rends compte, leurs toiles étaient encore plus larges que notre lit !

Elle avait dit notre lit ?… Aïe… Les araignées n'étaient pas la bonne idée. Il fallait trouver autre chose.

— La vue du haut de la colline montre à quel point cette île est minuscule.

Pas fameux non plus, et pas très brillant comme conversation…

— Je deviendrais enragé si je vivais sur un espace aussi exigu, perdu au milieu de l'océan…

— Pas si tu étais né ici !

— Te rends-tu compte de la chance que nous avons d'être nés où nous sommes nés ?

Bravo pour les lieux communs… Tant pis, il fallait enchaîner…

— T'imagines-tu comme nos vies seraient différentes si nous étions nés dans le Sahara ou en plein continent Indien ?

— Oh ! très bien. J'aurais déjà au moins cinq enfants et je serais bonne à être mise au rebut. Tu as raison, nous avons sans doute de la chance.

Il était bien bête de se creuser la tête… Il avait pourtant une chose sensationnelle à annoncer…

— Demain, CC, je vais pêcher à la ligne ! Donny, l'un des vieux jardiniers du resort, me procurera le matériel adéquat.

Durant l'après-midi, au cours d'une de ses escapades pour fuir la tentation, il avait remarqué que de nombreux Fidjiens lançaient leurs cannes à pêche à certains endroits du rivage où l'eau se mettait soudain à bouillonner sous l'afflux d'une véritable nuée de poissons.

Le vieil homme s'était obligeamment approché de lui.

— A cette époque de l'année, avait-il expliqué, les carangues, qui sont de gros poissons, pourchassent les petites sardines du Pacifique jusqu'à la plage pour se nourrir. Cela se produit environ deux fois par jour.

— Les pêcheurs en attrapent-ils beaucoup ? avait demandé Zac.

— Cela dépend des jours. Mieux vaut ne pas compter sur la prise d'une carangue pour nourrir sa famille !

Détendu par l'évocation de cette rencontre, Zac sourit à Olivia.

— Les pêcheurs, des Fidjiens très accueillants, m'ont convié à pêcher avec eux demain. Je ne sais pas comment je vais me débrouiller ! Je n'ai pas pêché à la ligne depuis que Grampy, mon grand-père, m'emmenait.

— Je ne veux pas manquer ce spectacle ! dit-elle avec un éclat de rire. L'impeccable chirurgien se débattant avec un poisson visqueux ! En attendant, si nous allions boire un cocktail avant de passer à table ?

— Bonne idée ! Je parie que tu en choisiras un décoré d'une ridicule petite ombrelle de papier que tu emporteras en souvenir.

— Je commencerai par un mimosa, mon cher, délicieux mélange de champagne, de jus d'orange et de triple sec.

— Tu commenceras ? Diable, cela promet. Je suis impatient de voir ça.

— Tu as donc envie de me voir perdre la tête ? demanda-t-elle, faisant danser ses cheveux dorés autour de son visage.

Si cela pouvait la détourner de leur pacte absurde, oui, il avait terriblement envie qu'elle perde la tête !

Mais il était un gentleman.

Alors, il ne pouvait pas en avoir envie.

— J'ai attrapé un poisson ! s'écria Zac d'un air triomphal en tirant sa ligne hors de l'eau.

— Une sardine, je suppose ? demanda Olivia, taquine.

— Un sacré gros poisson, oui, d'après la façon dont le nylon blesse mes mains ! répondit-il, piqué. Admire un peu le morceau.

Il tira enfin hors de l'eau sa ligne, au bout de laquelle un poisson microscopique se débattait.

— Magnifique, fit-elle, penchée sur la prise et luttant

contre le fou rire. Juste de quoi empêcher un nourrisson de mourir de faim.

— Si tu as envie d'aller lire dans la hutte, Olivia, ne te gêne pas, je t'en prie. La pêche est une affaire d'homme. Donny ? Donny ? Où êtes-vous ?

— Donny, cria à son tour Olivia, venez assister à l'événement, Zac a attrapé quelque chose…

Quittant le groupe de pêcheurs fidjiens qui, à quelques pas, arrachaient aux vagues de magnifiques carangues, Donny les rejoignit et fit en silence une moue dubitative.

— Si je comprends bien, je n'ai qu'à rejeter cette bestiole à l'eau, dit Zac avec un soupir, l'air vexé.

Une fois dans les flots, le petit poisson fila à toute vitesse, tandis que Zac s'efforçait de lancer sa ligne le plus loin possible, là où les carangues affluaient autour de leurs proies.

S'éloignant, Olivia l'observa. Elle ne l'avait jamais vu aussi détendu. Grâce à ce séjour tant redouté, un autre Zac lui apparaissait. Un Zac qui, la veille, avait envoyé valser la barrière de coussins et d'oreillers qu'elle avait édifiée, et s'était contenté de la tenir dans ses bras pendant qu'ils s'endormaient…

Cédant à la fatigue, ils n'avaient pas tardé à rouler chacun de leur côté et à s'endormir paisiblement. Dormir avec un homme dans le même lit, sans qu'il ne se passe rien de sensuel entre eux, lui aurait paru impensable quelques semaines auparavant. A présent, il lui semblait que rien de plus beau ne pouvait lui arriver avec Zac.

Etait-elle en train de tomber amoureuse ?

Elle devait penser au naufrage du couple de ses parents, cela lui remettrait les idées en place.

— J'en ai attrapé un autre !

Le cri de victoire de Zac la fit bondir. Impatiente de voir, elle courut à lui. Il mettait toutes ses forces à hisser sa prise hors de l'eau.

— Celui-ci est beaucoup plus gros que le petit maigrichon de tout à l'heure, dit-il, fier comme Artaban.

— C'est une belle carangue, dit Donny avec un hochement de tête. Ma femme peut le cuisiner pour vous à la mode fidjienne. Voulez-vous nous faire l'honneur de partager un repas traditionnel ce soir à la maison ?

— Vraiment ? demanda Zac, qui semblait aux anges. C'est fantastique !

— Nous dînons à 17 h 30, à cause de notre petit-fils qui doit se coucher de bonne heure, dit le vieux jardinier.

— Il vit avec vous ? Ce doit être un grand bonheur ! dit Olivia, comme toujours prise de nostalgie à l'évocation de relations familiales épanouies.

— Oh oui ! répondit Donny. C'est le fils de notre fille. Elle travaille au spa de l'hôtel où elle fait les massages.

— Alors, je vais la rencontrer cet après-midi ! dit Olivia. J'ai rendez-vous à 14 heures pour un massage.

— Je suppose que ses massages sont plus professionnels que les miens, fit Zac en lui lançant un regard en coin.

Se sentant rougir, elle se détourna rapidement.

C'était encore plus dur de bannir la sensualité de leurs têtes que de leur lit...

Emus par l'accueil chaleureux de Donny et de Lauan, sa femme, Olivia et Zac les suivirent à l'intérieur de leur modeste demeure au toit de chaume. L'étonnement les saisit face au nombre de gens qui s'y trouvaient, assis à même le sol, autour de nattes colorées où des assiettes étaient prêtes pour le repas. Tous les Fidjiens de l'île se trouvaient-ils réunis chez Donny ? Inquiète, Olivia pensa à la taille du poisson pêché par Zac. Il ne suffirait pas à nourrir les convives...

Remarquant que les femmes occupaient une place à l'écart en bout de natte, elle les rejoignit, laissant Zac en grande conversation avec les hommes.

— Je suis curieuse de savoir comment vous avez cuisiné la carangue, dit-elle en s'installant par terre auprès de Lauan.

— Oh ! très simplement, répondit Lauan avec un lumineux sourire. Je l'ai enveloppée de feuilles de bananiers, avec du lait de coco et des pommes de terre, et laissée cuire doucement au-dessus des flammes, remerciez votre mari de nous avoir offert ce poisson.

Votre mari…

— Je n'y manquerai pas, répondit-elle dans un murmure, désorientée.

— J'ai aussi préparé un poulet mijoté avec des carottes, des pommes de terre et des brocolis. Il y a trop de monde pour un seul poisson, fit-elle en désignant l'assistance du regard comme pour s'excuser. Tous voulaient faire votre connaissance.

— C'est un grand plaisir pour moi de vous rencontrer, dit Olivia en saluant de la tête les femmes qui l'entouraient et la dévisageaient avec curiosité.

Deux d'entre elles disparurent et revinrent, chargées de plats fumants et odorants qu'elles déposèrent sur les nattes.

— Cela embaume ! dit Olivia, cherchant machinalement une fourchette des yeux.

Comme par miracle, on lui en tendit une tout de suite, ainsi qu'à Zac, tandis que les autres convives se servaient de leurs doigts pour goûter au succulent poisson. La nourriture était aussi simple que savoureuse, et les légumes si frais qu'ils semblaient avoir été cueillis l'instant d'avant.

Tout en se régalant, Olivia aperçut un enfant qui l'observait, se cachant à demi derrière le dos de Donny.

— Est-ce votre petit-fils que j'aperçois là ?, demanda-t-elle.

— Oui… Il s'appelle Josaia…

— J'espère qu'il viendra nous dire bonjour ?

— Après le dîner, peut-être, quand il y aura moins de monde, fit Donny d'un air dubitatif. Il est tellement timide.

Pourtant, Josaia risqua un nouveau coup d'œil derrière les épaules de son grand-père et, quand le dîner toucha à sa fin, il parut s'enhardir et vint aider sa grand-mère à rassembler les plats.

Le voyant enfin de près, Olivia eut un coup au cœur.

Le pauvre gosse était défiguré… Sa joue gauche était barrée d'une horrible cicatrice, rouge et bourgeonnante, qui dénaturait son petit visage… En outre, l'un de ses bras était rigide et pendait, inerte, contre son corps…

Sans doute honteux d'avoir laissé voir son infirmité, le petit garçon lui jeta un regard sombre et disparut prestement derrière une porte. *Il ne reviendra pas de la soirée…*, pensat-elle, désolée. Heureusement, quelqu'un n'avait rien perdu de la scène : Zac, qui lui adressa au milieu du brouhaha un regard qui la réconforta.

— Josaia ne va pas à l'école parce que les autres enfants se moquent de lui, fit Donny en hochant tristement la tête. Je lui enseigne ce que je peux, mais il souffre terriblement d'être tenu à l'écart par ses petits camarades.

Atterrée, Olivia resta silencieuse. Qui avait esquinté ainsi ce pauvre enfant ? Il n'avait sans doute pas eu la chance d'être soigné par un chirurgien plastique et avait été suturé de façon catastrophique. Peut-être pouvait-elle lui venir en aide ? Mais mieux valait, dans cette société patriarcale, que le sujet soit abordé par Zac, avec Donny, d'homme à homme !

Le cherchant du regard, elle échangea un bref coup d'œil avec lui. Comme si le langage n'était pas nécessaire entre eux, il répondit d'un mouvement de tête affirmatif et se tourna aussitôt vers Donny.

— Josaia semble avoir été victime d'un accident. Cela s'est-il passé sur l'île ? demanda-t-il.

— Oui, répondit le vieil homme d'une voix si triste qu'Olivia en fut bouleversée. L'année dernière, Josaia nageait avec des petits camarades quand un touriste est venu leur demander de le guider vers un coin poissonneux pour essayer son fusil à harpon.

— Il a été blessé par un fusil à harpon ? demanda Zac d'une voix égale, mais Olivia se sentit défaillir.

Ce pauvre gosse avait de la chance d'être encore en vie…

— A quel endroit Josaia a-t-il été soigné ? demanda Zac de la même voix calme.

— Sur l'île principale. A l'hôpital. C'est pourtant un bon hôpital, mais il n'y avait pas de spécialistes. Les médecins ont juste recousu sa peau et recollé son os.

Des larmes se mirent à couler sur le visage aux traits fiers.

— Je les ai suppliés de faire au mieux. Josaia n'a que sept ans…

— Maintenant qu'il est défiguré et infirme d'un bras, ses anciens camarades de jeu le fuient comme s'il avait la lèpre, dit Lauan d'une voix désolée.

— Notre fille travaille dur pour gagner assez d'argent et le faire soigner à l'étranger, en Australie ou en Nouvelle-Zélande, dit Donny, et notre gendre s'est exilé en Australie pour gagner davantage.

A grand-peine, Oliva se retint de parler. Si elle n'avait écouté qu'elle, elle aurait tout de suite pris les choses en main.

Mais il fallait d'abord qu'elle en parle avec Zac.

Zac ne quitta pas Olivia de l'œil de toute la soirée chez Donny. Elle avait visiblement un mal fou à se contenir, sans doute tenaillée par l'envie de rectifier les erreurs commises dans le traitement de Josaia.

Sur le chemin du retour, il lui passa un bras autour des épaules.

— Le dîner s'est terminé tôt, j'irais bien boire un verre, dit-il.

— Pour moi, ce sera plutôt une tasse de thé.

— Comme tu voudras. J'aimerais surtout discuter avec toi du cas de Josaia.

— Le pauvre gosse ! Je suis sûre que le plus dur pour lui est la façon dont ses petits copains le rejettent. Les enfants sont d'une telle cruauté entre eux !

Surpris de sa véhémence soudaine, il la sentit frissonner contre lui.

— Les petites jalousies, les petites bassesses pour se faire bien voir de ceux qui paraissent branchés, le mépris de ceux qui ne le sont pas, toutes ces vilenies vieilles comme le monde, les enfants les connaissent d'instinct !

Quelle rancœur dans sa voix ! Elle-même avait-elle connu les affres de l'exclusion ? Tout à coup, il se rappela le mal qu'elle se donnait à la fac pour se faire apprécier et se sentir intégrée au groupe. A quoi voulait-elle remédier ?…

En parlant, ils avaient atteint le bar en terrasse de l'hôtel.

— Que veux-tu boire ? demanda-t-il en lui avançant une chaise.

— Tu sais quoi ? fit-elle, retrouvant son air mutin. En fait de thé, j'ai bien envie de prendre un cocktail !

— Alors, que dirais-tu d'un « PS Je t'… »…

Prenant soudain conscience de ce qu'il allait dire, il blêmit. « PS Je t'aime » n'était que le nom d'un délicieux cocktail… Mais ces mots lui avaient-ils été dictés par son subconscient ?…

Stupéfait, il se laissa tomber sur une chaise.

— Zac ? Tu es sûr que tu vas bien ? demanda-t-elle en le dévisageant d'un air déconcerté. Zac, tu m'inquiètes…

— Pourquoi ? Tout va bien, dit-il d'une voix blanche.

Comme si ces palpitations soudaines, ce nœud à l'estomac, cette moiteur de ses paumes, étaient le signe que tout allait bien…

— Je voulais juste te proposer un cocktail à base d'amaretto, de Kahlúa, et de crème irlandaise, parfait pour l'après-dîner, dit-il en balbutiant. Un vrai cocktail douceur, crémeux, onctueux, presque un dessert. D'ailleurs, tu n'as pas eu de dessert ce soir, cela doit te manquer…

Bla bla bla… Qu'importait ce qu'il disait, pourvu qu'il arrive à se ressaisir… S'extirpant de son siège, il déclara :

— Tu vas adorer ! Je vais t'en commander un !

Et il se dirigea rapidement vers le bar où le barman maniait avec dextérité shaker, breuvages et glaçons.

Comment diable n'avait-il pas encore compris qu'il était en train de tomber amoureux d'Olivia ?

Or l'amour impliquait un engagement…

Ce n'était pas l'engagement qui lui faisait peur, c'était la responsabilité… On était responsable des gens que l'on aimait…

Il avait aimé son frère Mark dès l'instant où on lui avait fourré entre les bras ce poupon vagissant et gigotant. Cela l'avait-il empêché de faire de la vie de Mark un abominable gâchis ? Non…

— Oui, monsieur ? Que désirez-vous ?

La question du barman l'arracha à ses pensées.

— Un whisky sec. Un double, je vous prie. Et connaissez-vous un cocktail appelé « PS Je t'aime » ?

— Bien sûr, monsieur. Ici, nous l'appelons « Amour sous le vent ». Voulez-vous que je vous serve à votre table ?

— Non. Je vais boire le whisky ici. Vous me préparerez un second whisky, double aussi, en même temps que le cocktail, je les emporterai moi-même.

En proie à une nervosité dont il ne se serait pas cru capable, il avala le premier double whisky cul sec, et fut reconnaissant à Olivia de ne pas lui demander pourquoi il avait été si long lorsqu'il la rejoignit.

— Comment résoudre le cas de Josaia ? demanda-t-elle d'emblée en le regardant poser les verres sur la table. Il faudra d'abord parler à sa famille. Ensuite, peut-être pourrai-je l'opérer sur l'île principale, à l'hôpital local.

— Et si on le faisait carrément venir à Auckland ? A supposer que cette horrible cicatrice soit réparable ! Tu ne l'as vue que dans une demi-obscurité.

L'air songeur, elle avala à la paille une gorgée de son « Amour sous le vent ».

Il voulait bien être maudit à jamais s'il appelait à nouveau ce cocktail « PS Je t'aime »…

— Exquis, ce cocktail… dit-elle en se passant avec gourmandise la langue sur les lèvres.

Elle était plus excitante que jamais, mais au désir qu'elle lui inspirait se mêlait définitivement autre chose.

— Ravi que cela te plaise. Mais revenons à Josaia, dit-il, refusant de se laisser distraire.

— L'opérer chez nous à Auckland serait en effet la meilleure solution. Mais cela représenterait une lourde charge pour sa famille. Le voyage, l'hébergement, les frais d'hôpital…

— J'imagine que tu ne demanderais pas d'honoraires ?

— Bien sûr que non !

— De mon côté, j'aimerais examiner son épaule. Je peux

peut-être réparer les dégâts. Parlons-en d'abord à Donny et voyons ensuite comment procéder.

Ouf ! Malgré la gigue effrénée de sa libido dans ses veines, il arrivait à raisonner de façon cohérente sur un sujet sérieux. Mais Olivia posa sa main sur la sienne et lui enlaça les doigts, entamant sérieusement sa belle assurance.

— Au moins, dit-elle, nous avons un plan d'action.

— Et tu aimes que les choses soient planifiées, n'est-ce pas ?

— Oui. Cela m'aide à ne pas me disperser.

Il soupira.

Qu'avait planifié cette redoutable organisatrice pour le reste de la nuit ?

Sûrement pas ce qu'il espérait…

Que faire, sinon vider son verre d'un trait et se maudire une fois de plus d'avoir instauré une règle du jeu aussi bête !

11.

La réserve de poissons de Treasure Island était un enchantement !

Nageant dans les eaux translucides, Olivia se trouva cernée d'une multitude de poissons aux mille couleurs chatoyantes. De quoi avoir le souffle coupé. Heureusement, elle était équipée d'un matériel de plongée efficace ! Eblouie, elle tendit la main sous les eaux pour saisir celle de Zac. A travers le masque, le même émerveillement était visible dans ses yeux à lui.

Sans résister, elle le laissa l'entraîner sous l'eau, loin du rivage. Quand il fit une pause, elle reposa avec délices son corps contre le sien. Peau contre peau sous les eaux, pouvait-on rêver plus douce et plus exquise sensualité ?

Cette réserve semblait un monde de paix et de sérénité. Illusion, sans doute, mais là, au moins, les vilenies du monde des humains étaient loin.

— Quelle magie ! dit Zac quand, émergeant de l'eau, ils se laissèrent tomber, épuisés, sur le sable.

— C'est fou ce que j'ai raté en ne voyageant pas. Il est grand temps que j'y remédie.

— La faute à ta mère qui détestait l'avion !

— Si sa peur de l'avion avait été la seule raison, répondit-elle avec un soupir amer.

Se redressant, elle frotta nerveusement sa peau couverte de sable. Etait-ce l'effet de la paix ressentie sous l'eau ? Elle sentit soudain ses défenses intérieures s'effondrer. Ce qu'elle avait toujours caché à Zac allait s'échapper de ses lèvres, la libérant peut-être d'un grand poids…

241

— Mon père a abandonné le foyer familial quand j'avais douze ans, dit-elle dans un souffle. Maman était… euh… enfin, elle est… Bref, ma mère est alcoolique, voilà…

Elle n'osait regarder Zac, mais puisqu'elle avait commencé, autant continuer.

— Une alcoolique frénétique et incontrôlable. Papa a fini par craquer…

— Mais toi, tu as résisté ? demanda Zac en lui prenant la main.

— Oh ! moi… Je ne suis pas sûre d'y être arrivée… A l'école, je me suis évertuée à faire partie de celles dont on recherchait la compagnie, afin de me sentir aimée et d'oublier ce qui se passait à la maison. Peine perdue, à cause de maman ! Tout le monde savait à quoi s'en tenir sur son compte, et c'est à moi qu'on le faisait payer. J'étais la fille de la poivrote…

Elle ne put retenir un rire plein de dérision.

— J'étais exclue du clan des filles qui sortaient, s'amusaient, riaient ensemble. Avec le recul, je pense que cela m'a sauvée Quand je vois où elles ont abouti alors que, moi, j'étais en fac de médecine !

— Pourquoi avoir choisi la médecine ?

— Franchement, je n'en sais rien ! Je voulais devenir médecin, c'est tout. Dans mon enfance, mes poupées étaient toujours couvertes de pansements et de bandelettes !

— Au moins, toi, tu savais ce que tu voulais…

— Pas toi ? demanda-t-elle, étonnée de son air désabusé.

— En fait, répondit-il, j'avais commencé des études d'ingénieur.

— Qu'est-ce qui t'a fait changer d'avis ?

— Quand j'ai vu l'aide admirable que recevait mon frère de la part des médecins, j'ai pensé que j'aurais plus de satis-factions dans cette voie.

— C'était tes parents qui t'avaient influencé dans ton premier choix ?

— Indirectement. Mon père est un ingénieur de haut vol, directeur d'une grosse entreprise métallurgique.

— Tu voulais suivre son exemple dans les affaires ?

— Je voulais surtout qu'il soit fier de son fils. J'étais prêt à tout pour gagner sa reconnaissance.

— Je comprends, murmura-t-elle.

Elle n'était manifestement pas la seule à avoir connu des difficultés avec ses parents, mais pourquoi gâcher une si belle journée par l'évocation morose de son enfance ?

— Si nous allions déjeuner au bord de la piscine ? La vue de ces poissons m'a donné faim ! dit-elle avec entrain.

— Riche idée ! Après toute cette eau salée, je me damnerais pour une bière ! répondit-il en sautant sur ses pieds et en lui tendant la main pour l'aider à se relever.

Impatiente de se débarrasser du sel et du sable qui lui collaient à la peau, elle plongea avec bonheur dans l'eau fraîche de la piscine du complexe de Treasure Island. Quand, après quelques longueurs, elle se hissa sur le rebord, elle surprit le regard de Zac, installé, bière en main, à une table de la terrasse ombragée de cocotiers. Quelle intensité dans ce regard ! Comme s'il la dépouillait même de son minuscule bikini ! Rougissant, elle se sécha et enfila rapidement son short et son top avant de le rejoindre.

— L'eau pétillante que tu aimes, fit-il en poussant vers elle un verre et une bouteille d'eau gazeuse bien fraîche.

Il n'y avait plus dans son attitude que de l'obligeance et de la sollicitude. Détendue, elle enlaça ses doigts aux siens, en proie à un bien-être inconnu. Quelle étrangeté de tenir la main d'un homme sans que cela conduise au sexe… C'était tout simplement merveilleux… Pas d'attente, mais tant de promesses…

Un vacarme soudain lui fit tourner la tête. Un groupe d'enfants turbulents sautait dans le grand bain de la piscine, avec de grandes éclaboussures et des cris de joie à vous rompre les oreilles.

— Je suis content de voir ces enfants s'amuser, fit Zac, mais c'est une chance que nous résidions à Tokoriki plutôt qu'à Treasure Island. Là-bas, il n'y a pas d'enfants !

Semblant craindre qu'elle se méprenne sur ses propos, il lui sourit.

— Je n'en veux pas à ces gosses de s'amuser, au contraire, mais, en tant que célibataire sans enfants, je n'ai pas envie de partager mes rares loisirs avec la progéniture des autres.

Hésitante, elle le regarda. Puisqu'il tendait une perche, même involontaire, pourquoi ne pas la saisir ?

— Tu n'as pas envie d'avoir un jour des enfants ? Je veux dire, si tu trouves une partenaire pour la vie…

Il porta son verre à ses lèvres, et le niveau de la bière descendit de plusieurs crans.

— Tu sais quoi ? fit-il au bout d'un moment, les yeux dans le vague comme s'il venait de faire une découverte stupéfiante. Je crois que si…

— N'est-ce pas un souhait naturel ?

— Si, sans doute. Mais après l'accident de Mark, je me suis juré de ne jamais fonder de famille. C'est trop facile de faire du mal à ceux que l'on aime et dont on est responsable.

Cette fois, il vida d'un coup ce qui restait dans son verre.

— A présent, je pense que je me trompais et que j'ai envie d'avoir des enfants.

Comme s'il n'en revenait pas de cette révélation, il hocha la tête de droite à gauche.

Oh ! Zac… Elle imaginait une ribambelle de beaux petits Zac aux yeux sombres, s'ébattant gaiement…

N'osant le regarder, elle s'efforça de refréner les battements de son cœur.

Si seulement il pouvait la choisir comme mère…

S'étranglant avec une gorgée d'eau gazeuse elle fut prise d'une salutaire quinte de toux…

Ma parole, elle devenait folle… D'où lui venaient des idées pareilles ? Avoir des enfants signifiait se marier… et, ça, jamais.

— Je meurs de faim, moi ! dit-elle, pressée de changer de sujet. Zac, commandons vite le déjeuner.

Mais cela ne le détourna pas de la conversation, car, ayant fait signe de la main à l'une des ravissantes serveuses en sarong, il se tourna vers elle.

— Et toi ? Tu as certainement envie d'avoir plusieurs enfants, puisque tu as souffert d'être fille unique ?

A ce type de question, elle avait une réponse toute prête ! Il faudrait qu'il s'en contente.

— Quand on travaille dur, on n'a pas le temps de s'occuper de bébés. Les femmes qui le font se retrouvent sur une voie de garage, et regrettent leur choix. Très peu pour moi !

— C'est une version préfabriquée pour dossier de presse que tu me débites là, Olivia. Ce qui m'intéresse, c'est la vérité.

C'était tellement juste qu'elle en resta muette…

A présent, ils avaient dépassé le stade où seul le sexe les intéressait. Entre eux régnait maintenant l'envie de se parler, de se comprendre. Plus elle apprenait à connaître l'homme qui se tenait en face d'elle, plus elle l'appréciait.

Pour autant, dévoiler tous les détails de l'enfance pitoyable qu'elle avait vécue était au-dessus de ses forces. Voilà trop longtemps qu'elle cadenassait les mauvais souvenirs au fond d'elle-même. Saurait-elle même trouver les mots pour les exprimer ?

Heureusement, la serveuse s'approcha pour prendre la commande. Cela lui laisserait un peu de répit pour réfléchir à la conduite à adopter.

— Je prendrai un rouget en salade, dit-elle.

Mais dès que la jeune femme eut tourné les talons, Zac revint à la charge.

— J'ai posé une question, Olivia, dit-il.

Elle n'y échapperait pas. Alors, autant essayer…

— Pour maman, dit-elle avec difficulté, j'étais le centre du monde et l'unique objet de son amour. Un amour sans dignité, hélas, et terriblement intéressé.

Un sentiment d'amertume l'envahit à cette évocation.

— C'était à moi de m'occuper d'elle, mais il faut des qualités exceptionnelles pour se dévouer aux siens, et je ne les avais pas…

— Me permets-tu de discuter de ce point avec toi ? dit-il d'une voix aussi douce qu'une caresse et qui semblait vouloir dire : *tu peux me faire confiance, je suis là pour toi…*

Mais elle ne put s'empêcher de se regimber.

— Pas question. Je n'ai pas envie d'en parler davantage, dit-elle d'un ton cinglant.

Se rendant compte qu'elle l'avait blessé, elle lui prit la main.

— Savourons ce moment et oublions le reste, dit-elle en souriant.

— Oui, murmura-t-il en lui posant un baiser sur les lèvres.

C'était un baiser d'une infinie tendresse qui se répandit en elle avec la douceur d'un ruban de soie.

Peut-être n'était-elle plus seule pour affronter les peurs qui la paralysaient depuis l'enfance ?

Peut-être existait-il un autre Zac que celui qu'elle avait cru connaître ?

Ce Zac-là avait-il toujours été là sans qu'elle s'en aperçoive ? Aurait-elle dû chercher sous la surface pour le découvrir, et cela depuis la première nuit où, chez lui, ils étaient tombés dans les bras l'un de l'autre, s'étreignant comme des fous, jamais rassasiés et toujours avides de plus de plaisir ?

Non ! A l'époque, ils n'auraient rien révélé d'eux-mêmes ! La parole n'avait pas de place dans la frénésie qui rendait alors leur aventure si excitante.

— Merci, dit-elle à voix très basse, en réponse à son baiser.

La charmante serveuse vint demander s'ils avaient besoin de quelque chose en attendant d'être servis.

En répondant, c'était Olivia que Zac regardait dans les yeux.

— Nous n'avons besoin de rien de plus que ce que nous avons, dit-il.

— Zac ! Les carangues commencent leur rodéo ! dit Olivia depuis la plage, une heure après leur retour de Treasure Island. Viens vite !

Sortant en trombe de la hutte, canne à pêche en main, il lui cria en passant :

— Tu vas voir ce que tu vas voir ! Je vais pêcher notre dîner !

— Tu es sûr que tu n'étais pas homme des cavernes dans une vie antérieure ? demanda-t-elle en riant.

— C'est ce que nous sommes, nous autres mâles ! Des pêcheurs et des chasseurs ! répondit-il en lançant sa ligne aussi loin que possible.

— Oh, oh ! Je préfère aller au supermarché qu'attendre le produit de vos exploits…

— Oui, mais l'instinct est là, dit-il, essayant de suivre les instructions que Donny lui avait données pour le maniement de la ligne. Nous saisissons la première occasion de prouver aux femmes que nous sommes d'indispensables protecteurs.

— Et quand les femmes pêchent et chassent elles-mêmes, que vous reste-t-il à prouver ? demanda-t-elle en riant.

— Un point pour toi ! concéda-t-il, cédant à son rire communicatif. J'admets que certaines femmes sont aussi douées que les hommes pour abattre des cochons sauvages… ou pour pêcher des poissons gigantesques comme je vais le faire dans un instant !

— Si tu sens quelque chose au bout de ta ligne, ce sera probablement un galet. Tu as oublié l'hameçon ! Tiens, le voilà, fit-elle en le ramassant sur la plage.

— Arrête de te moquer, Olivia, je vais t'étonner…

— Hé, Donny, dit Olivia en direction du vieil homme qui arrivait sur la plage, je crois bien que le poisson que Zac a pêché la dernière fois était dû à la chance des débutants !

— Un bon conseil, Donny, fit Zac en regardant par-dessus son épaule, faites comme moi et ne croyez pas un mot de ce que dit cette femme…

Mais l'arrivée de Donny signifiait la fin de la récréation. En un clin d'œil, Zac retrouva son sérieux. C'était le moment ou jamais de mettre en œuvre le plan prévu avec Olivia : parler à Donny du cas de Josaia d'homme à homme… Seul problème, Donny était justement accompagné de Josaia.

Heureusement, Olivia prit les choses en main.

— Josaia, dit-elle, viens m'aider à trouver un beau coquillage que j'emporterai dans mon pays. Pendant ce temps, Zac aura peut-être réussi à attraper un poisson…

— Mon grand-père en attrape tout le temps de très gros, répondit le petit bonhomme en suivant Olivia avec empressement.

— Votre femme est très gentille, dit Donny en les regardant s'éloigner, main dans la main.

Votre femme… L'expression fit tressaillir Zac, mais il ne réagit pas.

— Elle est aussi très sincère, répondit-il simplement.

— Josaia l'a senti, sinon il ne l'aurait pas suivie. Il a appris à se méfier, dit Donny, une tristesse infinie sur son vieux visage.

— Savez-vous, Donny, que nous sommes médecins, elle et moi ? demanda Zac en rangeant sa ligne.

— Je m'en suis douté. Vous n'avez pas semblé effrayés en voyant la cicatrice de Josaia, comme si vous aviez l'habitude de voir des choses horribles.

— Olivia est chirurgien plastique, dit Zac calmement, et je suis médecin orthopédiste.

Il se tut un instant, attendant la réaction de Donny. Mais celui-ci le regardait d'un air interrogatif, comme s'il avait peine à croire ce qu'il entendait.

— Nous souhaitons soigner Josaia, Donny, fit-il en lui plaçant une main sur le bras.

Mais le vieil homme poussa un profond soupir en hochant la tête.

— Nous sommes pauvres, nous n'avons pas d'économies. Si notre gendre gagne assez d'argent en Australie, nous pourrons peut-être envisager une opération, dit-il en se redressant d'un air fier.

Inquiet, Zac l'observa. L'avait-il blessé ? Mieux valait procéder par étapes…

— Pour commencer, Donny, et si vous êtes d'accord, nous allons examiner Josaia et nous procurer une copie de son dossier médical.

N'obtenant en réponse que du silence, il poursuivit.

— Le mieux serait que Josaia soit opéré à Auckland, où nous exerçons tous les deux. Ne vous inquiétez pas pour l'aspect financier. Il y a des arrangements possibles.

Le vieil homme semblait égaré face à la soudaineté de la proposition. Allait-il l'accepter ? Attentif, Zac l'observait.

Soudain, Donny lui saisit la main.

— Merci, déclara-t-il solennellement. La carangue que vous avez attrapée l'autre jour porte chance à ma famille.

Zac ne put se retenir de sourire.

— C'est pourquoi je n'ai rien attrapé aujourd'hui. Nous avions déjà notre lot de chance !

A la grande joie d'Olivia et de Zac, le plan se déroulait à merveille ! Une fois que Donny eut parlé à sa femme, à sa fille et à Josaia, il leur amena le petit garçon à la hutte.

— Vous pouvez l'examiner, il se laissera faire, dit-il à Olivia. Il vous aime beaucoup.

— Grâce à lui, j'ai trouvé un magnifique coquillage que je vais emporter chez moi !… Puis-je toucher ta joue, Josaia ?

Le petit bonhomme ayant opiné solennellement, elle promena ses doigts sur le muscle facial qui était rétracté, noueux et parsemé de disgracieuses boules de chair.

— Maintenant, ouvre grand ta bouche, Josaia, demanda-t-elle.

La cicatrice n'était pas plus belle à voir à l'intérieur de la joue qu'à l'extérieur, mais il en fallait plus pour la décourager.

— Je peux faire quelque chose pour améliorer ça, dit-elle en s'écartant pour laisser la place à Zac.

— Josaia, montre-moi jusqu'où tu peux faire bouger ton bras, demanda celui-ci.

— Le harpon a sectionné les tendons, et ils ont été recousus trop serrés, dit Donny d'un air navré, tandis que son petit-fils faisait faiblement bouger son bras d'avant en arrière.

— Est-ce que je redeviendrai comme les autres ? demanda le petit bonhomme, ses yeux d'enfant agrandis par l'espoir.

— Veux-tu que nous essayions d'y arriver ensemble ? répondit Olivia.

— Oh oui, murmura le petit garçon.

— Je te préviens, tu devras retourner à l'hôpital…

— J'aurai mal ? fit-il, l'air inquiet.

— Un peu, mon garçon, je suis désolé, répondit Zac. Mais nous te donnerons des calmants, et tout se passera bien.

— J'aimerais pouvoir accepter votre aide, dit Donny qui semblait pris d'hésitation, mais nous ne pourrons jamais vous payer pour ce que vous faites.

Offenser cet homme dans sa dignité aurait été pire que tout, il fallait trouver le moyen de lui présenter les choses de façon honorable.

— Acceptez-vous que nous fassions les opérations comme un cadeau pour Josaia ? demanda Olivia avec un sourire.

— Pourquoi le feriez-vous ? demanda Donny, qui ne semblait toujours pas croire à la réalité de la proposition.

— Donner une seconde chance à des gens blessés par la vie fait partie de ma mission de médecin, et Josaia mérite cette chance…

Craignant de se mettre à pleurer, elle sourit à Donny.

— Vous nous avez offert un repas splendide dans votre demeure. C'est un souvenir inoubliable, et nous voulons vous en remercier.

Cette fois, tant pis, une larme perlait à sa paupière, et elle ne la retiendrait pas…

Lui saisissant une main, le vieux Donny la serra fort entre les siennes.

— Merci, dit-il d'une voix étranglée. Nous avons tellement souffert. C'était dur pour nous de voir notre Josaia rejeté par tous. Je vais appeler son père et lui annoncer la bonne nouvelle. Il sera fou de bonheur !

Incapable de dire un mot, elle contempla le vieil homme.

Cela existait donc, des familles capables de partager la souffrance ou le bonheur de leur enfant ?

Ces gens-là méritaient vraiment d'être aidés…

12.

— Il y aura un orchestre ce soir à l'hôtel, dit Zac à voix forte, depuis la douche extérieure de la hutte, en se frictionnant énergiquement.

— Quel genre d'orchestre ? demanda Olivia de la salle de bains.

— Surprise, surprise ! Je ne te dirai rien…

— Ce qui signifie que tu ne sais rien !

L'entendant pouffer, il ne put s'empêcher de sourire de plaisir. Il aimait de plus en plus la sentir ainsi, joyeuse et décontractée, non loin de lui, comme si cela faisait partie d'un quotidien fait pour durer toujours.

— J'ai vaguement entendu parler d'artistes locaux, dit-il en regagnant l'intérieur de la hutte, une serviette drapée autour des reins. Deux types avec des guitares, je crois…

— Trop bien ! fit-elle de la salle de bains, riant toujours.

Avec un soupir, il regarda le lit gigantesque qui trônait au milieu de la hutte.

Guitare ou pas guitare, ce serait tellement mieux de passer la soirée ici, pour que ce fichu lit serve enfin à quelque chose ! Se faire des câlins avant de s'endormir était bien gentil, mais terriblement frustrant. La perspective de passer encore une nuit à ruminer son insatisfaction, réfugié à l'extrême bord du lit, le déprimait sérieusement.

Machinalement, il enfila une chemise et commença à la boutonner.

— Moi, j'ai entendu dire qu'il y aura du homard ce soir au

dîner, dit Olivia en faisant irruption dans la pièce, les mains occupées à fixer ses boucles d'oreille.

— Oh…, fit-il, muet de saisissement, abandonnant le boutonnage de sa chemise. Oh !… Tu es… sublime…

Comment diable avait-elle pu se glisser dans cette étroite robe rouge qui la moulait comme une seconde peau ?

— Vraiment ? demanda-t-elle, l'air inquiet, en se hissant sur la pointe des pieds et en tournoyant sur elle-même, comme pour quémander son approbation. Ce n'est pourtant pas mon style habituel…

Il avait la bouche sèche. Jamais il ne lui avait vu un tel décolleté… Echancré jusqu'au nombril !… Quant au dos de la robe… Grands dieux, il n'y avait pas de dos à cette robe !… Juste une plongée vertigineuse sur une adorable chute de reins… Et l'ourlet !… Inutile d'en parler, de l'ourlet, situé comme il l'était…

— Ma parole, je ne te reconnais pas, dit-il en balbutiant. Tu es devenue une autre femme !

— Tu préférerais que je me change ? demanda-t-elle, l'air consterné.

— Surtout pas ! Tu es encore plus belle ainsi, Olivia. Je vais te commander une garde-robe complète de ce type !

— Oh ! comme c'est gentil, Zac ! Cela me rassure… J'ai toujours eu peur de porter ce genre de tenue. La première fois que j'ai osé le faire, c'était le soir du gala pour Andy. Tu te rappelles ?…

— Oh ! très bien !

A nouveau souriante, elle lissa de ses mains le tissu sur ses hanches.

— Tu as fait une si drôle de tête en me voyant dans cette robe rouge que j'ai eu peur qu'elle ne te plaise pas !

— Que veux-tu, je ne suis qu'un mec, j'ai sans doute du mal à me faire comprendre quand il s'agit de chiffons, dit-il, cherchant refuge dans la plaisanterie.

Ah, zut ! Troublé, il avait boutonné sa chemise de travers…

— Laisse-moi faire, dit Olivia avec un rire indulgent, en

déboutonnant la chemise pour remettre les boutons dans le bon ordre.

Aussitôt, il se crispa. Quel supplice de sentir ces doigts légers lui courir sur le torse, sur la taille, et plus bas encore ! L'effet que cela lui faisait devenait de plus en plus visible... Elle allait s'en apercevoir...

— Détends-toi donc, dit-elle en lui jetant un regard malicieux. Tu me sembles bien nerveux !

Se détendre... Elle en avait de bonnes, Olivia...

Lui échappant, il attrapa son pantalon et l'enfila nerveusement, ignorant le regard suave dont elle le suivait.

— Je ne savais pas qu'une chose aussi innocente qu'une robe pouvait avoir un tel effet sur un homme, dit-elle.

— Ni toi ni cette damnée robe n'êtes innocentes, je t'assure !

— Courage, Zac, c'est notre dernière nuit sur l'île !

Et surtout la fin de ce défi stupide...

Le lendemain, ils pourraient enfin retrouver un comportement normal. Pourquoi, dès l'atterrissage à Auckland, n'iraient-ils pas directement chez lui ? Ou chez elle ? Qu'importait le lieu, pourvu qu'il se débarrasse de cette démangeaison de l'esprit et des sens qui le reprenait férocement... Olivia, par contre, faisait preuve d'une bonne humeur insolente...

— Profitons de notre dernière soirée ! fit-elle joyeusement en enfilant des stilettos rouges aux talons vertigineux.

Heureusement, elle eut le bon sens de ne pas lui prendre la main ou le bras tandis qu'ils suivaient le sentier éclairé de lanternes qui menait au restaurant. Il l'aurait attrapée à bras-le-corps, ramenée dans leur hutte et jetée sur le lit avant de se précipiter sauvagement sur elle...

Dernière nuit d'abstinence ou pas !

— On nous a donné la meilleure table, dit Olivia en s'installant sur la chaise que lui avançait le maître d'hôtel.

La table en terrasse, éclairée par la lumière tamisée de quelques lanternes, était isolée des autres sur trois côtés par des buissons d'hibiscus.

Une bulle de charme et de douceur…

— Que souhaitez-vous boire ? demanda le maître d'hôtel.

Pendant qu'elle hésitait, Zac pointa sur la carte une bouteille du meilleur champagne.

— Ce soir, nous célébrons les plus belles vacances de ma vie, dit-il en se penchant vers elle, le regard grave, quand le maître d'hôtel se fut éloigné. Merci, Olivia…

Il ne montrait que gentillesse et sollicitude et semblait avoir oublié le trouble dans lequel elle l'avait mis avec sa robe rouge…

— Merci de quoi ? demanda-t-elle dans un murmure.

— D'avoir été toi-même. De m'avoir révélé une Olivia que je ne connaissais pas et qui est merveilleuse.

Emue, elle sentit une larme lui échapper.

— A toi de me dire que tu as découvert en moi un authentique superman ! dit-il en riant.

La dispensant de répondre, le seau à champagne arriva, entre les mains d'une ravissante jeune femme.

— Offert par la direction, avec ses compliments, dit celle-ci en emplissant leurs coupes.

— Ce cadeau a-t-il par hasard quelque chose à voir avec un petit garçon nommé Josaia ? demanda Zac en levant un regard interrogatif vers la jeune femme.

Un sourire mystérieux éclaira le visage de la jeune Fidjienne, qui s'éclipsa sans répondre.

Saisissant son verre, Olivia le leva vers Zac.

— A nos vacances… qui furent fabuleuses…

— Elles ne sont pas terminées, Olivia, dit-il en faisant tinter son verre contre le sien. C'est seulement à 10 heures demain matin qu'un hydravion vient nous chercher

— Alors, à nos prochaines heures au paradis ! dit-elle.

Une excitation délicieuse courait dans ses veines. En elle, la tentation grandissait…

Si elle savait troubler Zac, peut-être craquerait-il ?

Et peut-être se livreraient-ils dans ce lit fait pour l'amour à autre chose qu'à des câlins d'adolescents prépubères !

Les pics vertigineux qu'Olivia appelait des chaussures se balançaient dans une de ses mains, tandis que, de l'autre, elle s'appuyait au bras que Zac lui offrait.

— Quelle merveille de se promener la nuit, pieds nus dans le sable, murmura-t-elle d'une voix câline.

Semblable à une caresse, sa voix douce semblait flotter dans la brise légère, emplissant l'air de désir et de sensualité.

Il serra les poings.

Après des journées de bikinis et de prétendues robes qui ne demandaient qu'à être arrachées par une main d'homme, il n'en pouvait plus. Tout ce qu'il voulait, c'était prendre Olivia dans ses bras, sentir son corps sous le sien et la faire crier de plaisir. Mais il y avait cette fichue règle du jeu ! Pour rien au monde, il ne l'enfreindrait. Il avait donné sa parole !

— Bien sûr, fit-il, feignant la désinvolture, tout le monde adore se fourrer entre les doigts de pied du sable humide qui gratte et qui démange !

— Alors, débarrassons-nous de ce sable, dit-elle avec un rire joyeux.

Avant qu'il ait pu réagir, la diablesse avait lancé ses escarpins au loin et fait passer sa robe par-dessus sa tête…

— Tu viens ? demanda-t-elle en se tournant vers lui, avançant résolument dans la mer.

— Tu es infernale, Olivia Coates-Clark, répondit-il en faisant pourtant passer sa chemise par-dessus sa tête sans prendre la peine de la déboutonner.

Son sang-froid n'y résisterait pas, mais tant pis ! Impatient de la rejoindre, il courut sur le sable, empêtré dans son pantalon dont il essayait en même temps de se défaire. Enfin libre de ses mouvements, il plongea dans l'eau délicieusement tiède. D'un crawl vigoureux, il se dirigea vers Olivia.

— Hé, Olivia, tu vas trop loin, arrête un peu ! cria-t-il en sortant la tête de l'eau.

— Sinon quoi ? fit-elle en riant et en se laissant flotter au clair de lune.

— Sinon je t'embrasse à t'en faire perdre la tête…

En trois brasses, il la rejoignit. La saisissant par la taille, il l'attira contre lui et la ramena vers le rivage où ils s'échouèrent en riant au milieu des vaguelettes qui venaient leur lécher la peau.

Il sentait son corps souple et humide contre le sien. Le désir le terrassait. Mais ce fut elle qui posa ses lèvres sur les siennes. Ce fut un baiser violent, au goût de sel, un baiser comme seule l'indomptable CC savait en donner. De ses deux mains, elle s'agrippait à ses cheveux, le dévorant de ses lèvres, de sa langue. Cinq longs jours qu'il attendait cela ! Il étreignait avidement sa taille fine, ses hanches pleines, tandis que, sans interrompre leur baiser, ils se laissaient rouler dans les vagues. Mais, quand elle enroula ses jambes autour de sa taille et se hissa au-dessus de lui, il s'écarta brutalement.

— Pas de sexe, CC, parvint-il à articuler d'une voix rauque, c'est la règle.

— Stupide règle ! Je la romps !

Dans l'éclat argenté de la lune, son rire bas était plus sexy que jamais. Comment résister ? La serrant de plus belle contre lui, il se remit à l'embrasser, tout en essayant fiévreusement de se débarrasser du boxer-short qui lui collait à la peau. Soudain, une main fine se pressa sur son torse et le repoussa fermement.

— Attends, Zac…

— Attendre quoi ?

Le désir le brûlait, sa voix s'étranglait. Allait-elle changer d'avis ? Si oui, il ne garantissait pas sa réaction…

— Le grand lit, Zac. La hutte. L'amour comme on vient le faire aux îles Fidji. C'est ça que je veux…

Incapable d'attendre, il attira Olivia tout contre lui. Quatre nuits de frustration ! Il n'attendrait pas une seconde de plus.

— Avons-nous l'habitude de nous contenter d'une seule fois par nuit, CC ? lui murmura-t-il à l'oreille.

*
* *

Ayant difficilement repris haleine après une étreinte à couper le souffle, Zac et Olivia s'arrachèrent au rivage. Rassemblant leurs vêtements épars sur la plage, main dans la main, ils se hâtèrent vers leur hutte.

Avec le sentiment de flotter sur un nuage, elle se tourna vers lui.

— Dire que nous nous sommes privés de cette félicité durant quatre nuits ! Quel gâchis ! Faut-il que nous soyons idiots !

— C'est pourquoi nous allons enfin utiliser ce lit que nous nous sommes évertués à ne pas partager…

— Pas avant de nous être débarrassés du sable qui nous colle à la peau, répondit-elle en riant et en l'entraînant en courant vers la douche à l'extérieur de la hutte.

Ils ne furent pas longs à profiter de l'eau fraîche sur leurs corps et à s'éponger mutuellement avant de se précipiter à l'intérieur de la hutte. Se laissant tomber au beau milieu du grand lit, Olivia saisit Zac par la main et l'attira à elle. L'attente la faisait trembler. Les longues heures de tension qu'ils s'étaient imposées allaient se muer en un feu d'artifice de sensations, et leur séjour sur l'île allait connaître la plus magique, la plus fabuleuse, la plus merveilleuse des apothéoses…

— Longtemps et doucement, Zac, susurra-t-elle en faisant courir des baisers sur son torse, nous avons la nuit devant nous…

— Oui, CC, et la matinée de demain jusqu'à 10 heures…

Quand, exténuée, elle se blottit contre le corps de Zac, il était plus de 4 heures du matin, et le soleil commençait à pénétrer dans la hutte.

— Ce n'est pas comme les autres fois, murmura-t-elle, songeuse, en lui promenant un doigt sur le torse. C'est encore mieux…

— Des regrets de ne pas avoir rompu plus tôt notre pacte ? demanda-t-il en lui caressant doucement le dos.

— Non, répondit-elle en le regardant au fond des yeux.

Passer simplement du temps ensemble avait tellement ajouté à leur relation…

— J'ai passé avec toi des vacances merveilleuses, Zac.

Et elle voulait tellement qu'il y en ait d'autres…

— Moi aussi j'ai adoré ces moments avec toi, CC, dit-il en remontant le drap jusque sous leur nez. Profitons de nos dernières heures de vacances pour dormir dans les bras l'un de l'autre.

Avec un soupir, elle se blottit étroitement contre lui. Demain, ce serait le dur retour à la réalité, à la pression du travail, à l'hystérie de sa mère. Son nouveau mode de relation avec Zac y résisterait-il ? Qu'en serait-il à Auckland de l'état de grâce des Fidji ?

Ses paupières s'alourdissaient. Ce n'était pas le moment de penser aux problèmes ! Pas quand les bras puissants de Zac l'entouraient. Pas quand elle respirait l'odeur de son corps et que… Et que quoi ?… Etait-elle déjà endormie ?…

Comment savoir ?

L'homme qui était dans ses rêves et celui qui dormait auprès d'elle étaient le même.

Se dirigeant vers le rivage pour embarquer à bord de l'hydravion, Zac et Olivia eurent la surprise de trouver sur la plage Josaia et sa famille au grand complet venus les saluer.

Au comble de l'émotion, Olivia étreignit longuement Lauan, qui était en larmes. Quitter ces gens merveilleux était plus difficile qu'elle ne l'avait pensé.

— A bientôt, dit Zac quand tous se furent embrassés. Nous allons programmer les opérations de Josaia le plus vite possible.

— Je crois qu'il a quelque chose pour vous deux, dit Donny en souriant, les mains sur les épaules de son petit-fils.

Sérieux comme un pape, le petit garçon s'avança.

— C'est pour toi, docteur Zac, fit-il en tendant à Zac une pièce de tissu soigneusement pliée.

Emu, Zac lui prit des mains le *sulu* d'un bleu vif qu'il lui tendait, reconnaissant le vêtement de coton que les Fidjiens se drapent autour des reins dans les grandes occasions.

— Voilà le tien, fit Josaia en se dirigeant vers Olivia.

Se baissant sur ses talons, elle reçut avec la dignité qui convenait un magnifique *sulu* d'un jaune éclatant.

— Merci, Josaia, ce *sulu* est magnifique…

Une fois dans le petit avion, elle agita la main tant qu'elle le put, mais l'appareil, avec un bond, prit soudain de l'altitude, et elle ne put retenir un soupir. Ces cinq jours avaient été un enchantement, mais maintenant qu'allait-il se passer ? La grisaille l'attendait, et surtout sa mère.

Pour s'occuper d'elle, elle n'avait pas trop de toutes ses forces. Mieux valait renoncer à construire une vie personnelle. Elle n'avait pas assez de temps pour sa mère et pour un homme.

Lui prenant la main, Zac y déposa un baiser léger.

Serrant sa main, elle se tourna vers le hublot et contempla avidement l'îlot de Tokoriki, qui n'était plus qu'un point minuscule dans la vaste étendue du Pacifique.

Elle voulait emporter avec elle la moindre bribe des Fidji…

En sortant du taxi devant chez elle, Olivia frissonna.

— Brrr ! Comme il fait froid et humide…

— Le fait est que le contraste est violent, fit Zac en riant.

Devant la porte, l'angoisse l'étreignit… Des lumières vives et de la musique sonore s'échappaient de l'intérieur.

Oh ! non, pas ce soir… Pas quand elle avait encore tant de bonheur en elle…

— Tu n'ouvres pas ? demanda Zac, l'air surpris.

Plus question qu'il entre boire un café, comme elle le lui avait proposé. Affolée, elle jeta un regard dans la rue, mais le taxi qui les avait amenés était déjà reparti.

— Il y a chez toi quelqu'un que tu ne veux pas que je rencontre, c'est ça ? demanda-t-il en lui prenant le bras dans un geste plein de sollicitude. Je croyais qu'il y avait à présent de la confiance entre nous, Olivia.

Certes… Mais le problème embusqué derrière la porte était terrible, et même Zac ne pouvait pas le comprendre…

Elle ne voulait pas de sa compassion. Ni de l'horreur qui

se peindrait sur sa figure lorsqu'il découvrirait jusqu'où sa mère pouvait aller.

— Va-t'en, Zac, siffla-t-elle.

Mais c'était trop tard, la porte s'ouvrait.

— Olivia, ma chérie, enfin toi ! Je me demandais où tu étais passée. Je me suis fait un sang d'encre. A l'hôpital, on n'a rien voulu me dire.

— Maman !... Qu'est-ce que tu fais là ? Tu sais que je ne veux pas de toi chez moi en mon absence.

Sous l'effet de la colère, elle s'était mise à crier. Mais une main ferme lui saisit le bras.

— C'est bon, Olivia, calme-toi, fit Zac d'une voix égale.

Comme elle, il connaissait les manifestations de l'alcoolisme. Il avait tout compris, c'était évident. La honte la submergeait. Que faire, sinon les présentations ?...

— Ma mère, Cindy Coates-Clark. Maman, je te présente Zachary Wright, un ami. Zac et moi avons passé de merveilleuses vacances aux îles Fidji, et maintenant nous avons besoin de récupérer du voyage. Au calme.

— Enchantée, Zachary. Appelez-moi Cindy...

Consternée, Olivia resta muette. C'était sa mère qui minaudait ainsi, des relents d'alcool accompagnant chacune de ses paroles. Cerise sur le gâteau, elle ouvrit grand la porte, comme si c'était elle la maîtresse de maison.

— Entrez donc !

— Merci Cindy, répondit Zac d'un air imperturbable.

Saisissant les sacs de voyage, il se tourna vers Olivia.

— Je ne reste que le temps de boire ce café, dit-il d'un ton aussi placide que si être accueilli par une femme complètement soûle et attifée de façon scandaleuse lui arrivait tous les jours.

Horrifiée, Olivia dévisageait sa mère. De longues traînées de mascara lui maculaient les joues, son rouge à lèvres d'une teinte agressive avait coulé dans les ridules qui lui cernaient la bouche, sa poitrine s'échappait d'un top trop moulant.

A la vue de la jupe, Olivia crut défaillir.

— Maman ! Tu as pris la jupe d'un tailleur tout neuf que

je n'ai pas encore porté ! Et tu l'as coupée aux trois quarts ! Tu te rends compte de l'air que tu as ?

— Cette jupe vert émeraude est bien plus sexy comme ça, ma chérie. Tu t'habilles de façon tellement gnangnan !

— Olivia, veux-tu que je m'occupe du café ? demanda Zac, comme si de rien n'était.

— Du café ? protesta Cindy, l'air dégoûté. Prenez donc un gin avec moi. Vous êtes un homme, un vrai, Zac, et…

— Arrête, maman ! De toute façon, il n'y a pas de gin ici, dit-elle, outrée, en se dirigeant vers la cuisine.

A la vue qui s'offrait à elle, les bras lui tombèrent. Des bouteilles vides jonchaient le sol, des barquettes de nourriture à moitié consommées traînaient dans tous les coins, l'évier débordait de verres et de vaisselle sale.

— Depuis combien de temps squattes-tu ma maison, maman ?

— Ma foi… aucune idée…

Si les bras de Zac ne s'étaient pas refermés sur elle, elle se serait effondrée…

— Je suis là, Olivia, nous réglerons ensemble ce problème.

Ensemble ? Non ! Sa mère était son problème.

— Maintenant, il faut que tu partes, Zac, dit-elle avec rudesse en s'écartant.

L'air peiné, il lui posa un baiser sur la joue.

— Bonne nuit, CC. Je t'appelle demain matin.

— Inutile. Nos vacances étaient merveilleuses mais la vie reprend son cours. Va-t'en, Zac, et n'espère rien d'autre entre nous.

Dès que la porte se fut refermée, elle s'appuya au mur et se laissa glisser jusqu'au sol.

Elle avait mis tellement de temps à comprendre qu'elle aimait Zac ! Hélas, il avait vu aujourd'hui qu'elle était incapable de maîtriser sa vie, sa mère, sa maison. Elle avait fait un beau rêve, mais les rêves, comme les contes de fées, ne sont qu'illusion.

La tête entre ses bras, elle sanglota comme elle ne l'avait jamais fait.

Tôt ou tard, les choses auraient craqué avec Zac…

Au moins c'était fait.

A présent, elle ferait ce qu'elle avait toujours fait.

Survivre.

Et veiller sur sa mère…

En montant dans le taxi qu'il avait commandé par téléphone, Zac jeta un regard désolé à la maison d'Olivia. En vingt-quatre heures, elle était devenue une autre femme. La veille, virevoltant dans sa robe rouge, elle était drôle, légère, sexy en diable. Ce soir, elle n'était plus que lassitude, désespoir et découragement.

A présent, il comprenait tout…

Le self-control dont elle était obsédée était une réaction viscérale à l'attitude de sa mère. Cindy n'avait ni maîtrise d'elle-même, ni pudeur, ni dignité. La veille, Olivia avait paru affolée quand il lui avait dit qu'il ne la reconnaissait pas dans son audacieuse robe rouge. Elle avait eu peur de ressembler à sa mère !

Grands dieux ! Quels dégâts cette femme n'avait-elle pas causés à la vie d'Olivia, à son développement personnel, à ses projets d'avenir… Mais, en retour, CC, avec son sens du devoir, se sentait responsable de sa mère…

Mais elle n'était pas obligée de rester seule pour assumer ses responsabilités.

Elle n'était pas faite pour ça ! Elle portait en elle tout l'amour et toute la générosité du monde ! Zac soupira.

Le taxi s'arrêta dans Quay Street, au pied de son luxueux immeuble. Là-haut l'attendait son appartement, anonyme et vide. Une envie folle le saisit de se trouver dans la jolie petite maison d'Olivia… quel que soit l'état de la cuisine…

Mais Olivia l'avait chassé… une fois de plus.

Il pressa le bouton de l'ascenseur.

Alors, à quoi avaient servi leurs vacances ?

A lui faire comprendre qu'il aimait Olivia. Pour la première fois, il avait imaginé un avenir où il n'était pas seul, où il y aurait une femme — elle, Olivia — et des enfants…

Ayant ouvert la porte de son appartement sombre et désert et allumé l'électricité, il poussa un profond soupir.

Pour la première fois de sa vie, il éprouvait de l'amour pour une femme, mais celle-ci ne cessait de le rejeter…

Comment résoudre cette situation absurde ?

Cela nécessitait d'abord un whisky bien tassé et ensuite un bon moment de réflexion.

13.

— Ne raccroche pas, Olivia ! dit Zac à l'autre bout du fil alors qu'elle avait à peine décroché et même pas dit « Allô ». C'est à propos de Josaia que je t'appelle.

— Je t'écoute, fit-elle résignée.

Voilà dix jours qu'elle s'évertuait à le chasser de ses pensées. C'était fou ce qu'il lui manquait, ainsi que leurs rires et leur complicité de Tokoriki…

— Le bloc est retenu samedi matin à l'hôpital privé pour l'intervention, et j'ai pu obtenir un lit pour quatre nuits.

Zac semblait jubiler, et il y avait de quoi. Il avait mis tout le monde à contribution pour organiser l'opération de Josaia dans les meilleurs délais et aux meilleures conditions. L'équipe renonçait à ses honoraires, et l'hôpital ne demandait rien. Zac n'avait pas son pareil pour charmer les plus rétifs et pour inciter les plus avaricieux à mettre la main à la poche !

— Tu devrais créer une organisation humanitaire pour aider les enfants comme Josaia.

— Moi ? se récria-t-il en riant. Mais voyons, Olivia, il n'y a que toi pour toucher la corde sensible des gens ! Rappelle-toi le succès du gala que tu as organisé pour Andy !

Elle ne réagit pas. L'opération de Josaia était la seule chose dont elle acceptait de parler avec Zac.

— A plus tard, Zac. Je te verrai au motel à 17 heures.

Ils prenaient à leur charge les frais d'un motel proche de l'hôpital pour les nombreux membres de la famille qui accompagnaient Josaia. Zac irait les chercher tout à l'heure à l'aéroport, ils auraient le lendemain pour s'acclimater. Puis ce serait le jour J…

— Pourquoi ne viens-tu pas à l'aéroport avec moi, Olivia ?

— J'ai une consultation à 14 heures, répondit-elle sèchement.

— Promets-moi au moins d'être au motel.

— J'y serai, c'est promis.

C'était pour Josaia qu'elle s'y rendrait.

Les effusions avec leurs amis fidjiens écarteraient tout danger de tête-à-tête avec Zac…

— Es-tu dentellière à tes heures perdues, CC ? demanda Zac d'un ton admiratif. Tes points de suture sont si délicats !

Olivia ne lui jeta qu'un rapide coup d'œil par-dessus son masque. Trop concentrée ! Elle avait rouvert en profondeur la cicatrice qui courait le long de la joue de Josaia et enlevé la peau qui formait d'horribles boursouflures là où les agrafes avaient été trop étroitement posées. A présent, elle suturait avec minutie, couche après couche, l'épiderme, depuis le muscle qui sous-tendait la joue.

Ayant posé le dernier point de suture, elle se redressa.

— Te voilà remis à neuf, jeune homme !

Satisfaite du résultat, elle changea de côté pour laisser la place à Zac.

— Contrairement au tien, mon travail est invisible à l'œil, dit celui-ci en saisissant un scalpel.

— Il sera visible dans le comportement de Josaia. Il pourra de nouveau plonger et nager avec ses copains… J'espère qu'il en trouvera de nouveaux et qu'il enverra balader ceux qui l'ont maltraité, dit-elle comme malgré elle.

Attentive aux gestes de Zac, elle le regarda écarter les tissus et mettre à jour la clavicule du petit garçon, à l'endroit de la fracture.

— Recasser va être terrible, dit-il d'un ton plein de compassion. Le pauvre gosse va souffrir pendant un moment. Mais allons-y, c'est pour son bien…

Participant autant qu'elle le pouvait au travail de Zac, elle admira la précision de ses gestes et son autorité sur l'équipe. Une fois les opérations terminées et Josaia conduit en salle de réveil, ils allèrent ensemble rassurer sa famille, puis se dirigèrent vers le parking.

— Si nous allions déjeuner au Viaduct Harbour ? suggéra Zac.

— Désolée, Zac, je n'ai pas faim.

— Qu'est-ce qui ne va pas, Olivia ? Epargne-moi une réponse du genre : « Mais non, tout va très bien », je ne te croirais pas.

Interloquée par sa perspicacité, elle le regarda. Il aurait été si facile de se laisser aller contre son large torse et d'oublier un instant le nouveau problème qui la minait…

Sa mère, évidemment ! L'attitude de celle-ci empirait. Il allait falloir prendre des mesures qui, d'avance, rendaient Olivia malade.

— J'ai un rendez-vous important dans une heure…

— Un rendez-vous avec qui, Olivia ?

— Avec un avocat, un psychologue et un représentant de la police.

Pourquoi lui révéler cela ? Il fallait qu'elle s'échappe avant d'en dire plus. Mais il insistait.

— Où a lieu ce rendez-vous ?

— Chez moi.

— Je t'accompagne, viens, dit-il en lui prenant le coude et en l'entraînant vers sa propre voiture avec une telle autorité qu'elle le suivit sans résister.

— En plus, tu vas vouloir assister à cette réunion, protesta-t-elle faiblement…

— Je me contenterai de préparer le café.

Comme s'il était du genre à jouer les seconds rôles ! Mais, à sa propre surprise, elle était finalement soulagée qu'il participe à la réunion tant redoutée.

Que faire à propos de Cindy ?

C'était l'objet de la réunion avec les autorités concernées. Sa mère n'était plus seulement odieuse, elle devenait dangereuse.

Conduire en état d'ivresse était son dernier méfait. L'avant-veille, elle avait failli renverser des passants, dont des enfants, sur un passage piéton. Mais, depuis toujours, elle refusait traitements, cures, ou séjours en établissement spécialisé, et comptait sur sa fille pour la materner et réparer les pots cassés.

Pourtant, mise au pied du mur par ses interlocuteurs, Olivia elle-même était choquée à l'idée de confier sa mère à une clinique… Ne pas veiller personnellement sur elle était contraire à sa conception du devoir. Cela impliquait de renoncer à faire sa vie avec Zac, elle le savait. C'était un déchirement abominable. De nouveau, elle allait devoir l'exclure de sa vie, alors qu'elle avait tant besoin de lui !

Ayant refermé la porte derrière les visiteurs, elle s'y adossa, les yeux clos. C'était maintenant qu'elle devait lui dire de partir. Une fois de plus ! Rouvrant les yeux, elle le vit debout en face d'elle, souriant.

— Je crois que tu as besoin d'un bon somme réparateur, CC !

— Il faut que j'appelle l'hôpital pour avoir des nouvelles de Josaia.

— Ne t'inquiète pas, je vais y passer en sortant d'ici.

Lui passant un bras autour des épaules, il la guida jusqu'à sa chambre.

— Mets-toi au lit ! Je t'apporterai un bon chocolat chaud. Mais il faut d'abord que tu enfiles ton pyjama, dit-il en commençant à déboutonner son chemisier.

— Je peux faire ça moi-même, protesta-t-elle. Laisse-moi.

Pourtant, le geste de Zac était empreint de tendresse. Au lieu de faire courir de la fièvre dans ses veines, il lui apportait comme une sensation de bien-être et d'apaisement…

— Merci, Zac, merci pour tout, lui dit-elle au moment où il franchissait la porte.

Revenant sur ses pas, il l'embrassa sur les deux joues.

— Je t'avais dit que j'étais là pour toi.

— Il faut pourtant que nous nous quittions, Zac. Pour de bon, articula-t-elle faiblement, sentant venir les larmes.

— Le problème, CC, c'est que je suis incapable de quitter quelqu'un que j'aime, dit-il avant de refermer la porte sur lui.

Il avait dit : « quelqu'un que j'aime » ?…
Impossible ! Elle dormait déjà, et c'était un rêve !
Coup de chance, ce n'était pas un cauchemar…

Avec une mère tellement déjantée, l'enfance d'Olivia avait dû être une abomination !

Pressé d'arriver à l'hôpital, Zac doubla une voiture qui lambinait… Dès qu'il aurait vu Josaia, il rentrerait chez lui, et, demain matin, il apporterait un petit déjeuner à Olivia.

Il y avait peu de chance pour qu'elle lui ouvre sa porte. Tant pis. Ce serait une façon de lui prouver qu'il n'était pas découragé par ce qu'il avait entendu lors de la réunion. Olivia redoutait que le récit des lamentables turpitudes de sa mère ne le fasse fuir, il l'avait vu aux regards inquiets qu'elle lui avait lancés. Au contraire, il était de plus en plus déterminé à ce qu'elle entre dans sa vie !

Tout à ses pensées, il frappa le volant de la paume de sa main…

Les familles n'étaient pas toujours des cadeaux ! Olivia et lui avaient décroché le gros lot !

D'ailleurs, quel genre de père était son frère Mark ? Savait-il montrer à ses fils qu'il les aimait ? S'il les rejetait, qui prendrait soin de ces garçons ?

Il le ferait, lui, Zac.

Mais il les connaissait à peine ! Il était temps qu'il se rapproche de Mark, que leur rancœur s'apaise, et qu'ils apprennent à s'aimer à nouveau, comme autrefois, lorsqu'ils étaient gamins.

Apaisé par tant de bonnes résolutions, il pénétra dans le parking de l'hôpital. Pour l'instant, priorité à ses devoirs de médecin et à Josaia !

Etendue sur le dos, Olivia regardait le plafond. La lumière du jour l'éclairait déjà. Quelle heure était-il donc ?

8 h 30 du matin, d'après l'écran de son portable.

Houlà !… Depuis la veille, un nombre impressionnant de textos s'y affichaient aussi…

Josaia dit hello au Dr Olivia. Il va bien et est impatient de courir partout malgré la douleur. Espère que tu dors bien et ne liras ce message que demain matin. T'embrasse. Zac.

Pense à toi en dînant. Voudrais être encore à Tokoriki pour dîner sous les cocotiers avec toi. Tendresses. Zac.

Vais me coucher. Viendrai te voir demain. Zac.

Elle ne lui ouvrirait pas la porte. Elle avait une mère ingérable à gérer… et des blessures à panser.

Suis à ta porte avec le petit déj. Zac.

Il était là ? Oubliant ses bonnes résolutions, elle sauta du lit et se précipita dans le vestibule, mais, devant la porte, elle stoppa net.

Allait-elle laisser entrer Zac alors qu'elle voulait le quitter définitivement ? Ce ne serait pas chic de sa part de faire souffler sur lui le chaud et le froid… Elle devait couper complètement les ponts, dès maintenant.

Traînant tristement les pieds, elle gagna la cuisine. Elle aimait Zac de tout son cœur, de toutes ses fibres. Mais qu'avait-elle à lui offrir ? Deux cafés et une douche brûlante ne furent pas de trop pour reprendre pied dans la vie. Il était temps de se rendre à l'hôpital et d'aller examiner Josaia…

Sortant de la maison, elle heurta du pied un volumineux sac de papier. Le petit déjeuner annoncé par Zac !

Oh ! Zac, pourquoi était-il si attentionné ? Pourquoi lui rendait-il les choses si difficiles ?

Une seule destination possible pour ce petit déjeuner : la poubelle. Et, puisqu'elle avait laissé la veille sa voiture à l'hôpital, elle s'y rendrait à pied.

Cela lui éclaircirait les idées.

Enfin, peut-être.

Quand Olivia entra dans la chambre de Josaia, celui-ci essayait de persuader son grand-père qu'il pouvait se lever.

— Attends l'avis du Dr Olivia, gronda Donny qui était assis auprès de lui.

— Je vais examiner ta joue, dit Olivia en souriant, mais c'est le Dr Zac qui te dira si tu peux te lever.

— Il est venu pendant que je dormais, répondit le petit garçon d'un air déçu.

Ouf… Zac est déjà passé. Elle ne le croiserait pas.

Se redressant sur son lit, Josaia la regarda avec un sourire radieux.

— Ma joue est belle maintenant, affirma-t-il.

S'il pensait cela alors que des agrafes couraient encore le long de sa joue, c'était qu'il était en bonne voie !

— Mes amis vont m'aimer à nouveau !

Elle eut un sourire dubitatif. Le petit bonhomme ferait bien de changer d'amis, mais pourquoi le détromper…

— Josaia, dit-elle, tu auras toujours une légère cicatrice, qui peu à peu deviendra presque invisible, mais plus jamais ces petites boules de peau si vilaines.

— Et mon bras ? demanda le bout de chou, qui semblait au comble de la félicité. Je pourrai m'en servir ?

— Bientôt, mais tu dois être patient. Le Dr Zac t'indiquera des exercices pour le fortifier.

S'asseyant sur le lit, elle lui fit tourner la tête pour examiner la cicatrice.

— Bien ! s'exclama-t-elle.

Elle pouvait être fière de son travail. Grâce à elle, la vie de Josaia serait peut-être meilleure. La matinée avait été satisfaisante. Il n'en serait sûrement pas de même de l'après-midi : elle devait voir sa mère…

*
* *

— Ah non, Olivia ! Je ne mettrai pas les pieds dans ces lieux de cure sinistres, fréquentés par des bonnes âmes qui vous font la morale et des gens coincés pour qui boire un verre est un crime.

Rouler fin soûle à tombeau ouvert dans une zone résidentielle, ce n'était pas un crime ?

— Maman ! dit-elle avec un soupir de découragement, tu devrais t'estimer heureuse que le juge Walters t'ait donné ta chance. Toi et moi devons l'accepter. Tu dois te soumettre à un traitement dans une clinique spécialisée. Sinon tu repasseras en jugement, et cette fois on ne te fera pas de cadeau. Ce n'est pas la première fois que tu es arrêtée pour conduite en état d'ivresse.

Reprenant son souffle, elle essaya de se calmer.

— Tu as rendez-vous demain à la clinique de Remuara. Je viendrai avec toi.

— Je suis sûre que ce type… Comment s'appelle-t-il déjà ?… Celui avec qui tu es partie en vacances ?… Je suis sûre que lui n'est pas contre boire un verre ou deux.

— Ne mêle pas Zac à tout cela, maman.

— C'est le type même de l'homme à femmes. Méfie-toi. Quand il aura obtenu de toi ce qu'il veut, il s'évanouira dans la nature. Il n'est pas du genre à s'établir.

Bravo… Sa mère mettait toujours dans le mille quand elle voulait être blessante…

— Tu te fais des idées fausses sur lui, maman, parce que tu ne le connais pas.

— Il va te faire du mal, ma chérie. Crois-moi. Je connais les hommes. Tu es une proie facile pour lui.

Il y avait de quoi perdre patience.

— Pourquoi t'acharner à détruire tout ce qui me tient à cœur, maman ? demanda-t-elle, au comble de l'indignation.

— Ah ! Tu avoues ! Il te plaît ! Je m'en doutais. Je suis ta mère, ma chérie, je m'inquiète pour toi.

Quoi !… Elle s'inquiétait pour sa fille ? Voilà qui était nouveau… Elle avait peur de devoir la partager, oui… Elle avait toujours fait cela… Elle avait poussé son mari dehors, elle avait empêché Olivia d'avoir des amis… Et Olivia s'était laissée avoir, s'imaginant qu'elle ne pourrait pas aimer deux personnes à la fois, qu'elle devait être là pour sa mère et pour elle seule…

— Maman, je dois partir. Je passerai te prendre à 10 heures demain matin pour t'emmener à la clinique.

— Reste, j'ai à te parler.

— Nous avons assez parlé, maman.

Sortant de chez sa mère sans un regard en arrière, Olivia monta dans sa voiture et démarra en direction de Cornwell Park. Une ambiance paisible et propice à la réflexion régnait dans le vaste jardin public, au pied de la petite éminence de One Tree Hill. Les mains enfouies dans les poches, elle arpenta longuement les allées ombragées d'arbres séculaires.

Le départ de son père. Les exigences de sa mère. La rencontre avec Zac. Sa vie défilait en images dans sa tête.

Les images de l'avenir étaient plus floues.

Elle aimait Zac… Elle voulait essayer de construire sa vie future avec lui… Mais était-elle assez sûre d'elle pour cela ?

Il ne fallait pas qu'elle cède à une impulsion. Elle devait réfléchir encore quelques jours.

En fait elle avait peur. Terriblement peur.

Les jours se traînaient. Le sommeil d'Olivia était agité, son travail routinier, son esprit déchiré entre les arguments pour et les arguments contre un avenir avec Zac.

Chaque jour, elle recevait des textos de lui.

Hello ! Josaia progresse. Ce n'est plus le même enfant. Baisers. Zac.

CC, veux-tu dîner ce soir chez le nouvel italien ?

Elle en mourait d'envie, mais c'était hors de question.

Tu vas bien ? N'oublie pas que je suis là pour toi. T'embrasse. Zac

Non, ça n'allait pas. Il lui manquait tellement qu'elle avait l'impression d'avoir un vide béant à la place du cœur.

Ta mère a-t-elle accepté de faire une cure ?
Tendresses. Zac.

Oui ! C'était la bonne surprise de la semaine ! Cindy avait enfin accepté de se rendre à la clinique. Mais pourquoi en informer Zac et se mettre à répondre à ses textos ?

Le jeudi soir, Olivia trouva sur le pas de sa porte un magnifique bouquet d'iris dans un papier or et pourpre, avec une carte portant ces mots : « Je t'aime, Zac ». Elle fondit en larmes mais ne décrocha pas son téléphone.

Le lendemain soir, un vendredi, elle reçut une photo le représentant avec ses neveux, deux adorables bambins qui s'accrochaient à lui en souriant à la caméra. Elle sentit son cœur chavirer. Comment ne pas imaginer Zac serrant des enfants bien à lui dans ses bras ? Des enfants à lui et à elle…

Le samedi matin, son téléphone sonna… Ayant décroché dès la deuxième sonnerie, elle fronça les sourcils, déçue malgré elle de voir s'afficher un numéro inconnu.

— Allô ? fit-elle.

— Olivia, ma chérie, fit une voix geignarde au téléphone, viens me chercher tout de suite. Je déteste cet endroit. On me traite comme une enfant et on me refuse tout ce que je demande.

— C'est toi, maman ? demanda-t-elle avec un soupir de découragement. D'où m'appelles-tu ? Les patients n'ont pas le droit d'avoir de contact avec leur famille durant les premières semaines du traitement.

— D'un petit café au coin de la rue. Le café est immonde mais le patron me prête son téléphone. Dépêche-toi, Olivia, je ne supporte plus cet endroit.

— Désolée, maman, j'ai quelqu'un à voir.

— Et moi, alors ?

— Je t'adore, maman, mais, à partir de maintenant, je penserai d'abord à moi.

Ayant coupé la communication, elle éteignit le téléphone

et l'enfouit au fond d'un tiroir. Ce qu'elle avait à faire était trop important, elle ne pouvait être dérangée.

Pressée de sortir, elle se glissa dans un jean moulant et enfila un petit pull angora de couleur crème dans lequel elle se sentait à l'aise. Ayant zippé les bottes noires à talons hauts qui lui moulaient la jambe jusqu'au genou, elle jeta un regard au miroir en pied de sa chambre.

— Pas mal…

Son manteau trois-quarts complétait bien l'ensemble. Un coup d'œil à son maquillage, un coup de brosse dans ses cheveux, et elle était prête…

Prête à prendre sa vie en mains.

Elle ne devait plus se poser de questions, mais foncer.

Au pied de l'immeuble de Zac, elle eut une dernière hésitation en contemplant l'Interphone.

Trop tard pour reculer… Il fallait y aller.

— Zac, c'est moi…

Entrant dans l'ascenseur, elle appuya sur le bouton. Sur le palier, Zac l'attendait, un sourire chaleureux mais timide sur les lèvres.

— Olivia…

— Zac…

— Viens, fit-il en la prenant par le coude.

Quand il l'eut débarrassée de son manteau, elle se tourna vers lui.

— Pardon de n'avoir pas répondu à tes textos et de ne pas t'avoir remercié pour les fleurs, dit-elle d'un trait.

— C'est sans importance.

— Je suis venue te dire que je t'aime, Zac.

Voilà, c'était fait !

— Je crois que je t'aime depuis le début, mais j'étais dans un tel déni que je n'ai commis que des bourdes.

C'était dur d'extérioriser ce qu'elle avait en elle, mais un indicible soulagement l'envahissait peu à peu.

— Crois-tu que nous puissions envisager l'avenir ensemble, Zac ? demanda-t-elle

— Que veux-tu exactement, Olivia. Le mariage ? Des enfants et un chien ?

Avec bonheur, elle retrouvait la lueur de malice qu'il avait, même dans les plus graves circonstances, dans les yeux. Mais il allait trop vite.

— Pourquoi ne pas vivre d'abord quelque temps ensemble, pour voir ce que cela donne ?

— Non, mon cœur, répondit-il en faisant courir un doigt sur sa joue. Je veux tout ou rien. Une famille, des enfants. Parce que je t'aime.

Il l'aimait… C'était la première fois qu'il le lui disait en face et jamais elle n'avait entendu de paroles aussi merveilleuses.

— Je ne sais pas ce qu'est une famille heureuse, Zac. Je n'ai pas eu de modèle dans mon enfance. J'ai peur de rééditer les erreurs de mes parents. Je me demande si je serai capable d'aimer à la fois toi, des enfants et ma mère.

En souriant, il se pencha vers elle et lui posa sur la commissure des lèvres un baiser plus léger qu'une aile de papillon.

— Je t'aiderai. Mais pas de galop d'essai ! Marions-nous, et avançons ensemble dans la vie. Pourquoi attendre ? Je crois en toi, Olivia. Si tu faiblis, nous serons deux à y remédier. L'histoire de ma famille n'est pas plus encourageante que la tienne, et pourtant j'ai envie de construire quelque chose avec toi.

— C'est vraiment avec moi que tu veux faire tout cela ?

— Et bien d'autres choses ! Des nuits folles au creux d'un lit, des journées de paresse au coin du feu…

— Dans le tableau, tu oublies les incartades de ma mère.

— Nous y ferons face ensemble. Toi et moi serons solidaires, toujours là l'un pour l'autre, dans les mauvais jours comme dans les bons.

Deux bras solides se refermèrent autour de sa taille, et elle ferma les yeux.

— Je t'aime plus que ma vie, Olivia. Dis-moi oui, je t'en prie, et sois ma femme.

— Oui, Zac, marions-nous, le plus vite possible.

Elle avait l'impression de plonger dans le grand bain d'une

piscine sans fond… Mais comment aurait-elle pu se noyer, protégée par les bras de Zac ?

— Je t'ai dit que je t'aime, Zac ?

— Pas assez, répondit-il en lui posant sur les lèvres un tendre baiser.

Elle s'abandonna contre lui, mais il s'écarta soudain.

— J'ai une bouteille de tes bulles favorites au frais, s'écria-t-il. Ouvrons-la pour fêter notre décision !

— Pour moi, juste un verre…

— Oublie tes craintes, CC, tu n'es pas alcoolique comme ta mère !

— Non, mais j'ai l'intention de finir l'après-midi au lit avec toi et je veux être en pleine possession de mes moyens.

— Alors, là, je ne vois rien à redire…

Epilogue

Un an et deux mois plus tard.

— Heureux anniversaire de mariage, chérie, dit Zac en s'asseyant sur le bord du lit et en posant le plateau du petit déjeuner sur les genoux d'Olivia.

A côté des pancakes, du sirop d'érable et du bacon, se trouvait une jolie petite boîte.

Soulevant le couvercle, elle découvrit avec ravissement une paire de pendants d'oreilles sertis d'émeraudes et un bracelet assorti.

— Comme c'est beau, murmura-t-elle.

— Normal, pour une belle femme, répondit-il en lui passant le bracelet au poignet.

Ayant fixé les boucles d'oreille à ses oreilles, elle ouvrit le tiroir de la table de nuit.

— Moi aussi, j'ai un cadeau pour toi, fit-elle d'un air malicieux en agitant une réglette sous les yeux de Zac.

— Quoi ? s'exclama-t-il, n'osant y croire.

— Oui, mon chéri, un bébé, répondit-elle radieuse.

L'année s'était écoulée comme un rêve merveilleux ! Zac s'était montré le mari parfait qu'il avait promis d'être, et elle-même n'avait jamais craqué. Même quand sa mère s'était enfuie à deux reprises de la clinique, créant sur son passage la pagaille dont elle avait le secret. Avec Zac à ses côtés, Olivia pouvait tout affronter.

— Tu te rends compte, Zac, nous allons être des parents !

— Et d'excellents parents, mon cœur, répondit-il en l'embrassant si passionnément qu'ils furent occupés pour le reste de la matinée, oubliant les délicieux pancakes.

Enfin, elle avait trouvé un héros bien à elle…

Découvrez dès à présent dans votre collection

Blanche

la nouvelle série inédite :

WILDFIRE : URGENCES MÉDICALES

SÉRIE WILDFIRE - URGENCES MÉDICALES

MEREDITH WEBBER
Retour à Wildfire

ALISON ROBERTS
La petite fille du Pacifique

*Sur l'île de Wildfire,
les cœurs des médecins brûlent
de passion.*

**2 romans inédits à découvrir chaque mois
de mai à juillet 2016**

HARLEQUIN
www.harlequin.fr

Retrouvez en juin,
dans votre collection

Blanche

Médecin et séducteur, de Michelle Celmer - N°1270

Quoi qu'il lui en coûte, il parviendra à séduire la belle Clare Connelly : tel est le défi que s'est lancé le Dr Parker Reese. Et hors de question qu'il échoue, même si la mystérieuse jeune femme semble prendre un malin plaisir à repousser ses avances ! Ce que Parker n'avait pas prévu, en revanche, c'est qu'à force de côtoyer Clare, il ne pourrait plus se passer d'elle... Des sentiments qui vont totalement à l'encontre de sa réputation de don Juan impitoyable et qui, surtout, l'effraient au plus haut point.

Une passion imprévue, de Lucy Rider

Elle qui pensait passer des vacances de rêve dans le Pacifique, la voilà coincée sur une île déserte en compagnie d'un rustre ! Tandis que des larmes de colère lui brûlent les paupières, Eve tente de se reprendre : puisqu'elle va devoir supporter Chase Gallagher, le maudit pilote qui les a fait se poser ici, au milieu de nulle part, pendant une durée indéterminée, autant se montrer cordiale. A mesure que les jours passent, Eve se surprend pourtant à changer d'avis sur Chase, qui se montre protecteur et attentionné envers elle... A tel point qu'elle se demande bientôt si... Non, impossible. Elle ne peut tout de même pas être tombée amoureuse de lui !

Un bébé pour Maddie, de Marion Lennox - N°1271

Enceinte... et piégée au fond d'une mine, où elle a été envoyée pour secourir des blessés. Maddie le sait : elle ne doit surtout pas se laisser envahir par la panique. Aussitôt, ses pensées se tournent vers Joshua, son ex-mari... le seul à pouvoir la tirer de cette dangereuse situation. Bien sûr, faire appel à lui n'est pas sans risque car, une fois sur place, il découvrira qu'elle attend un enfant. Mais tant pis, la décision de Maddie est prise. Et puis, en le revoyant, elle trouvera peut-être le courage de lui avouer qu'elle l'aime toujours passionnément, et que cet enfant qu'elle a eu seule, elle désire l'élever avec lui...

Retrouvailles à Wildfire, de Meredith Webber

Rahman al-Taraq, cheikh et chirurgien illustre. Lorsque Sarah le croise sur l'une des plages de Wildfire, elle se retrouve subitement plongée quatre ans en arrière : ce soir-là, à Londres, elle avait fait la connaissance de Rahman lors d'un gala de charité. C'était juste avant qu'un terrible accident ne lui arrache son mari et son enfant à naître, faisant voler sa vie en éclats... Bouleversée de le revoir aujourd'hui, elle se sent pourtant irrésistiblement attirée vers lui. Comme si la présence de Rahman à ses côtés faisait ressurgir en elle des sentiments qu'elle pensait enfouis à jamais...

Leur mission : sauver des vies.
Leur destin : trouver l'amour

HARLEQUIN
www.harlequin.fr

Inavouable révélation, de Jennifer Taylor - N°1272

Un regard échangé, et Amy en est sûre : c'est lui, Nicolaus ! Après toutes ces années, cet homme qu'elle a passionnément aimé n'a pas changé, et fait s'affoler son cœur comme au premier jour... Très vite, pourtant, son sentiment d'euphorie cède la place à une brutale montée de panique : Jacob, son fils de huit ans, est à ses côtés. Et à n'en pas douter, en le voyant, Nicolaus va immédiatement comprendre qu'il en est le père...

La chance d'une vie, d'Annie O'Neil

Elle finira comme simple réceptionniste, alors qu'une brillante carrière de danseuse étoile s'offrait à elle ? Terriblement déçue, Lina sait pourtant qu'elle n'a pas le choix : la blessure dont elle a été victime l'empêchera à jamais de réaliser son rêve, et il est hors de question qu'elle refuse le poste qu'on lui a proposé dans une clinique spécialisée dans la danse. D'autant que, à peine arrivée, elle se prend à apprécier son nouveau travail... et plus encore le séduisant Cole Manning, médecin et directeur de l'établissement. A son contact, en effet, elle a l'impression de reprendre goût à la vie...

Le secret d'une naissance, d'Elizabeth Bevarly - N°1273

En découvrant un bébé sur le pas de sa porte, un soir de réveillon, Claire est désemparée. Car bien que son métier d'obstétricienne la mette chaque jour au contact de nouveau-nés, elle n'a jamais eu à s'en occuper seule. À son inquiétude se mêle un trouble gênant quand elle reconnaît l'officier venu constater l'abandon. Nick Campisano, son ex-fiancé. Un homme qu'elle a quitté dix ans auparavant, préférant sa future carrière à la famille qu'il désirait tant fonder avec elle...

La fiancée du pédiatre, de Caroline Anderson

Pour aider le Dr Andrew Langham-Jones, son patron, à déjouer les manœuvres de sa mère qui s'obstine à vouloir le marier, Libby accepte de se faire passer pour sa fiancée - juste le temps d'un week-end en famille. Mais Andrew, séducteur accompli, se montre si convaincant en amoureux transi que bientôt, ce qui s'annonçait comme un jeu innocent tourne au supplice. Et Libby, de plus en plus troublée, se prend à regretter que son compagnon d'un soir n'éprouve pour elle que de l'amitié...

Leur mission : sauver des vies.
Leur destin : trouver l'amour

www.harlequin.fr

OFFRE DE BIENVENUE

Vous êtes fan de la collection Blanche ?
Pour prolonger le plaisir, recevez gratuitement

◆ 1 livre Blanche gratuit ◆
et 2 cadeaux surprise !

Une fois votre colis de bienvenue reçu, si vous souhaitez continuer à recevoir nos romans Blanche, cela se fera automatiquement. Vous recevrez alors chaque mois, 3 volumes doubles inédits de cette collection au tarif unitaire de 6,95€ (Frais de port France : 2,05€ - Frais de port Belgique : 4,05€).

➡ LES BONNES RAISONS DE S'ABONNER :

Aucun engagement de durée ni de minimum d'achat.

◆

Aucune adhésion à un club.

◆

Vos romans en avant-première.

◆

La livraison à domicile.

➡ ET AUSSI DES AVANTAGES EXCLUSIFS :

Des cadeaux tout au long de l'année.

◆

Des réductions sur vos romans par le biais de nombreuses promotions.

◆

Des romans exclusivement réédités notamment des sagas à succès.

◆

L'abonnement systématique et gratuit à notre magazine d'actu ROMANCE.

◆

Des points fidélité échangeables contre des livres ou des cadeaux.

➡ REJOIGNEZ-NOUS VITE EN COMPLÉTANT ET EN NOUS RENVOYANT LE BULLETIN !

✂ - - - - - - -

N° d'abonnée (si vous en avez un) ⊔⊔⊔⊔⊔⊔⊔⊔⊔

BZ6F09
BZ6FB1

Mme ☐ Mlle ☐ Nom : .... Prénom : ....

Adresse : ....

CP : ⊔⊔⊔⊔⊔ Ville : ....

Pays : .... Téléphone : ⊔⊔⊔⊔⊔⊔⊔⊔⊔⊔

E-mail : ....

Date de naissance : ⊔⊔ ⊔⊔ ⊔⊔⊔⊔

☐ Oui, je souhaite être tenue informée par e-mail de l'actualité d'Harlequin.

☐ Oui, je souhaite bénéficier par e-mail des offres promotionnelles des partenaires d'Harlequin.

Renvoyez cette page à : Service Lectrices Harlequin – BP 20008 – 59718 Lille Cedex 9 - France

Date limite : **31 décembre 2016**. Vous recevrez votre colis environ 20 jours après réception de ce bon. Offre soumise à acceptation et réservée aux personnes majeures, résidant en France métropolitaine et Belgique. Prix susceptibles de modification en cours d'année. Conformément à la loi Informatique et libertés du 6 janvier 1978, vous disposez d'un droit d'accès et de rectification aux données personnelles vous concernant. Il vous suffit de nous écrire en nous indiquant vos nom, prénom et adresse à : Service Lectrices Harlequin - BP 20008 - 59718 LILLE Cedex 9. Harlequin® est une marque déposée du groupe Harlequin. Harlequin SA – 83/85, Bd Vincent Auriol – 75646 Paris cedex 13. Tél : 01 45 82 47 47. SA au capital de 1 120 000€ - R.C. Paris. Siret 31867159100069/APE5811Z.

Vous n'avez pas le temps de lire tous les romans Harlequin ce mois-ci ?
Découvrez les 4 meilleurs avec notre sélection :

[COUP DE CŒUR]

COUP DE CŒUR

H HARLEQUIN
www.harlequin.fr

La romance sur tous les tons

Toutes nos actualités et exclusivités sont sur notre site internet.

E-books, promotions, avis des lectrices, lecture en ligne gratuite, infos sur les auteurs, jeux-concours… et bien d'autres surprises !

Rendez-vous sur
www.harlequin.fr

facebook.com/LesEditionsHarlequin

twitter.com/harlequinfrance

pinterest.com/harlequinfrance

www.harlequin.fr

OFFRE DÉCOUVERTE !

Vous souhaitez découvrir nos collections ? Recevez **votre 1er colis gratuit*** avec **2 cadeaux surprise !** Une fois votre colis de bienvenue reçu, si vous souhaitez continuer à recevoir nos romans, cela se fera automatiquement. Vous recevrez alors chaque mois vos romans inédits en avant première.

Vous n'avez aucune obligation d'achat et cette offre est sans engagement de durée !

*1 livre offert + 2 cadeaux / 2 livres pour la collection Azur offerts + 2 cadeaux.

☞ **COCHEZ la collection choisie et renvoyez cette page au**
Service Lectrices Harlequin – BP 20008 – 59718 Lille Cedex 9 – France

Collections	Références	Prix colis France* / Belgique*
❏ **AZUR**	ZZ6F56/ZZ6B2	6 romans par mois 27,59€ / 29,59€
❏ **BLANCHE**	BZ6F53/BZ6B2	3 volumes doubles par mois 22,90€ / 24,90€
❏ **LES HISTORIQUES**	HZ6F52/HZ6FB2.......	2 romans par mois 16,29€ / 18,29€
❏ **ISPAHAN**	YZ6F53/YZ6FB2	3 volumes doubles tous les deux mois 22,96€ / 24,97€
❏ **MAXI****	CZ6F54/CZ6FB2......	4 volumes multiples tous les deux mois 32,35€ / 34,35€
❏ **PASSIONS**	RZ6F53/RZ6FB2	3 volumes doubles par mois 24,19€ / 26,19€
❏ **NOCTURNE**	TZ6F52/TZ6FB2	2 romans tous les deux mois 16,29€ / 18,29€
❏ **BLACK ROSE**	IZ6F53/IZ6FB2	3 volumes doubles par mois 24,34€ / 26,34€
❏ **SEXY**	KZ6F52/KZ6FB2	2 romans tous les deux mois 16,65€ / 18,65€
❏ **SAGAS**	NZ6F54/NZ6FB2	4 romans tous les deux mois 30,85€ / 32,85€

*Frais d'envoi inclus, pour ISPAHAN : 1er colis payant à 13,98€ + 1 cadeau surprise.

Par la suite, colis à 22,96€ (24,97€ pour la Belgique).

**L'abonnement Maxi est composé de 4 volumes Hors-Série.

N° d'abonnée Harlequin (si vous en avez un) ⎵⎵⎵⎵⎵⎵⎵⎵

Mme ❏ Mlle ❏   Nom : _____

Prénom : _____   Adresse : _____

Code Postal : ⎵⎵⎵⎵⎵   Ville : _____

Pays : _____   Tél. : ⎵⎵⎵⎵⎵⎵⎵⎵⎵⎵

E-mail : _____

Date de naissance : _____

❏ Oui, je souhaite recevoir par e-mail les offres promotionnelles des éditions Harlequin.
❏ Oui, je souhaite recevoir par e-mail les offres promotionnelles des partenaires des éditions Harlequin.

Date limite : 31 décembre 2016. Vous recevrez votre colis environ 20 jours après réception de ce bon. Offre soumise à acceptation et réservée aux personnes majeures, résidant en France métropolitaine et Belgique, dans la limite des stocks disponibles. Prix susceptibles de modification en cours d'année. Conformément à la loi Informatique et libertés du 6 janvier 1978, vous disposez d'un droit d'accès et de rectification aux données personnelles vous concernant. Par notre intermédiaire, vous pouvez être amenée à recevoir des propositions d'autres entreprises. Si vous ne le souhaitez pas, il vous suffit de nous écrire en nous indiquant vos nom, prénom et adresse à : Service Lectrices Harlequin BP 20008 59718 LILLE Cedex 9. Service Lectrices disponible du lundi au vendredi de 8h à 17h : 01 45 82 47 47 ou 33 1 45 82 47 47 pour la Belgique.

Harlequin® est une marque déposée du groupe Harlequin. Harlequin SA – 83/85, Bd Vincent Auriol – 75646 Paris cedex 13. SA au capital de 1 120 000€ – R.C. Paris. Siret 318671591000069/APE5811Z

Composé et édité par HARLEQUIN

Achevé d'imprimer en avril 2016

La Flèche
Dépôt légal : mai 2016

Pour l'éditeur, le principe est d'utiliser des papiers
composés de fibres naturelles, renouvelables, recyclables,
et fabriquées à partir de bois issus de forêts gérées selon
un système d'aménagement durable. En outre, l'éditeur attend
de ses fournisseurs de papier qu'ils s'inscrivent dans
une démarche de certification environnementale reconnue.

Imprimé en France